JN111344

AIR

朝霞月子
Tsukiko Asaka

本川弥尋（18）

私立杏林館高校三年生、生徒会書記
三兄弟の末っ子、近所で評判の美少年
明るく素直で甘いものが好き
三木と養子縁組で結婚した

三木隆嗣（29）

美丈夫なエリート会社員
生真面目で一見近寄りがたいタイプ
養子に迎える形で弥尋と結婚
弥尋を溺愛しており独占欲が強め

拝啓、僕の旦那様

―溺愛夫と幼妻の小さな出逢い日記―

A boy meets A man.

Sweet & Comedey & Love

まだまだ春っぽい今日この頃。三木弥尋にとっても春爛漫の真っ盛りが続いていた。想いを寄せていた相手と目出度く結婚、籍を入れ、本川姓から三木姓に変わってまだ間もないが、長年連れ添ったかのように声に出せばすっと唇に馴染んでいる。字面さえも「三木」と言えば「弥尋」のように、これ以上最高の組み合わせはないと、三木隆嗣という人生の伴侶と出会えた僥倖に感謝したい気分でいっぱいの弥尋は、浮かれ過ぎている面は否めないものの、誰に迷惑をかけるでもなし――と自分の幸せにどっぷり浸るのに忙しい。

入学式の翌々日に行われた実力テストの結果が思っていた以上によかったのも幸いだった。学年四位、文系では友人に続いて二位をキープ。確かに褒められるべき結果だった。三月末からめまぐるしく続いた日々の中で、よくもいつもの成績を維持できたものだと自分自身感心する。悪いことだけでも羅列すれば、拉致されかけたり、刃物を向けられたり、料亭に連れ込まれて強姦されそうになったり――と、成績が落ちてもまったく不思議ではないばかりか、心身共に不安定になったとしてもおかしくない状況だったのだから。しかし、精神的には相当ハードだったはずの出来事のオンパレードは、ケアする人がいてくれれば、アフターも違うと見事に証明してくれた。

今回の実力テストも然り。成績は上位を維持出来ればそれに越したことはないが、三木がいてくれるからこそ頑張れるものでもある。掃除・洗濯・料理等まだまだ慣れない家事ではあるが、感じるのは苦ではなく楽。

弥尋に限って言うならば、それすなわち新婚パワー、である。愛するダーリン、三木隆嗣の存在があればこそ。どんな荒波が襲いかかろうとも愛さえあれば大丈夫！　そんなことを真顔で主張できるくらい、今の弥尋の生活は充実していると言っても過言ではない。

「愛って偉大だなあ」

ついそんなことをポロリと零してしまうくらいに緩み切っているとも言えるけれど。

「多少のハプニングも二人の愛を引き立てるスパイスだって、俺わかったよ。もちろん、多少に限るんだけどね」

学校内で唯一、弥尋の入籍の真相を知る遠藤始に語った弥尋の微笑みは、周囲で見ていたものたちが思わず感嘆の声を漏らしてしまうくらいの威力を持っていた。

（これでまた三木のファンが増えたな……）

自身も絶大な人気を誇る成績優秀スポーツ万能な生徒会長である遠藤は、入学式以来また信奉者を増やした友人を見ながら心密かに思ったものだ。

「頬が緩んでるぞ」

呆れ混じりの指摘も、耳に入っていても聞き入れるかどうかはまた別物として処理される。

「浸るくらい大目に見てよ」

「三木のは浸るっていうよりどっぷり浸かってる状態だろ。いい加減浮上しないと抜け出せなくなるぞ」

「それもいいかも。いっそその方が幸せかも」

記憶から抹消してしまいたい邪魔が入りはしたものの、入籍から新居への引っ越し——からの数日間、三木と二人で愛情を確認し合って、それはもう楽しく過ぎていった。夫婦として暮らし始めて、初めて体験することの数々は驚きや困惑はあったものの、蜜のように甘い毎日をプレゼントしてくれた。本当に、蜜月と称されるだけのことがあると納得した。

体を繋げ、名実共に夫婦となり、夫の愛情を心と体にたっぷりと「注がれた」日々。その至福の時間が終わり、慌ただしい日常がやって来て早数日。二人だけの暮らしは捨てがたいが現実問題としてそうはいかず、甘いだけで暮らしていけるほど世の中も甘くなく、三木は毎日仕事へ出かけ、弥尋は学校へと自らの責任を果たすべく過ごす。一緒にいられる時間は当然のことながらガクンと減り、夜の間と土日の休みだけが二人で過ごせる時間。

　共に暮らしていなかった頃、それぞれの家に帰る間際の別れがたさを思えば、約束していなくても家に帰れば会えるのはすごいことだと思うのだけれど、生活のリズムに慣れるにはまだもう少しかかるかもしれない。

　本当に、まだまだ毎日が新鮮で嬉しくて、新しい発見があったりで、びっくり箱のような三木と二人の生活がこれからずっと続くのだと思うとワクワクする。

　もっとも、甘く緩んでいるようにしか見えない弥尋とてそういつまでも新婚気分を引きずっているわけではない。身内以外で三木とのことを知るのは同級生で友人でもある遠藤始だけで、身近で惚気る相手がこの友人しかいないのだから、たまには自分たちのことを話したりしたいだけのこと。大好きな隆嗣さんがいかに素敵でカッコよくて優しいのか、この一週間で耳にタコができるほど聞かされている遠藤にはいい迷惑ではあるのだが。

　三木隆嗣の伴侶としての弥尋も、杏林館高校三年一組に在籍して生徒会書記の三木弥尋も同じ人間なのだから切り離すのは無理なわけで、それぞれの場で立ち位置を明確にしていればよいのではないかと思うのだ。公の部分と私の部分というやつである。

　その公と私を知っている遠藤には悪いが、私を曝け出せる貴重な相手としてこれからもお惚気やお喋りに付き合ってもらいたいところだ。勿論、いつもいつも新婚妻の弥尋でいるわけではない。授業も受ければ友人と他愛ないお喋りにも興じ、放課後になれば生徒会書記としてのお勤めもきっちり果たしている。

　入学式に続いた初回の委員会を先週終わらせた今は、

特に大きな案件もなく生徒会としては一応ひと段落ついた感じだ。秋に行われる生徒総会と役員選挙が大きな目玉と言えば目玉くらいで、生徒会だけが率先して行う行事はそうはない。七月の期末考査の後に行われる発散目的のクラスマッチは各委員会と生徒会の連携作業、実際に動き出すのは六月になってからなので、まだまだ時期的には余裕がある。

弥尋が在籍する杏林館高校は、文化祭とクラスマッチが隔年で交互に開催される形を取っている。去年が文化祭だったので、今年はクラスマッチが開催されるわけだ。

隔年開催は近隣高校の中でも珍しいのか、両方を毎年行いたいと改定案も提出されるのだが、毎年のように反対多数で却下されるのが常だった。そもそも受験を控える三年生には秋の体育祭は敬遠される傾向にあり、夏休み明けの九月に行う文化祭で手を打つ程度。スポーツの秋とは言うものの、何もしないで過ぎるのは進学校の常である。

生徒会室で他の役員たちと談笑しながらのんびりと仕事をしたり、暇な時には手ではメモを取りながら頭の中では献立を組み立てるのが基本形になっている弥尋だったりするが、それでも高校三年生。そろそろ具体的な進路を決定しなければならない時期に来ていることは理解している。

杏林館高校の進学率は九十八パーセント。様々な事情に拠（よ）り、ひと学年四百人弱のうち大学へ進学しないのは十名程度ということになる。その上、進学者のほとんどが有名国私立大学への合格となれば学校側も力を入れる。毎日朝や七時間目に行われる補講授業もその一環だ。勿論それだけでは足りないと、自発的に予備校や塾通いをする生徒も多い。

弥尋も塾に通うことを勧められてはいたのだが、現時点では補講だけで十分だと考えているのと、塾に通って家にいる時間が減るのがいやなのとで、三木の中し出は有難いが辞退させて貰った。よって、三木との時間を減らさないため、何が何でも現在の相対的な上位位置をキープ、成績結果を維持しなければならないという、ある意味において背水の陣を自分から敷いているわけである。

受験に際しての我儘らしい我儘といえば、これから数回予定されている全国模試への毎回の参加申し込みと、毎年希望者を募って行われる校内での夏季集中講座に参加したいと伝えたことくらいか。塾や予備校に通う費用が勿体ないわけではなく、物足りないとなれば塾も視野に入れなくてはならないが、現在の成績を維持するのを目標にしていればなんとかなりそうな気がするからだ。

とはいうものの、では具体的な進学先、職種があるかと問われれば、これには首を傾げる弥尋である。体を動かすことが好きで、運動に関する仕事に携わりたいとスポーツ科学科へ進んだ次兄ほどはっきりした展望はなく、さりとて、経済学部卒業後、大手企業に入社しながら趣味の世界に走った長兄のように「これが好き」というものがあるわけでもない。

「世の中の文系人間の半分はおんなじだと思わない？」

「あえて文系にこだわって、なおかつ半分に限定した意味は？」

「理系の人って、最終的に技術職とか頭脳職に就くイメージってない？　お医者さんとか科学者とか、コンピュータ扱ったりとか機械関係とか。学んだことが即実践に役立つような感じだろ？　でも文系って、法学部以外なんかぱっとしない感じがするんだよね」

「世の中の文系人間が聞いたら怒りそうな台詞だな。そのパッとしない文系人間だろうが、三木も俺も」

「だからだよ。文系は文系でも学部を何にしようか、すっごく迷う。特にこれといって行きたいところや学んでみたいものがないのも原因なのかもしれないけど」

そんな気持ちで大学受験して合格しようものなら、

桜の花が散った人たちがプラカード掲げて抗議しに来そうだ。

「大学に入って進路を決めようと思っても、選択した学部によってはキャンセル出来ないのもあるだろうし、入学後にやりたいことを見つけた時にすごく遠回りになるかもしれないし。受験し直すのもありかも、とは思うけど……」

「そう言うなら、何になりたいかのか目指すところが何かを決めて大学や学部を選んだらどうなんだ？」

「そうは言ってもさあ……。その目指すところがまた曖昧なんだよなあ」

　永久就職はしたものの、だからと言って働かないという選択肢は弥尋の中にはない。

「専業主婦って言葉も魅力的なんだけど……」

　一度は社会の荒波に揉(も)まれてみたいというものだ。

　こんな話をしているのは、今日のＨＲ(ホームルーム)で進路希望調査票なるものを配布されたからだ。希望する大学や学部がわかっていれば進路指導も早めに手を打ちやすい――というのは学校側の都合であり、この時期に記入欄に書かれた大学をそのまま受験校として絞るものは少ない。模試の成績によっては下方修正は普通にあるものだし、逆もまた然り。

　そもそも普通は二年生の時点で進学を希望したい大学を決め、それに向かって勉強を始めるものだ。成績の伸びや本人のやる気も関係するため、三年生の春からやる気を出しても間に合わなくはないだろうが、のんびりではあるのだろう。

　受けたい大学か、それとも絶対に合格する学部・大学を志望校とするべきか。弥尋の場合、国立系最高学府を含め、国内のたいていの大学は志望圏内に入れてもおかしくはないだけの成績結果を打ち出しているため、どれを志望校としても文句を言われることはないだろうが、逆に進学率に固執する一部教師が張り切り過ぎて余計な進路指導をされても困る。

そうかと言って、あまりにいい加減な大学名を書くのもなあと悩んでいるのだ。

「ま、いっか。まだ提出まで間があるし」

三木はどこの大学でもいいと言ってくれるだろうが、自宅から通える範囲というのが弥尋の一番大きな条件だ。通学時間は短ければ短いほどよし。ネックはその条件に該当する大学の難易度が全国的にも高いところばかりなことか。そのつもりでいるならいるで、今の学力ならA判定は間違いないため、どちらにしろ少なくとも順位的な見た目は死守する必要がある。

「あ、ちょっとだけプレッシャー……」

「ちょっとだけなのが三木らしい」

書類を捲っていた遠藤が肩を竦めて小さく笑った。

「失礼な。俺の小さな心臓は繊細で壊れやすいんですヨ」

ぷくりと頬を膨らませた弥尋を見てまた友人が笑う。こんな姿を見せれば、またファンが増えそうだと思いながら。


三木との生活は順風満帆で憂いも懸念も何もなく、弥尋の毎日は色褪せることのないバラ色で、キラキラと輝いている。優しい夫と暮らす我が家への道のりもすっかり馴れたもので、気分が乗れば鼻歌も出るし、スキップだってしたくなる。実際にしてしまえば、ご近所の方々に変な目で見られるのがわかっているから自制しているものの、足取りと心はいつでも羽根のように軽い。

それほど深刻ではない気懸りと言えば、次兄の実則と三木との直接対面がまだ実現していないということくらいだが、これについては特に急がなくてもいいやと思っている。

二人の時間がことごとく合わないのだからこればっかりは仕方がない。会社勤務の三木は比較的余裕のある時間で生活しているが、実則の方が無理な場合が多いのだ。最近は定休が週末ではなく平日にシフトされ、空いているのは平日だけ。平日だと二人が会えるのは三木の勤務時間が終わり退社した後で、こちらは三木の予定が入っていない場合に限られる。三木も極力スケジュールに余裕を持たせようとしてくれているのだが、新年度最初はやはりどこの会社・企業も忙しく、役職持ちの三木の帰宅も遅くなりがちだ。

そんなこんなですれ違いの三木と次兄であるから、弥尋はもう諦めきっていた。会える時がくれば会えるだろうと。

そう考えると、実家で暮らしていた時はよく実則と顔を合わせていたものだと思う。先日電話で母親と話した時、四月から新規に受け持つ講座も増え、それに合わせてシフトも夜間を中心に組み立てられるようになったらしく、昼前に起きて深夜に帰宅する次兄とは実家の家族も会わないでいる日が普通になっているとか。こうなってしまえばすれ違いはもはや必然。

（いざとなれば隆嗣さんを連れて実則兄ちゃんのスポーツクラブに行けばいいとしても、俺の方はいつ隆嗣さんの家族に会えるんだろ）

三木と実則もだが、弥尋も相変わらず三木の家族との対面を果たせていなかった。こちらはどちらかといえば三木が意図的にそう仕向けているところがあるのだが、弥尋は知らない。ただ三木の忙しさがひと段落すれば実家へ連れて行くと言われているので、こちらについても特別焦っておらず、今の生活を存分に満喫している弥尋だった。

そんなある日の月曜日。

久しぶりに森乃屋（もりのや）へ寄って抹茶プリンが入った小箱を片手に提げ、心弾ませマンションへ帰って来た弥尋は、エントランスの自動扉の前にぽつんと佇（たたず）んでいる年配の女性の横をすり抜けてオートロックを解除し、中に入った。そして廊下を進む前にもう一度背後を振り返り、透明な分厚いガラスの向こうにいる女性をちらと見る。和服を上品に着こなした、誰が見てもおばあさんと言うはずの年配の老婦人。染めているのか、髪の毛は真白ではなく、白髪を活（い）かしながら自然な風合いを出している薄い栗（くり）色、着ている和服は淡い桜色で、若い人が好みそうな色でありながら、裾の部分に細く白い縦線が刷毛（はけ）で刷（は）いたように入っているだけのその着物は、ちんまりとした感じの小柄な婦人に妙に似合っていた。

「誰か待ってるのかな」

マンションの住人を待っているのか、それとも駐車場から車が出てくるのを待っているのか。実のところ、弥尋がマンションの住人に会った回数は半月に満たない間で両手の指で数えられるほどしかない。各々生活時間が違うのもあるのだろうが、契約の時に説明された、普段の生活の場として使用している住人よりもたまに訪れて過ごす人が多い「隠れ家的住居」が理由だろう。

そんな感じでマンション内は元よりエントランスでさえ他の住人に遭遇することが滅多にないだけに、誰かを待ち続ける様子の老婦人のことが気になりはしたものの、手元のプリンを早く冷蔵庫にしまわなくてはならないため、弥尋はそのまま五〇三号室の我が家へと帰宅した。

「今日は三木さん早く帰って来るかな」

遅くなる場合は携帯にメールを入れて貰うようにしているが、新着メールは一つもなく、それが三木の早い帰宅を予想させ、自然と顔も晴れやかなものになる。

帰って来る途中で肌寒さを感じたので、アイボリーの裏起毛のトレーナーにサイドライン入りのルーズパンツに着替えた弥尋は、

「ロイヤルミルクティーが飲みたいなっと」

抹茶プリンと一緒に買って来たフィナンシェを夕飯前のおやつにしようと、紅茶の缶を取り出して、冷蔵庫を覗（のぞ）き込み、

「ありゃ……切らしてる」

目当ての牛乳がないことにがっくり肩を落とした。

ないならないで、ココアでもストレートティーでもよいのだが、

「コンビニまで行くべきだね、これは」

今の気分はロイヤルミルクティー。たとえ日が落ちて寒くなって来ていようとも、コンビニまで自転車で往復十分かかろうとも、何が何でも飲みたい気分なのだ。

薄手の中綿のジャケットを羽織って財布をポケットに押し込み、スニーカーを履いてアプローチ横のスペースに駐輪している自転車を押す。広いエレベーターは自転車も楽々で運んでくれるので、階下に設置されている駐輪場に停（と）めるよりよほど楽で勝手がよい。

一階へ降りた時に気になって見たエントランスのガラス扉の向こうには、老婦人の姿は見えず、弥尋は少し安心した。もしまだあのおばあさんがいたらどうしようと、密かに心配していたのである。

そして外に出て、自転車に跨（また）がってコンビニ目指してひとっ走りした弥尋は、目当ての牛乳を購入、来た道を戻って来たのだが——。

「あ」

出かける時には見えなかった老婦人が、エントランス脇の植え込みのグレージュ色のレンガブロックの上

に座っていた。膝の上に乗せた小さなハンドバックを持つ手は寒いのか、震えているように見える。肩には同系色のショールを羽織っているが、冷たい風を凌(しの)ぐには心もとないはずである。

「あの」

どれくらいここにいるのかわからなかったが、少なくとも弥尋が最初に帰宅した時からだから三十分はずっといたことになる。

自転車から降りて押しながら彼女の前に立った弥尋は、思い切って声を掛けた。

「こんにちは。あの……誰かをお待ちなんですか？」

見知らぬ少年に話しかけられたことに最初は気づかなかった老婦人は、すぐに自分のことだと気づき、小さな顔を上げて弥尋を見上げた。

「こんにちは。ええ、そうよ。人を待ってるの。私の孫」

（孫？　子供ってここに住んでたかな？）

高校生の自分以外で同年代の姿は見かけたことがない。そればかりか小中学生がいると気配ですら感じたことも一度もない。それ以前の前提として、「住んでいる人」がどのくらいいるのか。自分が多少鈍感かもしれないのを差し引いても、クエスチョンマークが頭の上にぽんと浮かんでしまった。

彼女の孫が本当に住んでいるかどうかは別としても、はっきりとした話し方で答えられて弥尋はほんの少し安心した。徘徊(はいかい)や迷子ではなく、彼女が目的を持って自分の意志でここに来たことがわかったからである。

しかし、だからといって彼女がこのまま一人でいることに安心するかと言えば、そんなはずがあるわけなく、弥尋は自転車を停めて老婦人の隣に腰を下ろした。

「お孫さんのお部屋の番号とかわかります？」

もしも在宅ならインターフォンを押して呼べばよいと思っての提案は、

「覚えていないの」

困ったような声に粉砕される。それでは電話番号か何かわからないかと問えば、電話番号や住所を書いた手帳を家に忘れて来てしまったという。

その理由が、

「誰にも内緒で行って驚かそうと思って、急いで家を出て来たから玄関かお部屋に置きっ放しにして来ちゃったみたいなの。自分ではバッグに入れたつもりだったんだけど……」

であれば、笑うしかない。

何にせよ、部屋番号がわからなくては家の人が帰って来るのを待つしか遭遇する機会はないわけで、それで彼女がずっとエントランスで待っていた理由が納得できた。

しかし、納得してもそのままハイサヨナラというわけはいかない。気温が下がり冷たい風が吹いてきた今の時刻に、そのまま老婦人を置いて自分だけ中に入る気には到底なれないでいた弥尋は、牛乳が入ったコンビニ袋を手に提げたまま、しばらく雑談に付き合うことにした。

待っている間、何人かの出入りが認められたが、全員が住人ではなく何らかの用事があって中に入った訪問者、しかも大人の男ばかりで孫らしき人は待てども来ず。

「まだ待ちますか？」

もうすっかり日は落ちて暗くなってしまっている。マンションの周りは照明がついて明るいが、外で人を待つ時間でも気温でもない。約束しているならいざ知らず、そうでないなら最悪、相手が帰宅しない或いはすでに帰宅済みで気づかれない可能性もある。

老婦人もそれがわかっているようで、

「そうね……今日はもう帰った方がいいみたいね」

心残りのある顔で寂しげに微笑んだ。

「内緒で来て驚かそうと思ったからバチが当たっちゃったのね、きっと」

「そんなことはないと思いますけど」

「いいのよ。また日を改めて来ることにするから。今度はちゃんと事前連絡をしてね。さてと」

彼女は立ち上がり、軽く着物をはたくと弥尋に向かって丁寧に頭を下げた。

「ありがとう。こんなおばあちゃんに付き合ってくれて。久しぶりに若い人とお話できて楽しかったわ」

「いえ、そんなこと……。あの、どうやって帰るんですか?」

「その先でタクシーをつかまえようと思って」

「それなら」

電車やバスなら駅やバス停まで送って行こうと思ったが、どうせタクシーに乗るのなら流しをつかまえるより来て貰った方が楽だ。十分に冷え切った体で、孫に会えずにしょんぼりしたまま夜道を歩かせるのは、見ていてあまり気分のよいものではない。

本当はこんなこと言ってはいけないのかもしれないと頭の中で思いながら、でも弥尋は言葉に出していた。

「タクシー呼びますから、迎えが来るまでうちであったかいものでも飲みませんか?」

老婦人はきょとんとした後、ゆっくりと確認するように尋ねた。

「——いいの? こんなおばあちゃん、知らない人を家に入れても」

不審者を入れないためのオートロックのエントランス。これまでに二回危険な目に遭った弥尋は、「絶対に知らない人にはついて行かないこと」を三木に約束させられている。

悲しいことに何が起こるかわからないのが今の世の中だ。弥尋もいい加減学習しているし、自分が痛い目に遭うのは勿論のこと、その結果三木が辛(つら)い思いをするのはもっといやだ。だから本当なら家の中に知らない人を招き入れることはしてはいけない筆頭。

それでも「驚かせたかっただけなの」という理由だ

けで、遠いところをわざわざやって来たおばあさんを、手ぶらで返したくない気持ちの方が強かった。本当は誰かのストーカーかもしれない。もしかしたら彼女から逃げて暮らしている家族がここに住んでいるのかもしれない。孫と会うのを禁じられているのかもしれない。だから内緒で訪問しなければならなかったのかも――……。考えれば負の可能性は限りなく思い浮かべることが出来る。

(でもうちの中に招待するだけなら)

躊躇(ためら)いを残しつつも、弥尋は立ち上がると老婦人をエントランスの中へ促した。

「美味(おい)しいお菓子もあるんですよ。牛乳が大丈夫なら美味しいロイヤルミルクティを淹(い)れます」

最初はどうしようか迷っていた様子の老婦人だが、弥尋の笑顔に社交辞令ではなく本当に自分の部屋へ案内してくれるのだと読み取り、にっこりと微笑んだ。

「それじゃあ少しだけお邪魔させてもらいます」

セントラルヒーティングで暖まった部屋の中にふわりと甘い香りが漂う。少し厚めの白いマグカップの中身は、出来上がったばかりのロイヤルミルクティー。牛乳の臭さは香りづけに添えられたシナモンスティックで緩和され、しっかりと漉(こ)して注ぎ入れた薄茶色のミルクティーは、熱すぎずちょうどよいくらいに温められている。

「美味しい……」

ダイニングテーブルに座る老婦人の前にカップを置いた弥尋は、カウンターテーブルの向こうで、嬉しそうに笑った。

「よかった。作ってから普通のお茶の方がよかったかもしれないって思ってドキドキしてたんです」

「とんでもない。とても美味しく頂きましたよ。とっても丁寧にお茶を淹れてる姿も一緒にね」

結婚祝いに贈られた中に、レシピつきの海外有名メーカーの茶葉があったことから、最近少し紅茶に凝っている自覚がある弥尋は、純粋な褒め言葉を貰ってぽっと顔を赤らめた。

「これも一緒にどうぞ」

出したのは、杏の砂糖漬けと抹茶とプレーンのフィナンシェ。

「美味しいって評判のお菓子屋さんのお菓子なんです。森乃屋っていう……あ、喫茶店してる方のお店で」

「知ってますとも。ここのお菓子好きなの？」

「はいっ」

それはもう勢いよく弥尋は頷いた。

「美味しいだけじゃなくて、お客さんがまた来たいって思えるような雰囲気があるところがすごくいいと思います」

それに弥尋と三木を結びつけた切っ掛けでもある。店で会う必要がなくなったため、学校帰りに森乃屋へ通う頻度は減りはしたものの、小遣いの許す範囲でたまに買うのは今でもとても楽しみだ。今日は実力テストの結果がよかったことで、自分へのご褒美として購入した。

「私が食べちゃってもいいのかしら？」

「いいですよ。遠慮なく食べてください。好きだからあれもこれもって買っちゃうんだけど、ご飯の前に食べ過ぎると叱られるから」

そう言えばとリビングの置時計を見る。

（六時半か。もうすぐ隆嗣さんが帰って来る時間だね）

午後七時を過ぎる場合は、連絡が入る。それがないということは、そろそろだろう。老婦人のために手配したタクシーももうすぐ到着するはずだ。夕方のラッシュや規制にかかって多少遅れるかもしれないと言われていたが、二十分が経つ。インターフォンが鳴っても不思議はない。

軽くおやつを食べて待つ間、老婦人はいかに孫が可愛かったかを弥尋に語って聞かせた。

「今は大きくなってしまったけれどね、ちいちゃな頃はとっても愛らしくて、ばぁちゃまばぁちゃまって廊下を走って探しに来るの。こっそり隠れたりしようものなら、大きな声で泣き出して止まらないのだけれど、泣き出す少し前が可愛らしくて時々わざと隠れることもあったのよ」

楽しげな彼女の様子は、和気藹々とした温かな家庭の存在を感じさせた。

「子供ってそんな感じですよね。俺なんか兄たちに好きなように転がされて遊ばれ、ぴーぴー泣いてました。でも不思議とあとを引かないものなんですよね」

「あなたたちは仲の良い兄弟なのね」

「はい」

世間的にはマイノリティに属する自分と三木の関係を認めてくれた。ただ一つその事実だけでも感謝してもしきれない。

「兄も両親も大好きです」

「そう……。よい家庭で育ったのね」

目を細める彼女の表情は、自分の孫を見るかのように暖かさで溢れていた。

「お孫さんだっておばあさんのこと、きっと大好きですよ」

「ありがとう。そう言って貰えると嬉しいわ。本当はね、黙って来たりして叱られるんじゃないかって、どうしようかと思ってたのよ」

「でももし怒ったとしても、大好きなおばあさんに何かあったら心配だからだと思います」

「そうね。そうかもね、優しい子だもの、たーちゃん」

ふふふと笑い合い、もう一杯お茶を淹れようかと弥尋が腰を浮かせた時、インターフォンが鳴った。

「タクシーが来たみたいね」

「あ、いえ違います。うちのものが帰って来たみたい。ちょっと待っててくださいね」

エントランスと各戸の玄関前のインターフォンは呼び出し音が異なる。今鳴った軽やかで優しい響きの音色は、玄関の前で誰かが押したからに他ならない。そして、オートロックを通過して直接部屋にやって来ることが出来るのは、鍵の持ち主だけ。

モニターを操作して確認するまでもなく、弥尋が廊下を小走りに走って玄関に辿り着く前に解錠される音がして、

「ただいま」

笑顔で三木が扉を開けた。

「お帰りなさい」

まずは抱きついての挨拶と唇に軽いキス。それから三木の鞄を受け取って、家の中に上がるのを待つ。そんないつもの流れは、玄関に揃えられた一足の草履に目を留めた三木によって遮られた。

「お義母さんが来られてるのか?」

見るからに小柄な女性の草履だが、自分の身内はまだ誰も弥尋に会わせていない三木は、この家に招待される女性を弥尋の母親、本川笑子一人しか知らない。

しかし弥尋は少し躊躇いがちに違うと首を振る。

「ううん、違う。他の人」

「他の人?」

シュークロークに革靴をしまった三木は、鞄を抱えるようにして立つ弥尋を見下ろした。身長差は約十五センチ。決して見るからに筋骨隆々とした体躯を誇る三木ではないが、頭上から、「どういうことかな?」と無言の視線で問われれば、返す言葉も小さくなる。

「お客さん……。マンションの前でずっとお孫さんを待ってたんだけど、全然会えなくて、それでタクシーを待つ間だけでもって、俺が招待したんです」

「……弥尋君……」

嘆息が頭上に降り注ぐ。

三木は膝に手を置き、弥尋の高さで目を合わせた。

「知らない人なんだろう?」

「うん……」

「それでも中に入れたかった？」

「――うん。隆嗣さんには叱られるかもって思ったんだけど、でもおばあさんが可哀想だったし、こんなに寒い中、タクシーをつかまえるまで歩くのもきついだろうなって思ったから……。やっぱりダメだった？　入れない方がよかった？」

　じっと見つめた瞳の先、三木はやがてふっと笑うと体を伸ばし、弥尋の頭に手を乗せてぐしゃぐしゃとかき回した。

「知らない人を家の中に入れるのは怒るべきことだと思うんだが、年配のご婦人なら仕方がない」

「隆嗣さん」

「放っておけなかったんだろう？」

「うん」

　抱きついた弥尋の頭頂に三木が口づける。

「ありがとう。隆嗣さんが心の広い人でよかった」

「弥尋君に関しては赤ん坊の小指の爪くらいでもか？」

「それは俺も同じだから」

　しばらく抱きついていた弥尋の背を、三木の手が軽く撫でて促す。

「お客様をお待たせしてはいけないな。着替える前に挨拶しておこう」

　そして二人で並んでリビングの扉を開けた時、老婦人は静かにカップを口に運んでいたが、弥尋と連れ立った三木の姿を認めた途端、目を見開いた。

「あら……」

「あ」

　珍しいことに三木も絶句し、それから力なく首を横に振った。

「どうして……」

「たーちゃん」

　老婦人の呼びかけは三木に対してで、これに弥尋も目を丸くした。

「たーちゃんって……」

さっきから何度も聞かされていた老婦人の孫の愛称である。

思わず三木を見つめれば、弥尋に関すること以外では珍しいことになんとも形容のしようがない顔になってしまっている。

「もしかしてたーちゃんって隆嗣さんのこと……？」

問い掛けて返事を待つ弥尋は、再び鳴らされたインターフォンにモニターに手を伸ばした。

「――はい、三木です」

今度こそ老婦人のために手配したタクシーの運転手で、エントランス前に停車し待っているという。

「さっき呼んだタクシー来たけど……どうしよう」

事情を知る前ならともかく、三木と老婦人が孫と祖母の関係だとわかってしまった今では、タクシーはもう不要だ。

「そうだな、帰って貰うのが一番いいだろうな。私が行って運転手に説明してくる。弥尋君は少し祖母の話し相手をしててくれるか？」

「はい」


三木の祖母の自宅まで賃走すればかかったはずの料金と手間賃をタクシーの運転手へ多めに支払った三木は、戻って来ると手早く部屋着に着替え、今やすっかり寛（くつろ）いでニコニコ顔で弥尋と話している祖母と改めて対面した。

「意外な場所で会って驚きましたよ」

「それは私も一緒よ。まさかこの子がたーちゃん……隆嗣のお嫁さんだなんて」

すごい偶然ねと笑い掛けられて、三木の隣に座った弥尋は苦笑した。

「俺も驚きました。てっきり俺より小さな子供だって思ってました」

よくよく思い起こせば、小さな頃のたーちゃんの話はしていたが、三木の祖母は一言も「たーちゃん」の年齢には触れていない。

「まさかたーちゃんが隆嗣さんのことだなんて思いもしなかった。隆嗣さん、たーちゃんって呼ばれてたんですね」

「弥尋君、祖母にどんな話を聞いたんだ？」

「たーちゃんが小さかった頃のあれこれ」

「おばあさん……あれこれって何ですか、妙なことを面白可笑しく話して聞かせたんじゃないでしょうね」

「悪口を言っていたわけじゃないのだからそれくらい大目に見て欲しいわ。ねえ、弥尋君」

「とっても可愛らしいお孫さんで自慢だっていう話だよ。なに？　隆嗣さん、もしかして俺に知られたら困ることとか、知られたくない逸話がたくさんあるんですか？」

三木が昔の話をされるのを厭うのは、隆嗣少年の幼き日々を知られたくなかったからかもしれないと、以前、三木兄弟共通の幼馴染で友人の上田太郎弁護士が弥尋にしようとしていた昔話も邪魔していたことを思い出す。上田の話には三木青年の華麗なる遍歴も含まれていた可能性も無視できないため、弥尋としては聞きたい気持ちと聞きたくない気持ちが半々といったところだったのだが。

それはともかく。

「でもよかった。隆嗣さんがお孫さんだったのはビックリしたけどちゃんと会えたし」

「そうね。あなたが私をご招待してくれたおかげだわ。もしあのまま帰ってたら本当にまるっきりのすれ違いになるところだったもの」

「最初に名前を聞いておけばよかったですね。そしたらもっと簡単だったのに」

老婦人にしても赤の他人へ簡単に名前を明かしてしまうのは躊躇われたのだろう。弥尋の側も郵便受けに表札はないし、聞いても誰が住んでいるのか知らないから、どうせわからないだろうと思い込んでいたのは認める。それでも結果はオーライ、祖母と孫は無事に会えたのだから何が幸いするかわからない。

「偶然ってすごいなあ」

三木は弥尋へ柔らかな眼差しを向け、そんな三木を祖母が同じように眺めている。

「おばあさんは弥尋君に感謝してくださいね。私に会えたのも弥尋君が気遣ってくれたおかげなんですから」

「言いつけ守らなかったけどね」

えへと舌を出して笑う弥尋の頭に手を乗せる三木。

二人の自然なやり取りに祖母は穏やかに微笑んだ。

「それは勿論ね。改めてはじめまして。隆嗣の祖母の三木咲子です」

「三木弥尋です」

「私の父方の祖母にあたる人だ」

「今日は突然押し掛けたりしてごめんなさいね。驚かすはずが私まで驚くことになっちゃって、本当にびっくりしてばかり。でもこんな可愛らしいお嫁さんでよかった。これからも隆嗣のこと、よろしくお願いね」

「こちらこそ。あの、まだいろいろ慣れないところはありますけど、俺の方こそよろしくお願いします」

二人してテーブルを間にして頭を下げ合い、それからくすりと笑った。

「それはともかくとして、おばあさん、家のものには断って来たんですか？」

咲子はしまったと小さく肩を竦めた。もう七十は過ぎているはずなのに、どこか可愛らしい少女のような仕草だ。

「内緒なのよ」

「おじいさんにも？　門倉さんにもですか？」

「誰にも内緒で隆嗣のところに行ってお嫁さんに会って、みんなに自慢したかったのよ」

三木は時計にちらりと視線を向け、午後七時を確認すると立ち上がった。電話の子機を取り上げ短縮番号を押すとすぐに繋がり、弥尋と咲子が困った顔で見守る中、電話に出た相手と淡々と話をした三木は、

「三十分後に迎えの車を寄越すそうです。門倉さんが家の中のどこにもいないから心配したと言ってましたよ。家のものにはちゃんと謝ってくださいね」

「わかっています。ねえ弥尋君、隆嗣とはうまくやっていけてるかしら?」

いきなり話を振られた弥尋はどうしようかと一瞬三木を見遣ったが、すぐにいつも思っているところを口にした。

「うまくやってます、俺たち。二人で生活するのは初めてで慣れないことも多いですけど、それも含めて一緒にいられるのが嬉しくて楽しくて仕方がないくらい」

「幸せ?」

弥尋は満面の笑みで頷いた。

「こんな幸せ、他に知りません」

そのまま弥尋は咲子へ最初の挨拶とは異なる気持で頭を下げた。

「隆嗣さんと一緒になることが出来たのも、周りの人が認めてくれたからです。婚姻届——養子縁組届にもおじいさんが署名したがってたってお聞きしています。理解のある人たちに囲まれて、隆嗣さんと二人、本当に感謝しています。ご挨拶が遅くなってしまったのは申し訳ないと思います。だけど、本当にありがとうございます」

隣を見れば、三木も一緒に咲子に頭を下げていた。テーブルの下、膝の上の手は一回り大きな手のひらでしっかりと包まれている。

「顔をお上げなさい、二人とも。私はね、大事な孫が幸せになってくれさえすればそれでいいの。仕事も真面目、性格も真面目、これと言って特別秀でた趣味のない子だけど、こんな可愛らしいお嫁さんを手に入れることが出来たのはとっても上出来だと思うわ。弥尋

君、これからも孫をよろしくお願いしますね」

「はい」

「困ったことがあればいつでも私に連絡なさい。思い切り叱ってあげますから」

「失礼な。私が弥尋を困らせることなんかあるわけないでしょう」

「もしもの話だよ、隆嗣さん。そんなにむきにならなくても……」

「仮定でもだ」

「本当に……仲がよいこと。安心したわ。弥尋君が一緒なら隆嗣も安心ね」

祖母を交えての会話は、穏やかでおっとりとした咲子の語り口調が心地よく、三木が帰宅する前以上に話が弾んだ。

迎えの車が来た時も、三十分があっという間に感じられたくらいだ。

マンションの前に到着したとの連絡を受け、咲子の見送りのためエントランスを出た弥尋は、車寄せに停車している大きな車に驚かされた。

「……これ……もしかしてあの有名な……?」

そこに威圧感を伴って停まっていたのは、黒塗りは黒塗りでもすでに見慣れた感じのするお金持ち御用達(ごようたし)のベンツではなく、ドラマ以外では見たことのないロールスロイスである。

(本物、初めて見た……)

後部扉の前に立つのは、白い手袋を嵌(は)めた初老の男性。

「門倉さん、祖母が迷惑をかけた」

門倉と呼ばれた男性は、いえいえと微笑を湛(たた)えて首を振る。

「大奥様のお忍びはいつものことでございますから。隆嗣様、そちらの方が?」

「弥尋だ。私の伴侶。弥尋、この人は門倉さんと言って、祖父母の家の管理を任されている人だ」

「管理を任されてる人って……」

執事さんみたいな人かなという弥尋の独り言へ、門倉はニコリと微笑んだ。

「そう呼ぶ方もいらっしゃいます」

「初めて見た……」

本物の執事。白い手袋も糊（のり）の効いた白いシャツも襟元を飾る蝶（ちょう）ネクタイもビシッとした黒いスーツも、きれいに整えられた口髭（ひげ）と白髪も、これぞ執事の見本。背筋をぴんと伸ばして立つその姿からはプロとしての誇りと威厳すら感じられ、年配だとはわかっても彼の実年齢を推し量るのは難しそうだ。

「門倉と申します。あれは運転手の森脇（もりわき）」

ロールスロイスの左側のウィンドウが開き、制帽を被（かぶ）った若い男が顔を出し、会釈する。

（志津（しづ）兄ちゃんもこんな感じでお仕えしてるのかな）

長兄も森脇と同じように運転手だが、家の車を運転しているのは見ていても、勤務している姿を見たことがないため、間近で見る運転手はこれが初めてだ。以前乗った御園頼蔵（みそのらいぞう）のベンツにも運転手はいたが、あれを運転手と言ってしまうにはあまりにも他の運転手の人に失礼であるし、雰囲気も風格も品も話にならないくらい差がある。よって、弥尋の中では御園の車を運転していたのは、ただ車を運転していただけの人という認識にとどまっている。

「可愛らしい方でしょう？」

にこやかに孫嫁を自慢する咲子に、恥ずかしくて三木の背中に隠れてしまいたい弥尋だが、門倉と運転席から出て来た森脇は、そんな弥尋へ向けて揃って深いお辞儀をした。

「お見知り置きくださいませ、若奥様」

反射的にペコリと頭を下げた弥尋は、大きな瞳を丸くしたままガバッと三木を見上げた。

「若奥様？」

「弥尋君のことだ」

まさかとは思ったが本当に自分のことだったとは。

「祖母が大奥様、母が奥様。弥尋は若奥様に決定したみたいだな」

「え？　でも隆嗣さんには弟さんもお兄さんも妹さんもいるでしょう？　俺が若奥様でいいいんですか？」

「兄は今は独り身で妻はいない。弟は結婚しているが妻の彼女自身が家の主(あるじ)のようなものだからいつも名前で呼ばれている。妹は既婚者で子供もいるが、こっちはいつまで経ってもお嬢様だな」

そのため、唯一の若奥様が弥尋になる。高校生の身でありながら「奥様」と呼ばれるのは、どうもくすぐったくてたまらず、名前で呼んでもらいたいとチラリと頭の端っこに思い浮かべたものの、彼らは一度決めた呼び名は変えないだろう。そんな雰囲気が二人にはあった。

（いやじゃないからいいけど……）

男に対しての呼称ではないと憤慨したり馬鹿(ばか)にする人はいるかもしれないが、大事なのは呼称ではなく、その呼称が意味するものだ。それは弥尋にとっても同じで、三木の伴侶として認められた証(あかし)のように考えれば、くすぐったくて恥ずかしく思いはしても、決していやなものではない。

咲子が車に乗り込むと、森脇が運転席に戻り、最後に門倉が助手席に座って車が動き出す。

「今度は遊びにいらっしゃいね」

「はい」


少し外に出ていただけでも体は冷え切っており、部屋に戻って全身を包み込む暖気にホッとした。

「遅くなったけど今からご飯の用意するから少し待っててね」

弥尋は鍋を片手にパタパタとキッチンで動き出した。思いがけない訪問者との時間は楽しかったが、その分夕食を作る時間は短くなってしまった。パスタ鍋を火にかけ、ベーコンとほうれん草を手早く切り、ポタージュを雪平鍋に注ぎ入れる。缶詰を大量に貰った時には「こんなに使うのかな」と思ったものだが、急ぎの場合に重宝すると気づいてからは、簡単に済ませたい時には活用するようにしている。缶詰やレトルトとは言っても、そこらのスーパーで安く売っている品ではないため味も極上品。ポタージュやコーンスープ、ハッシュドビーフなどをルーから作るにはまだ腕前と手際に不安のある弥尋には、手作り出来るようになるまでの心強い味方だ。

今時の高校生にしてはそれなりに家事は出来るし、料理もそこそこ手際よく作れる弥尋だが、それでもレパートリーには限りがあり、有難い「母のレシピ」を参考にして、日々実践修行中でもある。ホテル暮らしをしていた姿からはあまり想像できないが、三木もそこそこ料理は出来るらしく、休日に二人並んでキッチンに立つのは楽しみでもある。

「私と弥尋君と」

「二人合わせて一人前だね」

笑顔で言う二人のこれは本心だ。

茹(ゆ)で上がったパスタの水分を切り、オリーブオイルを引いた大きなフライパンでベーコンとほうれん草、ガーリックスライスをざっと炒(いた)めた後でパスタと混ぜ、塩と胡椒(こしょう)を放り込んで出来上がり。

三木が並べた皿の上に弥尋が熱々のパスタを移し、ポタージュをカップに入れて、ちぎったレタスとゆで卵、キュウリとプチトマトを添えて終わる。ここまでの所要時間二十分は上出来な部類に入るだろう。

「お腹(なか)すいたでしょう？　たっぷり食べてくださいね」

いただきますと手を合わせた弥尋は、真ん前に座る三木がフォークを手にしたまま、自分と弥尋の皿の上を交互にじっと見つめているのに気づき首を傾げた。

「どうかした？　足りない？　それなら俺のをあげよ

うか？　冷凍の海老フライも出した方がいい？」

「足りなくはないんだが、弥尋君」

「はい？」

「どうして弥尋君の皿の中はそんなに少ないんだろうな」

「あー……とそれはですねえ」

　おやつを食べたからなんです——と言えるわけがなく、へへっと首を傾げ笑って誤魔化そうとした弥尋だが、そんなことで簡単にはぐらかされるほど三木は甘くない。日常的に弥尋には甘過ぎるくらいの三木でも、ちゃんと叱る時には叱るのだ。

「食事の前におやつを食べ過ぎたら駄目だと言っただろう？　食べていけないことはないが、ほどほどにしないと栄養が偏ってしまうぞ」

「ごめんなさい。わかってるんだけど、そこにモノがあるとつい手が出ちゃって……。ホントだよ。ご飯の前に食べようと思って買って来たんじゃなくて、後からデザートにして食べようと思ってたんだよ？　でも、お客様だけに出しても遠慮されちゃうでしょう？　一緒に食べないと居心地悪いかなって思って」

　その結果、森乃屋で買って来たフィナンシェも抹茶プリンも一つずつを残して弥尋と咲子の胃の中に納まってしまったというわけだ。

　でも——と弥尋は正面の三木を見つめる。

「全部は食べてないですよ。隆嗣さんの分はちゃんと残してる」

　だからどうしたと言われればそれまでの申告なのだが、そこだけは主張しておかねばなるまい。食べ物の恨みを持つほど狭量ではない三木だからそれが原因で臍を曲げることはまずないが、食い意地が張った奴だと思われるのはいやなものだ。

「私の分まで食べられていたら今後一週間はおやつ抜きを言い渡さなくてはいけないところだったな」

　三木の指がこつんと弥尋の額を弾く。

「皿のものを全部食べてしまって、それでも余裕があるなら半分こして食べようか」

「いいの？」

「祖母を大事にもてなしてくれたお礼を込めて。その代わり」

手招きされるまま顔を三木の方へ寄せた弥尋の耳に届けられたのは、

「食べ過ぎて太らないように運動付きで、だ」

低音が耳の奥から中に落ちてきて、体の中からくすぐる。

三木の台詞が言わんとしていることをわからないほど鈍くはない。

「……今日月曜日なのに」

「火曜日に体育はなかっただろう？」

「時間割、しっかり覚えてるんですね」

「当然だな。それで弥尋、返事は？」

「おやつ、食べる。運動もする」

わかってるくせに。

頬を染め、弥尋は上目遣いに夫の誘いを受け入れた。


赤く色づきぷっくりと立ち上がった胸の尖り（とが）が唾液で濡れた輝きを放つ。散々指や唇で弄ら（いじ）れた胸は、今は体の裡（うち）から突き上げるものの勢いを感じさせるように鼓動を速め、抱えられた足や受け入れている腰と同じく、大きく上下に揺れ動いていた。

「んんっ……あぁっ……」

シーツを力なく摑（つか）み、いやいやと枕の上で首を振る弥尋だが、本気でいやがっているわけではない。

「隆嗣さん……っ、そこばっかりしないでっ」

「だが気持ちいいだろう？」

「だけどっ！　ああっ……」

一度入口付近まで引き戻された太さも長さもある三木のものが勢いよく弥尋の中へ押し入り、前立腺を掠（かす）

めながら浅く深く角度を変えて突き上げる。見えない場所をどうしてそんなに的確に突くことが出来るのか、実は三木のものの先っぽには目でもついているのではないかと思いたくなるくらい、いつも翻弄されてしまう。

次こそは我慢してみせると思って臨むのに、キスをしている間に何がなにやらわけがわからなくなり、結果、三木によって体も心もすべてが蕩けさせられてしまうのだ。

「隆嗣さんのもさせて？」

毎回達かされてばかりも癪に障ると、一度可愛らしくお願いしてみたことがあるのだが、

「すぐに達ってしまうから駄目」

口で銜えることもさせてくれない。にぎにぎと握っているうちに、むくむく育っていく三木を見ているのは好きなので、「いつかは！」との野望を胸に、今は三木の体の重みと愛を全身で受け止めるのに精いっぱい。

「た……」

隆嗣さんと呼びかけたつもりが声にならなかったものの、解放が近い弥尋の懇願を受け取った三木は、汗を浮かべながら唇を重ねた。

「……は……っ……」

三木の上体が覆い被さる形になったため、より結合が深くなる。最奥を突かれて一瞬止まりそうになった呼吸音は三木の口の中に消え、呼吸と律動を三木と共有しながら舌を絡ませ合う。

「弥尋、弥尋」

キスの合間に三木が何度も名前を呼び、打ち付ける腰の動きを早める。

「んっ……！」

激しい抽挿、大きくスピードのある腰の動き。抉るように、突き上げるように何度も何度も弥尋の中を出入りし――。弥尋が射精するのと同時に、ひときわ大

きく膨らんだものが内部で爆発、熱を弾けさせた。

熱い迸り(ほとばし)が体の中にじんわりと広がっていく。

数回びくびくと熱を吐き出した三木は、そのままゆっくりと弥尋の上に体を重ねた。弥尋の体は汗と放った精液で濡れているが、そんなことは気にならないほど互いを一体に感じ、まだ収まらない鼓動を共有する。

「弥尋」

頭を抱き締めながら肩口に埋(うず)めていた顔を上げた三木は、弥尋の頬にキスをするとゆっくりと体を起こした。大きく開かれた脚の間、三木の下半身と繋がっている部分、黒々とした体毛と淡い弥尋の体毛、それと今はもう眠ってしまった弥尋の分身を視界に留(とど)めながら、三木が中から抜け出ていく。

「ん……」

この瞬間は幾度繋がっても慣れないことの一つだ。

個体としては別の存在でも、今の今まで自分の中にあり、ぴったり重なっていたものが抜け落ちる感覚は一種の喪失感であり、寂しさでもある。三木と一緒に中で放たれた精液が孔(あな)から零れ出てくるぬるりとした感覚も同様だが、事後、果てたばかりで体を動かすのも億劫(おっくう)な身では、迅速な処理をすることは出来ない。開かれたまま投げ出された両足の合間、後孔から白濁がこぽりと零れ落ちる様は淫らで淫猥で、胸を上下させる姿は強烈な色香を放つ扇情的な光景だ。唯一こんな風にしどけない弥尋の情事後の姿を見る栄光に預かっている三木など、見ているだけであと三回は達することが出来る自信がある。

開かれた孔は名残惜しげにひくつきながらも、やがては閉じてしまうが、その部分に籠った熱は火照った体と同じく、眠りにつくまで引くことはない。

「弥尋」

このままベッドの上で眠ってしまいたい気持ちはとても強いが、そうすると後々弥尋自身が大変になるのもわかっているため、コンドームをせずに交わった後は必ず三木がバスルームへ連れて行くのが二人の約束事になっていた。

　力の入らない腕を伸ばし、立ち上がった三木の首に巻きつける。抱っこのオネダリポーズは、無防備なあどけなさと色香を纏(まと)った弥尋がより可愛いらしさを見せる瞬間でもあり、セックス後にも三木を楽しませてくれる。

　激しい情交の余韻に浸りながら寄り添って眠るのも好きだが、広々とした浴槽の中、脚の間に座って三木の胸に頭を預け、ちゃぷんちゃぷんと湯の中でのんびりとセックスの後を過ごすのも悪くないと思うのだ。たまにそのまま第二ラウンドへ突入することがあるので、のんびりとばかりしているわけでないのは言わずもがなである。

「――三木」

「なんでしょう、遠藤さんや」

「お前、今日教室から出るの禁止な」

「……」

「無駄な色香を振りまくな。未来のある青少年を惑わすな」

「――イエッサー」

僅かに体を強張らせた弥尋に気づき、慌てて三木が種を明かす。

「だってそうだろう？　せっかくの週末、弥尋君と二人きりで過ごす大事な時間を取られてしまうんだから、私にとっては不本意極まりない事態だ」

深刻な事情を思い描いていただけに、弥尋はあからさまに体から力を抜き、笑いながら体の向きを変え三木の脚に抱きついた。

「なぁんだ。よかった、誰かに不幸があったのかと思ってびっくりしたじゃない」

「私にとっては重要なことだぞ。弥尋君は私と二人だけの時間が削られてイヤじゃないのか？」

「思わないわけじゃないけど……。それでどんなことだったんですか？　電話は隆嗣さんの実家から？　それとも会社？」

ちょうど冷蔵庫へ飲み物を取りに行っていた三木が直接通話を受けたため、弥尋はどこから電話が掛かっ

その電話が掛かって来たのは週末を控えた金曜の夜だった。

「は？　――いいえ、別に出し惜しみしているわけじゃありませんよ。……明日ですか？　――別に特には――わかりました」

受話器を置いた三木は、やれやれと苦笑しながら、ローテーブルの上に広げた問題集に取り組んでいる弥尋の後ろ、ソファにどっかりと座りこんだ。

「どうかしたの？　急な仕事が入ったりした？」

「いや、そんなことじゃないんだが」

三木はもう一度ふうと息を吐くと、弥尋の肩を抱いて自分の方へ抱き寄せた。

「よくないこと？」

「一面ではそうでもある」

て来たのか知らない。三木の口調から相手はそれなりに親しい人だろうとは推察していたが、内容まではわからない。

「実家ではなく祖父からだった」

「おじいさん……」

　先日対面を果たした祖母咲子を思い出す。おとなしやかで落ち着いた品があり、少し茶目っ気のある優しい人だった。

「祖母がうちに来ただろう？　それを聞いて拗ねてるらしいんだ。自分も会いたいから連れて来いと駄々をこねている」

「駄々をこねてるって……おじいさんが？」

「そんな人なんだ、祖父は。参考までに教えておくと、祖父の血をそのまま引き継いだ父もそんな感じだからそのうち何か言ってくると思う」

　今も早く早くとせっつかれているのを、新婚だからと躱している状態なのだ。そのうち抑えが効かなくなって、この家にまで乗り込んでくる可能性は十分ある。

「じゃあそんなおじいさんとお父さんの血を引き継いだ隆嗣さんは？」

　興味半分、悪戯っ気を含んだ目で見つめられた三木は、笑いながら弥尋の頭を抱き寄せキスを落とした。

「だからいつだって弥尋君を独占したがっているだろう？　私はとても自分本位で自己中心的な男なんだ。そんな私はいやか？」

「ううん、そんなことない。俺だって隆嗣さんを独占したいもの。会社の女の人たちに告白されていないかとか、べたべたされてないかとか、考え出すとキリがないくらいだよ」

「私だって同じだ。後輩や同級生と仲良くして欲しいと思うのに、仲良くし過ぎるのはいやだと思ってしまう」

「体育の準備運動でペア組んで体操してるところを見たら、隆嗣さん頭から湯気出すかもしれないね。手を繋いだり、腕を組んだり、結構接触面積は広いから」

「体育は見学しなさい――と言えないところが辛いところだな」

　額をくっつけて二人は笑い合った。

　夫婦ではあるが、生活とは別の個々の世界を持っている。完全に遮断して二人の世界で生きるならば別でも、世の中そんな風に出来てはいない。他者と関わりを持つことも、生きて行く上で切り離せない要素である。

「それで、おじいさんは何て言ってるの？」

「明日嫁を連れて家に来い、だそうだ。拒否権の行使は残念ながら認められなかった。来なければ押し掛けると脅された」

「拒否権とか脅されたって……俺はいいですよ、行っても。というか会ってみたい。隆嗣さん、おうちの人に会わせてくれないんだもの。この間おばあさんに会って他の家族の人はどうなんだろうって、楽しみにしてたんだよ。おじいさんから言ってくれたならちょうどいい機会じゃないですか。行きましょう。それにもう行くことに決められてしまってるんでしょう？」

「弥尋君が行きたくないというのなら、いくらだって断る口実はあるんだぞ」

「なんでそこまでするかなあ。いいのに、俺は。行くのは朝？　それともお昼から？」

「昼を一緒に食べようという話になってる」

「だったらお昼前にはうちを出なくちゃいけないですね。何を着て行けばいい？」

「普段着で構わないさ。私もスーツは着ないぞ。いつも弥尋君が着ているもので十分だ。第一弥尋君は何を着ても可愛い」

「……もう……」

　三木はそう言うが、初めて訪れる三木の祖父の家というのを差し引いても、執事と運転手付きのロールスロイスがお迎えに来るような家なのだ。Tシャツとジーンズなんかの普段着で行けるはずもない。手持ちの中で、堅苦しくなく、それでいて失礼にならない組み合わせが何かあったかと頭の中で着せ替えを展開しながら弥尋は、三木がとても残念に思うことを口にした。

「そうだ、隆嗣さん。明日はおじいさんとおばあさんの家にご招待されてるんだから、早起きしなきゃいけないでしょう？　だから今晩はするのやめようね」

　するとは言わずもがな、ナニである。夫婦の営み。

　弥尋としては当然のこと。午前中に家を出るのであれば、朝早くから用事を片づけるのは勿論、心構えも必要――と思っているのだが、夫にとっては非常に有難くない申し出だったようだ。

「え……。だが弥尋君それは……。祖父に会いに行くのと私たちのことはまた別だと思うんだが」

　平日は会社と学校に行かなければならないことを考慮して、極力セックスはしないようにしている。たまに月曜日のようなこともあるが、そんなケースは稀(まれ)。用事があるとわかっている前夜にはまず体を重ねることはない。三木の側はいつでもスタンバイオッケーでも、受け入れる弥尋の負担を考えてのことである。その分、思い切り抱き合える金曜と土曜の夜は、それこそ「もう一滴も出ない」くらいまで、二人共が思う存分愛情を確かめ合う貴重な時間、夫婦だけの時間になっている。それを邪魔されるのだから、お預けの形になる三木は不満がいっぱいなのだ。

「だって……」

　弥尋は頬を染め、俯(うつむ)き加減で呟(つぶや)く。

「動けなくなるのいや。隆嗣さん、ダメって言うのに……すごいんだから……」

　口にして、何がすごいのかを具体的に想像してしまえば赤くもなる。

「そうか、そんなにすごいのか。だけど、弥尋もいやがってないだろう？　それとも私の見間違いか？」

「いやじゃないし、見間違いでもないけど……とにかく今日はやめようよ」

「弥尋君……」

「そんな縋るような目をしてもダメなものはダメ」

「そっとするから」

「そっとって……もうっ」

　そっとしても激しくしてもセックスはセックス。途中でお互い我を忘れてしまうのは目に見えている。

「今日じゃなくてもいつでも出来るじゃないですか。今日の夜が駄目でも明日の夜もあるし、ね？」

　可愛い妻との夜の生活は大事だが、思春期真っ盛りの性少年ではないから、三木とてそれほどこだわっているわけではない。ただ祖父母に会いに行くのを喜んでいる弥尋に、少しだけ我儘を言ってみたくなっただけなのだ。

　それこそ祖父ではないが、弥尋の関心が他の人へと移ったことを面白くないと拗ねている状態と言ってもよいだろう。

「明日の夜はいっぱいしよう？　隆嗣さんがもうこれ以上無理だって言うまで」

「いいのか？　途中でやめてくれと言っても止まらないかもしれないぞ？」

「――いいよ。だって……俺も隆嗣さんとするの好きだもの」

　この後、感極まった三木にバスルームへ連れ去られ、最後まで挿入されることはなかったが、散々全身を愛撫されたのは言うまでもない。

　翌朝、三木の努力の甲斐あって、前夜の疲れもなく目覚めた弥尋は、まだベッドの中で妻を胸に惰眠を貪っていたそうな三木を早々と寝室から追い出して、出かける準備に勤しんだ。

「お昼ご飯をご一緒するなら、十一時には出た方がいいよね。ねえ、おじいさんの家はどこにあるんですか？」

「吉祥寺だ」

「そんなに遠いわけでもないんだね。でも時間に遅れるのはいやだから、やっぱり十一時には出た方がいいか」

掃除をして、洗濯をしてその洗濯物を乾燥機に放り込んでとバタバタする弥尋と反対に、起きざるを得なくなった三木はリビングのソファに寛いで、タイムスを読みながら優雅にお茶を飲んでいる。

「弥尋君、そんなに慌てる必要はないぞ」

「んー、でも何かしてないと落ち着かなくて……」

そわそわするのだ、緊張で。

しかし、掃除も洗濯も終わってしまえば他にすることがなくなり、招かれるまま弥尋は素直に三木の膝の上にぽすんと向かい合わせに跨った。

「おじいさん、俺に幻滅したりしないかな。孫のお嫁さんが男なのがやっぱり許せないとか言い出したらどうしよう。思っていたのと違うって思われたらどうしよう……」

「心配しなくても大丈夫。弥尋君が男なのは今更のことだろう？　それにこんなに可愛い妻は他のどこを探してもいやしないのだから胸を張っていればいい」

「それは欲目というものだと思うけど」

「欲目とばかりは言えないんだけどな。だが夫の欲目もあれば、祖父母の欲目だってあっていい。大丈夫、弥尋君は私の自慢の妻だ。普通にしていれば大丈夫」

「その普通にしていられる自信がないんだよ」

肩に額をコツンとくっつければ、安心させるように三木がぎゅっと抱き締める。

「私が傍についている。それとも、緊張しないでいいように、体の力が抜けるように今からおまじないでもかけておくか？」

「おまじないって……？」

「今抱かれておけば、祖父の家に着く頃には他のことなんか考えていられないだろう？」

「隆嗣さん……」

「だがそれだと困るか。抱かれた後の弥尋は普段以上に色香があるから、祖父や祖父の家のものにそんな弥尋を見せるのは勿体ない」

「勿体ないなんてことはないと思うんだけど。あのさ隆嗣さん、もういいから。たぶん、緊張もなくなると思うから、真面目にそんなこと考えないでいいよ」

「そうか?」

「そうです」

「じゃあずっと手を繋いでいよう。弥尋君の緊張が抜けるまで」

それくらいなら譲歩できないこともないかなと思案して、弥尋は頷いた。

車で一時間近く。その間、運転している三木の邪魔にならないように手を繋がせてもらっていよう、と。


感想は、「凄い」の一言に尽きた。ある程度の予想はして心構えを持ってはいたものの、所詮庶民育ちの高校生の想像力には限度がある。

「これ、ホントに個人の家?」

「個人の家じゃなかったら何だと思うんだ?」

「公園とか、お城とか、重要文化財とか?」

目に見える先までずっと続く長い白壁の塀、正門から入ると思いきや、車専用の入口が別にあり、そこから中に入って続くのは小さいけれど川があり、橋があり、池があり——の絵に描いたような日本庭園。奥に見えるのは平屋の日本家屋で、これまた立派な瓦屋根をどっしりした柱が支える、高級旅館と間違えそうなくらい立派な門構え。

緊張も何もあったものでなく、ただただ驚きに目を見張っている弥尋を隣に乗せた三木の運転する車は、玄関の手前の空いたスペースに滑り込んで停車した。

すぐに家の中から門倉が姿を見せ、三木と弥尋に向けて丁寧に会釈した。門倉は後ろに二人の男を従えており、彼らは執事の視線を受けて助手席と運転席に回り、ドアを開けて二人を車の外へ案内した。

呆けたまま車から降りた弥尋の隣に三木が並ぶと、二人はそのまま車に乗り込み、別の場所にある駐車場へ運ぶため静かに走り去った。

「隆嗣様、若奥様、お待ちいたしておりました」

「出迎えありがとう、門倉さん」

「こ、こんにちは」

落ち着いた三木と反対に慌てて頭を下げた弥尋だが、門倉は「顔をお上げください」と優しく言う。

「お出迎えもお見送りも私どもの仕事の一つですから、気になさる必要はございません。大奥様と大旦那様が首を長くしてお待ちです。さあどうぞ」

ガラリと引き戸が開かれて、正面に伸びるのは、弥尋の父親がよく見ていた時代劇に出てきそうな磨き上げられたまっすぐな廊下。毎日の掃除に苦労しそうだと思いながら、門倉に先導された廊下を三木と共に並んで歩いた。

それこそ時代劇に出てくるお屋敷のように、庭に面してぐるりと回る廊下を静かに歩くこと数分、門倉は一つの障子の前で膝をつき、すっと開いた。

「隆嗣様と弥尋様がお見えです」

弥尋はごくりと唾を飲み込んだ。知らず三木のジャケットの裾を握る手に力が籠る。

「どうぞ中へ」

「弥尋君」

三木の手が背中に添えられそっと押す。

見上げた先にあるのは、いつもと同じ三木の顔で、浮かぶ微笑みに安心を覚え勇気づけられる。

「――はい」

お屋敷に度肝を抜かれて気後れした自分に心の中で喝を入れる。

（大丈夫！　隆嗣さんが大丈夫って言うんだから怖くなんかない。いつもの俺でいれば）

祖母は優しい人だった。今から初めて会う祖父も、弥尋に会いたいと言ってくれる人なのだから、自分たちの結婚を認めてくれた人なのだから、怖い人であるはずがない。

それをもう一度心に刻み、弥尋は「うん」と三木に頷いた。「よし」と三木の目が笑い、そっと一歩を踏み出す。半歩遅れて弥尋が後に続く。いよいよ対面である。

デーンとだだっ広い畳の部屋に通されると思いきや、そこは八畳ほどの広さの和室で障子を開いてすぐに見えたのは長方形の座卓。五歩も歩くことなく到達できる距離にあったのは意外以外の何ものでもなく、必然的に部屋の中にいた人との距離も近くなる。

三木の後をついてそっと部屋に足を踏み入れた弥尋は、そのまま先に腰を下ろした三木の隣の座布団の上に恐る恐る座った。しかし、いつまで経っても恐れていたのでは自分のためにならないと、緊張で硬くなった心身を叱咤（しった）する。

相手は三木の祖父、不思議なことに、一度も会ったことのない同性の弥尋を三木の妻として認めてくれた人だが、それに甘えて胡坐（あぐら）をかくような態度を取れば、礼儀知らずとすぐに愛想を尽かされてしまうだろう。同性という社会的に分厚く高い壁を乗り越えてせっかく入籍したのに、取り消せと迫られる可能性だってある。

「おじいさん、彼が会いたがっていた弥尋です」

三木の声に励まされるようにして弥尋は顔を上げ、座卓を挟んで正面に座る男性の顔をしっかりと見つめた。

「はじめまして。弥尋と申します」

七十代の半ばを過ぎたはずの三木の祖父は、思っていたよりも遥かに若々しく、紬だろう茶色の着物に包まれた恰幅のよい体は健康そうで脆弱な様子はどこにも見られない。年齢を経た顔にはさすがに皺が幾つも刻まれてはいたものの、目はしっかりと開かれて何かを見極めようとするように、弥尋から逸らされることなく見据えられている。

「……」

この沈黙が胃に痛い。

じっと見られるばかりで何も言葉を掛けて貰えず、どうしたものかと困り果て、隣の夫の横顔に救いを求めれば、フゥとあからさまな嘆息を零しながら、三木は渋面で祖父に言う。

「そんなに見栄を張って威厳のあるところを見せようとしなくてもいいですよ。第一効果ありません。弥尋君が不安がってるじゃないですか」

三木の言葉に咲子もうんうんと頷く。

「そうよ、おじいさん。そんなに気難しい顔をしてたんじゃ、せっかく来てくれたお嫁さんが怖がってすぐに帰りたいって言うかもしれませんよ。それでもいいんですか？」

「二度と来ないと言うかもしれませんね。私も弥尋君がいやがるなら呼ばれても来るつもりはありませんが」

「ほらほら、嫌われてもいいんですか？ ねえ、弥尋君。こんな偏屈なおじいさんは放っておいて別のお部屋でお食事にしましょうか」

「それがいいですね。連れて来いと言うから連れて来たのにその態度では、食事も楽しくないでしょう。弥尋君」

三木と咲子と両方から言われ、何と応えたものか、二人の顔を交互に見ながらオロオロする弥尋の腕を摑んで三木は立ち上がった。

「でも、おじいさんが……」

三木に腕を引かれながら弥尋は腕組みしたままの祖

父を振り返る。これだけ自分の妻と孫に言われて何も感じないのだろうか？　会いたいと言ってくれたのはただの社交辞令だったのだろうか……？

　お屋敷に入る前も入った後も緊張していたが、やっと会えるという喜びが根底にあるからやって来た。手持ちの服の中から堅苦しくなく、とはいえカジュアル過ぎないものをと、ベッドの上に並べて悩み、三木に苦笑されながら選んだのも、みんな祖父に会うため。

　それなのに、ただ顔を合わせただけで終わりなのだろうか？　それだけで三木の祖父は用が済んだと思っているのだろうか。

　だったら悲しいな、と思いながら、

「うん……」

　顔見せが終わったのならこの場にいても仕方がないと立ち上がりかけた。

　が。

「待ちなさい隆嗣」

　部屋に入ってから初めて口を開いた祖父の呼びかけに、弥尋の腕を握ったまま三木は面白くなさそうに座り直した。

「——なんです？」

「よくやった」

　何をよくやったのだろうかと疑問に思った弥尋だが、そう思ったのは弥尋一人だけで、三木も咲子もやれやれという表情で祖父を呆れたように見つめている。

「隆嗣さん、何かしたの？」

　夫の腕をちょんと引いてこっそり問えば、三木はにこりと口に笑みを浮かべた。

「弥尋君を見つけて結婚したことだ。おじいさんは弥尋をとても気に入ったようだぞ」

「そう？」

　頷くと三木は、未だ仏頂面の祖父へ心底呆れ果てたと言わんばかりに溜息（ためいき）をついて見せた。

「おじいさん、いい加減にしてください。いいんですか？　弥尋君はおじいさんに嫌われてると思い込んでるんですよ。自分を好きじゃない相手のところに遊びに来ることはこの先二度とないかもしれないですが、それでもいいんですか？」

それはちょっと大袈裟(おおげさ)なのではと思ったが、祖父の隣の咲子もうんうんと頷いて同意している。

祖父は孫と妻の顔に交互に視線を遣り、それから弥尋を真正面から見つめた。何か言おうと口を開きかけるのだが、結局言葉にならずに閉じられてしまうのに気づき、弥尋は思い切って自分から話し掛けてみることにした。気に入ってくれていると三木は言う。祖父がもし最初に掛けるべき言葉を探しているだけだとしたら、切っ掛けはこちらで作ろう、と。

「あの、おじいさんって呼ばせていただいてもいいですか？　隆嗣さんのおじいさんなら俺にとってもおじいさんだからそう呼びたいんですけど、駄目でしょうか？」

三人の目が祖父一人に注がれる中、

「それでいい」

やっと出された言葉に弥尋がほっとしたのは言うまでもない。

「よかった……」

それから改めて正座し直し、少し下がって畳の上に両手をついて深く頭を下げた。

「隆嗣さんの妻の弥尋です。いたらないところもあるとは思いますが、どうぞよろしくお願いいたします」

男の自分を妻と言い切ることに抵抗も躊躇いも何もない。互いが互いを伴侶と認めていれば自然に口を突いて出てくる言葉だからだ。

しっかりと頭を下げた後、顔を上げれば笑みを浮かべて弥尋を見つめる三木と、ほんわりと笑っている咲子。そして、仏頂面が消え、目尻に皺を湛えて相好を崩す祖父の顔。そこに先ほどまでの威圧感や威厳、堅苦しさはどこにもない。

「どうです？　いい子でしょう？　人生で得た最高最良の宝物です」

「た、隆嗣さんっ」

　祖父母の前で腰に腕を回して抱き寄せようとする三木から逃れようと抗う弥尋の顔は真っ赤だ。

「おじいさんとおばあさんが見てるから……っ」

「夫婦仲がよいところを見せておくのも孫の務めだぞ」

「そんなのはわざわざ見せるものじゃないでしょう？　見せなくてもわかるものですって」

　それほど本気だったわけでもない三木の腕はすぐに解かれ、弥尋が小声で文句を言いながら元の位置に座り直すのを待って、祖父が再び口を開いた。今度は弥尋の目をしっかりと見て。

「弥尋君は隆嗣を好きか？」

「はい」

「隆嗣は小さい頃から器用ではあったが、生真面目過ぎて面白みもなんにもない男でな、仕事以外にこれといった趣味もない」

「――はい」

　はいと肯定されて三木、苦笑。

「その仕事もこつこつ真面目で堅実なのはいいが、こう、なんというのかやっぱり面白みがないんだな」

　面白みを求められる仕事ってなんだろう、仕事は面白みがある方がいいのかなと思いながら、せっかく口を開いてくれた祖父の隆嗣語りを黙って拝聴する。傍らでは「おじいさんの話は長いから」と、祖母が盆の上の急須を取ってこぽこぽと茶を淹れている。三木の表情は一見変わらないまでも、余計なひと言を発しようものならすぐに口を挟む気満々だ。

「堅実慎重は大いに結構。だが独創性がないのは時に弱点にもなる。何も奇抜なことをしろというのでなく、既定のものに独自性を持たせるくらいの気概と冒険心はあってよいと思うんじゃ。それで鷹司グループから隆嗣を貸せと話があったのをよい機会だと武者修行させるつもりでうちの会社から出向に出したわけなんだが、性格がそう簡単に変わるわけがない」

三木の横顔をちらっと見れば、耳だけ働かせて素知らぬ顔で茶を飲んでいる。

「和風喫茶の企画を通したのは隆嗣にしては上出来だとは思ったがな」

「私だっていつまでも子供じゃありませんからね」

「まだまだヒヨッコの若造が何を言う。一人前になるまで会社は継がせんからな」

「私は別にこのままでも十分です。弥尋君さえいてくれれば不満も不安もありませんから。そもそも会社を継ぐのは父さんで、その次は兄さんで決まっています。私は普通の社員、よくて役員の一人で十分です」

「こんな男なんだが……弥尋君、本当に隆嗣でいいのかね？」

「はい。俺も隆嗣さんがいてくれればそれだけで幸せですから」

「——何度も言うが、本当に面白みのない孫だが、幼い頃から善悪多くの人間に接する機会があったおかげで、人を見極める目は持っている。その隆嗣が弥尋君を選んだ。弥尋君という可愛い嫁を手に入れたのは、隆嗣の一番大きな功績であり手柄かもしれん。弥尋君、隆嗣をよろしく頼むぞ。浮気でもしようものなら、わしやばあさんにいつでも言いに来なさい。こっぴどく叱ってやる」

「馬鹿なことを言わないでください。浮気なんかするわけがないでしょうが」

心外だと、祖父に噛(か)みつかんばかりに抗議する三木だが、それを止めたのは弥尋だった。

「浮気したら後なんかあるわけないじゃないですか」

三木も祖父母もギクっと強張った顔で、笑顔の弥尋を注視した。

「浮気は絶対許せません。その時は離縁して実家へ帰らせていただきます」

それからにっこりと三木へと笑いかけた。

「でもそんなこと絶対にないですよね」

弥尋の発言に驚いて茫然自失に陥りかけていた三木は、慌てて頷いた。

「当たり前だ。あるはずがない。私には弥尋君がいればそれでいい。だから仮定でも嘘でも冗談でも、そんなことを言わないでくれ。心臓が止まるかと思った」

「ごめんね。でもさっきのは本当だから。勿論、ないってわかってるよ」

三木の腕を撫でて慰める弥尋の横顔に注がれる祖父母の目は、孫夫婦の微笑ましい様子に緩み切っている。

「あらあら。本当に仲が良いこと」

「要らん心配のようだな。隆嗣、弥尋君を泣かせたらわしが承知せんからな」

「泣かせたりなんかするわけがない」

ベッドの上では別ですけどね、とこっそり胸の中で付け加える三木である。


渋る三木から見せて貰った写真で弥尋の顔は知っていた祖父は、初めて直接弥尋の実物と対面して、思っていた以上の美少年ぶりに「これが本当に孫の嫁なのか？」と半信半疑になってしまったと打ち明けた。確かに孫の隆嗣は見栄えのするよい男だと思うが、弥尋のような綺麗な少年が、よくもまあ本当に一回りも年上の男と結婚する気になったものだと感心するやら、驚くやら。

その観察と驚きで声を掛けるのが遅くなってしまい、結果的に弥尋を不安にさせてしまったことを詫びられてしまえば、元より楽しみにしていた弥尋である。屈託はどこにもなく、心からの笑顔で応えることが出来た。

三木との馴れ初めから結婚に至るまでの話を弥尋の立場から語れば、うんうんと聞いてくれる。面白みのなかった孫によい意味で彩りを与えてくれる弥尋の存在は、祖父母にとっては有難いものだったのだろう。

話をしている間に、廊下側の障子が開いて給仕が次から次に料理を運び入れ、座卓の上に並べた。出前は前回の引っ越しでも食べた料亭「悠翠（ゆうすい）」からのもので、大きな重箱に詰められた色とりどりの総菜に舌鼓を打つ。

「とても美味しいです」

「それはよかった。美味（うま）かったと言っていたのを聞いていたからな、今日も板さんに腕を振るってもらった甲斐があった」

「はい。引っ越しの時にもとても美味しく食べさせていただきました。両親も兄もあんな豪勢で美味しいお弁当食べたことがないって、大喜びでした」

「美味いと言って貰えればそれだけで本望じゃ。いつか機会があれば悠翠まで隆嗣に連れて行ってもらうといい。そして直接礼を言ってもらえると板さんも喜ぶだろう」

　板さんとは板前さんのことを呼んでいるのだと思っていたが、実際に板垣（いたがき）という名前の料理人で、悠翠に幾人もいる料理人たちの長を務めていることを後日弥尋は知ることになる。

　食後のデザートはひんやりとした水羊羹（みずようかん）と濃い茶で、茶はお茶の師匠を務めている咲子が手ずから立ててくれたものだ。普通に飲むお茶より苦味はあったものの、菓子の甘さと相殺されて慣れない弥尋も楽しむことが出来た。

「奥様」

　食事も終わり四人で寛いでいると、和服姿の使用人が咲子に呉服屋が来たと呼びにきた。

「あら、もうそんな時間かしらね」

　時計を見れば二時少し前で、いつの間にか来てから二時間過ぎていたことになる。

「客ですか。それなら私たちはこれでお暇（いとま）しますが」

「いいえ、このままいてちょうだい。それから弥尋君をちょっとお借りしていいかしら」

「俺ですか？」

「弥尋を？」

「ええ」

「隆嗣はその間、おじいさんのお相手をしてあげてちょうだい。最近、将棋をする時間がないって文句を言っていたからちょうどいいわ」

「言っておきますが手は抜きませんからね」

「お前なんぞに負けるものか。そうだ弥尋君。弥尋君は将棋はしないのかね？」

手合わせをと目を輝かせる祖父へ、弥尋はごめんなさいと頭を下げた。

「残念ながらやり方知らないんです。でも、いつかお相手できるように練習しておきますね」

「そうかそうか。その日が来るのを首を長くして待ってるぞ」

引き留めたそうな三木へ大丈夫だからと断って、咲子に連れられて別室に向かった弥尋は、畳の上に広げられた大量の反物とニコニコ微笑む咲子の言葉に固まった。

「今日はね、弥尋君にお着物を作ろうと思って呉服屋さんに来ていただいたのよ」

咲子の着物を作るのだとばかり思っていた弥尋は、連れて来られて初めて判明した事実に戸惑った。

「着物を作っていただくなんてそんなこと……」

大それた真似(まね)をしてもよいのだろうか？

「遠慮はなしにしましょう。一枚か二枚は持っていた方がいいこともありますからね。あら、そのお色、いい感じだわ」

男物の着物というと地味な色目の紺や黒、茶色のイメージが強いが、呉服屋が持って来た反物の中には明るく華やかなものが多くあった。しかし、普段の洋服ならともかく、和服には造詣が深くもなんともない十八歳の弥尋に選べるわけもなく、結局、祖母や呉服屋に次から次に反物を当てられて、どれがいいかと悩まれている状態。

「お出かけ用と催事用に一枚ずつ、普段着用に三枚は欲しいところね」

催事用とは紋付き袴だろうか。

「色も白くて若くて可愛らしい感じの方ですから、思い切って華やかなお色で合わせてもお似合いだと思いますよ」

「そうねえ……こっちの薄藤色はどうかしら」

「何だか楽しそうなことになってますね」

「隆嗣さん」

襖を開けて入って来た三木は、淡い藤色のグラデーションが入った反物を肩から纏った弥尋を眺めて、苦笑した。

「……隆嗣さんが笑った……」

「ああすまない。だが変だから笑ったんじゃないから怒らないでくれ。似合ってるぞ」

「なんか嘘くさい」

「本当だ。ねえおばあさん」

「ええ。隆嗣の言う通り似合ってますよ、とっても」

呉服屋の手伝いの女性も大きく頷いた。

「お若い方のお着物をこうして選ばせていただくのは私共も腕がなります。しかもこんな見栄えのする方で選び甲斐があるというものですわ」

「だそうだ。諦めなさい、弥尋君。おばあさんの気の済むようにさせてあげるといい」

「でもいいの？　着物って高いんでしょう？」

「値段はあの人たちにはあまり関係ないんだ。ただいろいろしてあげたい気持ちが強いだけで悪気はないしな。それに私も弥尋君の着物姿を見てみたい」

「似合わないと思うよ？」

「そうか？　今は反物の状態で合わせているだけだから違和感があるかもしれないが、仕立てた着物を着てみると自分でも似合ってると思うかもしれないぞ」

「そうかな？　隆嗣さんは若旦那でとってもよく似合

ってたけど、俺はそうでもないと思うよ。それよりおじいさんは？　将棋はもう終わったの？」

三木は祖父がいる部屋の方角へ視線を遣り、肩を竦めた。

「長考に入ってしまったから抜けてきた」

「おじいさん、強いの？」

「そうだな……弥尋君が将棋を覚えて私と何回か手合わせすれば互角に戦えるくらいかな」

それって強いとは言わないのではと思ったが、ここには祖母も呉服屋もいる。祖父の名誉のために心の中で呟くだけに留めておくべきだろう。

三木はそのまま部屋に居座り、やっと駒を動かして三木を呼び戻しに来た祖父と一緒になって、帯や草履を「あっちがいい」「いやこれの方がいい」と大騒ぎし、初めての着物選びが終わったのは四時になろうかという時刻だった。

「今日はお招きありがとうございました。着物もありがとうございます」

「着物が出来上がったら連絡するわね。そして一緒にお買い物に行きましょう。楽しみにしてるわ」

「弥尋君、将棋も覚えておくんだぞ」

「はい」

玄関先まで見送りに出て来た祖父母と門倉に礼を言って車に乗り込む。

手を振って、門を出てから弥尋はほっと体全体から力を抜いた。

「疲れたか？」

「少し。疲れたっていうのか、張ってた緊張の糸が切れた感じ。おじいさんが喋ってくれた後はそうでもないと思ってたんだけど、やっぱり緊張してたのかも。二人になってほっとしちゃった」

行きがけと同じように、弥尋は三木の腕に手を回した。

「甘えん坊だな、うちの奥様は」

「運転の邪魔にならないようにするから少しだけこうしてていい？」

「どうぞ。頑張ったご褒美に抱き締めてあげたいところだが、今は残念なことに運転中だ。家に帰っての楽しみにするとしよう」

「たくさんぎゅってしてくださいね」

「勿論。だがその前に、寄って帰りたいところがあるんだが、いいかな」

「？　別にいいけど。買い物ですか？」

「いや。見せたいものがあるんだ」

「見せたいもの？」

「すぐ近くだ。ほら」

祖父母の家を出て五分も車を走らせない距離にその店はあった。

「森乃家（もりのや）……？」

「森乃家本店だ」

店の前の駐車場の空いているスペースに車を停めた三木は、弥尋を促して車を降りた。

「森乃家本店って、あの高級和菓子の老舗のですよね」

弥尋の母が絶賛し、ついこの間和風喫茶「森乃屋」と同系列だと知ったばかりの国内外でも名の知られた有名菓子処（どころ）。

「弥尋君がよく行く森乃屋の菓子のほとんどを作っているのがこの店だ。店の裏手に菓子工房があって、工場で作られるもの以外のほとんどがこの本店の工房から出荷される」

年代を感じさせる古い木造の店の裏側は建物の陰になってよく見えなかったが、店だけにしておくには広過ぎる敷地と建築物の屋根が見えた。三木の説明によると、奥に見えるそれは工房と職人たちの寮とのことだった。

「中に入ろうか」

飴（あめ）色に色づいた大きな看板の下は、深い緑の暖簾（のれん）。大きな丸の中に木を模した「木」という漢字が三つ、森の字のように意匠されて並んでいる。それをなんとなく眺めていた弥尋の頭の中に、唐突に浮かんできたもの。

「森乃家……森……三木？」

笑う三木の顔が回答だった。よく考えればすぐに気づきそうな単純な連想ゲームなのだが、今になって文字が意味するものに気がついた弥尋はただ驚くばかり。

「森乃家って隆嗣さんの家のお店だったんだ……。じゃあ森乃屋も？」

「あっちはうちと別企業との提携で出来た店だから直接的な系列ではないが、関係先ではあるという意味で姉妹店より少し遠い従姉妹店というところだな」

「でも使ってるお菓子はここのなんでしょう？」

「ああ。弥尋君が今まで食べた試作品もここの工房で作ったものだ。基本的にアイスクリームやパフェ以外はうちの工房で作って一号店と二号店に運んでいる」

「道理で美味しいわけだ」

人気の高い菓子屋の本家本元からの直搬入となれば、味も質も特上品のはずである。暖簾を潜って入った中には、百貨店の中の菓子屋や街のケーキ屋のようにガラスのショーケースがあり、その中に形も色もきれいな和菓子が並べられていた。

普段目にすることの多いおはぎや桜餅、柏餅に羊羹、大福といった定番から、季節風にアレンジされたもの、凝った飾りが施されているものなど見ているだけでも楽しくなる。和菓子ばかりでなく、洋菓子風にアレンジされた菓子もショーケースに並び、若い人が指さしながら選んでいた。

店員は全員が着物を着用し、襷掛けでの接客を行っていた。外観こそ年代物だが、中は昔ながらの趣と雰囲気を残しながら木造建築を活かした現代風に改装されており、老舗の風格だけでない明るさも同時に感じられた。

「さすがに老朽化した建屋で営業できなくて、五年前に建て替えたんだ。その前はもっと古臭い店だったから、その時に来ていたらきっと驚いただろうな」

　日本ばかりか世界でも名前の知られた和菓子処「森乃家」。初めて訪れた店は甘いもの好きの弥尋の関心を引くのに十分だった。しかし、それ以上に弥尋たち自身が店の中で注目を集めていた。美青年と美少年、外見的な要因から視線を集めることは普段と変わらないのだが、それよりも立場的な注目度が大きかった。森乃家の経営者の息子で数年前まで店の裏手の屋敷に住んでいた三木は、本店に古くから勤めるものたちにとっては三木家の坊ちゃんであり、経営者でもあるのだ。

　三木の来店に気づいた店員が店長を呼びに奥に行き、奥の部屋から暖簾をかき分け出て来たのは、渋い和服を身に着けた五十代の店長（番頭）ともう一人、三十代半ばの男で、二人は三木を見つけるなり笑いながら大股で近づいてきた。

「来るなら教えてくれればいいものを」

　若い方の男は三木の背中を軽く叩き、その親しげな挨拶に隣でビックリしている弥尋へ笑いかけた。

「弥尋君？」

「は、はい」

「はじめまして。僕は隆嗣の兄で雅嗣と言います」

「お兄さんっ!?」

　まさか心構えもなしにいきなり三木の兄に会うと思っていなかった弥尋は、今日何度めになるかわからない驚きに、咄嗟に三木のジャケットの裾を摑んでいた。

「お兄さんって……隆嗣さんのお兄さんなんですか？」

「正真正銘私の兄だ。兄さんが店に出てるとは思わなかったんだが」

「知ってて連れて来てくれたわけじゃないのか？」

「いや、おじいさんに呼ばれて来て、弥尋君に店を見せようと思いついて帰りに寄っただけだ」

「なんだ。それなら僕はラッキーだったな。やっと噂の弥尋君に会えた」

三木よりも細身でサラリとした黒髪は襟足にかかるくらい。銀フレームの眼鏡をかけた兄雅嗣は、顔立ちは三木よりは柔和だが目元はやはりどこか似ていた。どちらにしろ整った容貌なのは言うまでもなく、そして何よりたおやかな風貌は和服がとてもよく似合っていて、

「本物の若旦那だ……」

弥尋は思わず呟いていた。

「若旦那？」

「あ、すみません。着物が似合ってるものだからつい……」

「私の時にも同じことを言ってたな、確か」

「うん。だって着物が似合う若い人って若旦那って感じがして……」

「それは光栄だ。ついさっき着替えたばかりなんだけど、タイミングがよかったな。弥尋君に気に入っててもらえたみたいだし」

雅嗣と隆嗣の兄弟、弥尋は、立ち話もなんだからと店の奥の椅子に座った。

「やっと会えて嬉しいよ、弥尋君。何度隆嗣に催促しても家に連れて来てくれないから、一体いつになったら会えるんだろうってそれはもう楽しみにしていたんだ。出し惜しみして独り占めするつもりだったんだろう？」

「独り占めもなにも弥尋は私の妻だ。独り占めしてどこが悪い」

「独占欲の塊だね、隆嗣。辛いことがあったらいつでもおいで。僕が話を聞いてあげるから」

「さっきもおじいさんに同じこと言われました」

「それだけ弥尋君が気に入られているってことだね。おじいさん、喜んでいただろう？　孫嫁に会いたくて仕方がなかったんだよ。少し頑固なところもある人だけど、仲良くしてあげてね」

「はい」

「たまには顔を見せに行ってくれると喜ぶよ。もちろん、僕たちにも会いに来てくれると嬉しい」

「はい。出来ればそうしたいです」

「だそうだから、隆嗣もたまには弥尋君を連れて実家に来なさい」

「おうちはここじゃないんですか？」

「昔はこっちに住んでいたけど、今はもっと都心に近いところに家があるんだ」

　以前住んでいた家は、老朽化した店を改装するより前に、増えて来た職人たちの寮として用途が変わっていた。現在は本社に近い白金（しろかね）に本宅が構えられているという。

　そんな近い距離に実家がありながら、三木がしばらくホテル暮らしをしていた理由は、勤務先に通うのに都合がいいというだけでなく、見合い写真を持って押し掛けるお節介な親戚にうんざりしていたからだ、というのはすでに三木から聞いていたことでもある。

「じゃあ今日は本当に偶然だったんですね、お兄さんに会えたのは」

　雅嗣は目を細めて微笑んだ。

「僕のこともお兄さんと呼んでくれるんだ」

「隆嗣さんのお兄さんなら俺にとってもお兄さんです」

　雅嗣はレンズの向こうの瞳を嬉しそうに細めた。

「嬉しいな、こんな可愛いお嫁さんな義弟（おとうと）が出来て。弥尋君は三木の家では若奥様だから、いつでもおいで」

「そんなに頻繁には行かないぞ。弥尋は受験生なんだから」

「自分が独占したいだけだろう、隆嗣は」

　意外なことに本店の従業員のうち、古くから勤めて三木の小さい頃を知っている古株たちは、三木と弥尋の関係を正確に知らされていた。男同士の同性愛で嫌悪の目で見られることも覚悟していた弥尋にとって、彼らの態度はおおむね好意的でほっと安心したものである。

店にはそう長居することなく、雅嗣からお土産に和菓子を持たせてもらって後にした。

車中、三木が家のことを説明する。

三十三歳の雅嗣は離婚歴があり、五歳の息子が一人いること。森乃家は三木屋が経営する店の基幹でもあり、一番重要な柱になっていること。あの高級料亭「悠翠」も実は三木屋が経営していることなどである。

それら各系列の統括をしている本社三木屋において、三木は営業開発部に所属している。

兄が副社長で父親が社長、祖父が会長を務める同族経営ではあるが、昔から続く老舗でもあり、元華族で代々代議士を輩出して来た祖母の家をはじめ各界とのパイプも強固、伝統を守りながら時代の流れにも柔軟に対応する経営方針から、海外にも店を展開し、不景気でも資産を減らすことなく着実に業績を伸ばしている。

「おじいさんが言ってた出向っていうのは？」

「縁戚関係にあったり昔から提携していたりする別の会社に、今は修行に出されている状態だ。いろいろな角度から物事を考え、視野を広げるために籍を置かせてもらっている。毎日出勤しているのは、そっちの会社だ」

二つの会社で責任のある立場を任されての並行業務ではあるが、今のところ滞りなく進められている。

「隆嗣さんって凄い人だったんですね」

しみじみと言われ、三木は苦笑した。

「弥尋君にはカッコ悪いところも見せているからな」

「ううん、そうじゃなくて、大変なところを見せないところが凄いなって思ったんです。でも無理だけはしないでくださいね」

「私だって弥尋君に心配はかけたくないと思ってる。大丈夫、これでも結構要領よくなったんだぞ」

Co's（コーズ）に入社して五年、部長代理として二年。生ぬるさを感じさせないハードな職場は、三木にとっても有意義な仕事環境だった。遣り甲斐もあり、成果も出ている今の職場が三木はかなり気に入っており、無理をしていないという言葉に嘘はない。

雅嗣から貰った和菓子はたくさんあり、本川の家に寄り道してお裾分けすることにした。

訪ねた弥尋の実家は土曜日の夕方でもあり、両親と長兄は在宅だったが、例の如く次兄の実則は仕事で不在だった。

「実則兄ちゃん、まだ忙しいの？」

玄関先で菓子箱を渡しながら尋ねると、志津はひょいと肩を竦めた。

「週末は泊まり込みで夜中まで個人レッスンをやってるらしい」

「もしかして我儘クソアイドル？」

「その御指名が続いているんだそうだ」

人気沸騰のアイドルはスケジュールも非常にタイトで、その隙間を縫ったスケジュールに合わせて実則のシフトを組むのだから、スポーツクラブ側もかなり頭を使っているらしい。そのため、元々土日が休みだったはずの実則の現在の公休日は平日の木曜が一般的。シフトも朝から夕方まではなく、夜中の時間まで入れるよう昼過ぎからへと変更された。

「じゃあますます会えなくなるね、実則兄ちゃんに」

同じ家に暮らしていた時にはそれでも一日一回、二日に一回程度は顔を見ていたが、ここまですれ違ってしまえば、こちらが実則の休みに合わせて動かなければ、半年くらいは平気で会えなさそうな気がする。

弥尋が結婚して家を出てすぐの頃は、

「俺も弥尋と三木さんとやらに会う」

と息巻いていた実則も、最近は寝に帰るので精一杯ということだ。昨今では生活習慣の多様化や店舗の営業時間の変更などから、スポーツクラブも夜二十三時までのコースがあり、意外と会社帰りのサラリーマンやＯＬに人気らしい。コマ数を増やせば講師も必要になる。元々多くのクラスを受け持たず、ジムやフロアでフリーの指導にあたっていた実則にも皺寄せは当然やって来て、さすがに疲労が溜まっている状態で、家にいる時はほとんど寝ているとか。

「でも出来るだけ早く隆嗣さんにも紹介したいんだよね。今度また連絡するって実則兄ちゃんに伝えてくれる？」

「わかった。弥尋も体には気をつけろよ」

「うん」

「弥尋、あんたたちご飯はまだなんでしょ？　今日のおかず、余りそうだから持って行きなさい」

　応対を志津に任せていた母親は、台所でせっせとタッパーに詰め込んでいた夕飯のおかずを紙袋に入れて渡した。

「野菜も肉も入ってるから、三木さんにはちゃんと栄養のバランスを考えて食べさせてあげなさいよ」

「はーい。それじゃ、家の前に車停めてるからもう行くね」

「また今度、ゆっくり二人でいらっしゃい」

　三木が実則に会うのは、まだまだ先のようだ。

　祖父母と兄との対面を果たした弥尋だったが、血は争えないなと思ったのは、翌日曜の夜になって掛かってきた抗議の電話への感想だ。

　掛けて来たのは三木の父親で、どうやら自分だけが除け者にされたと憤慨しているらしい。

「可愛い嫁に会ったぞ」

　祖父に自慢され、

「僕も会いましたよ。素直でいい感じの子でしたよ」

長男にも先を越され、

「どうして俺だけ会わせてくれないんだ!?」

と、三木に対してお怒りなのだ。

「そうは言っても、父さんは日本にいないじゃないですか。弥尋君をパリまで連れて行けって言うんですか？　学校だってあるのに無茶言わないでください」

子機で話す三木の横にぴったり張り付いている弥尋の耳にも、三木の父親の声は筒抜けだ。

「平日は弥尋君は学校があるし、私も仕事だから無理です。次の週末でいいなら予定を入れておきますよ。——ええ、わかりました」

電話を切った三木は、子機をテーブルの上に置いて手を広げた。

向かい合う形で膝の上に乗った弥尋は、よしよしと三木の頭を撫でる。

「どうしてこう誰も彼も子供みたいなのばかりなんだか……。聞こえていただろう？　あの大人げない人が私の父だ」

「声がすごくよく響くお父さんだね」

「昔オペラに凝ってた時があってね、今も趣味はカラオケという人だから声量は確かに凄い。だがその肺活量と発声も電話で駄々をこねるのに使うのは無駄だとしか思えないな」

「隆嗣さんが早く会わせてくれないからですよ」

「こっちの都合と向こうの都合が合わなかったんだからこればっかりは仕方ない。わざわざフランスまで自慢の電話を掛けた兄も兄だし、祖父も祖父だ」

やれやれという溜息に弥尋はクスクス笑った。

「国際電話はお金もかかるのにね」

「そういうのとはまた違うんだが——」

苦笑しながら三木はもっと密着するように弥尋を抱き寄せた。

「それにしても弥尋君は大人気だな」

「出し惜しみしてると思われてるから、余計に早く見たいんだと思う。隆嗣さんだって実則兄ちゃんには早く会いたいと思ってるでしょう？　それと同じだよ」

「そうだな。うちはともかく、実則君とも何とかして会えるようにしないといけないな。忙しくて時間が取れないのなら、いっそ二人で実則君のスポーツクラブの会員になるか？」

「それで隣同士でマシン漕(こ)ぎながら、はじめましてって挨拶？」

「なかなか楽しいシチュエーションだろう？」

「二人してどっちが先にリタイアするか張り合いそうな出会いだね。全然つかまらないようだったらそうするのも手だとは思うけど、それだけのために会員になるのは勿体ないいな」

「健康のためにはいいと思うが」

「あー、俺、自発的にする運動はあんまり好きじゃなくてどっちかっていうと苦手だから……。相手のいるスポーツだったらなんとかできるんだけどね、持久力はダメそう」

「確かに。持久力はまだまだだな」

力強く納得した三木の同意の根拠に思い当たり、弥尋は顔を赤くした。

「……隆嗣さんがあり過ぎるだけです」


ゆっくりと過ごした日曜を経て始まった新しい週は同じように平凡に進むかと思われていた。しかし月曜日の夜に呆気(あっけ)なく変わってしまう。

「出張？」

早い時間に帰宅した三木は、玄関で靴を脱ぐより先に火曜日から土曜日まで出張に行くことになったと告げた。

「五日間も……。急ですね。どこに出張ですか？」

「北京(ペキン)だ」

「中国(ちゅうごく)かあ。近いようで遠いような微妙な距離感がなんとも言えないですよね」

「元々私が担当しているわけではなかったんだが、行くはずだった担当者が悪性のインフルエンザに罹(かか)ってしまったものだから、ピンチヒッターになってしまった」

「ここでヒットを打てば株が上がりますよ。あ、でもこれ以上隆嗣さんの株が上がって、会社の人たちに目をつけられるのはいやだなあ」

慕われるのは嬉しいが、恋情を抱かれるのはいやだ。複雑な妻心である。

「たとえ誰に目をつけられたとしても、私には弥尋君だけしか見えていないからそれでいいじゃないか」

「それはそうなんだけど」

「私だって残念なんだぞ。しばらく出張は入れない予定だったのに、五日も弥尋君の顔を見られないのは拷問だ」

「じゃあたっぷり見て行く？　それとも写真を持って行く？　スマホのフォルダーの中に入れておけば見たい時にいつでも見れるよ」

眠っている三木の隠し撮りをこっそりスマホのデータフォルダーに入れている弥尋が提案すれば、三木も「それはいいな」と賛成した。

笑顔の弥尋を数枚撮影した三木は、満足そうに液晶画面を眺めている。

「顔が緩んでる」

頬をつついた指を三木の手が握り、そのままトスンと膝の上に転がった。

「最愛の妻の顔を見て緩まないはずがない」

「写真見て充電したらすぐに顔を戻すのを忘れないようにしてくださいね」

「ああ、だが寂しいな」

「うん……俺も寂しいよ」

出会ってから半年以上、顔を合わせない日もあったが、こんなに長い間離れているのは久しぶりで、本当に大丈夫なんだろうかと悩んでしまう。

ただ、そうしていても仕方がないので、スーツケースに必要なものを詰め込む作業は二人で行った。下着や着替え、ワイシャツにネクタイ、靴下。北京はもっと北寄りでまだ寒いだろうから、厚めの肌着も忘れない。

「汚れものは帰って来たらまとめて洗うから、こっちの袋に入れてくださいね」

抗菌防臭加工付きの袋をスーツケースのサイドポケットに詰め込む。いざとなれば下着や靴下などは現地で購入すればいいため、余分なものは入れない。それでもスーツの替えがあれば嵩張る(かさば)のは否めず、スーツケースは結構な重さになった。

「弥尋君」

荷物も片づけ終わって、後は眠るだけという時間になり、ベッドに横になった弥尋の上に覆い被さるようにして、三木が囁いた(ささや)。

「弥尋が欲しい。出張の間に不足しないように」

「……出張って接待とかあるって聞いた。女の人に言い寄られてもなびかないでね。浮気したら」

「実家に帰らせていただきます、だろう？　それは私もいやだ。大丈夫。浮気なんかする気もない。それに、気になるなら出来ない体にしたらどうだ？」

「どうやって？」

「さあ、どうすればいいんだろうな」

笑う三木を軽く睨み(にら)ながらしばし考え、弥尋は真面目な顔で告げた。

「いっぱい印つけて、いっぱい搾り取る」

慣れないキスマークをつけるために頑張って三木の肌に吸いついた。三木をたくさん中に貰った。翌日は

火曜日で平日だったが、そんなこと気にならないくらいに抱き合った。

先週の月曜と同じ展開になってしまったわけだが、セックスするしないはともかく、手を握ったり、キスをしたり、毎日していたことを五日も三木と出来ないことを思えば、欲張ってしまいたくなるのは言わずもがなである。


教室の窓から見える空は今日も青く高かった。

ただいま古典の授業中。しかし弥尋の意識は黒板の前で漢文を朗読する教師の声には向いておらず、思い浮かべるのは今朝方別れたばかりの三木のこと。

(見送りに行きたかったなあ)

出張が多いとは結婚する前から聞かされていたが、いざその時が来てみれば呆気ないほど簡単に、スーツケースを抱えて三木は家を空けてしまう。休日に出立するのなら空港や駅まで見送りに行けるのだが、平日で授業中ではそうもいかない。

半日くらいサボってもいいと思うのだが、出張のたびに見送りを理由で休むのなら年に何回休まなければならないのかわからなくなってしまう。長期出張で何週間も会えないのなら三木本人が遠慮しても押し掛け見送りをするつもりだが、今回は国外でもそう長い期間ではなく、さすがに弥尋も断念せざるを得なかった。

「気をつけていってらっしゃい」

そう言って別れたのはつい数時間前のこと。近いようで遠いお隣中国。もう向こうに着いて、現地で仕事に入っている頃だろう。

これから先、幾度も言わなければならない「いってらっしゃい」。三木が帰るまで独りであの家で待たなければならないことにもそのうち慣れていくのだろうか?

「本川の家に戻っていてもいいぞ」

一人で家に残る弥尋を案じて三木はそう勧めてくれたが、

「僕の家はここだよ。隆嗣さんの帰りを待つ場所はここだからうちで待ってます。それに本川の家だったら、隆嗣さんと電話で話すのにも気を遣わなきゃいけないでしょう?」

考えたくはないが、もし何か不慮の事故があった時に連絡が取れる場所にいたい気持ちもある。緊急時の連絡先は数か所が登録されている。一つは自宅である弥尋と暮らすこのマンション、三木の実家、弥尋の高校である。そのどこかに電話をすれば必ず繋がるようになっている。家族であり伴侶である弥尋に一番に連絡が行くのは言うまでもない。

家に戻っても三木は帰って来ない。

(夜ご飯、何にしようかな)

五日間、一人分だけの食事を作るのは効率的じゃないような気がする。昼は食堂で食べるとして、朝はパン、夜は弁当屋の弁当で賄おうか。それともこれを機会に料理の試作品をたくさん作って腕を上げる修行をするべきか。圧力鍋様のレシピをコンプリートする勢いで作っていくのも、腕前と要領のよさを上げるためには有りだろう。

弥尋の午後の時間はそんなことをつらつら考えながら過ぎて行った。


そして帰り着いた家。無人なのはいつものことだが、夜になっても誰も帰って来ないとわかっていれば、広さが恨めしくなるくらい寒々しい。ヒーターは入っているし、電気もついているのに、足りないのだ、ぬくもりが。そのため普段はあまり見ないテレビをつけて人の声をBGMにしたが、それが恋愛ドラマだったりしたものだから逆に寂しさを募らせるだけになってしまった。

（月曜の夜って恋愛ドラマしかないのかな？）

一家の主婦として、初めての留守番は何がなんでも勤めあげなければならない最初の試練である。見栄も意地も必要のない実家ならいつでも行ける。簡単に行けるから、それを我慢するのも嫁としての修行だ。浮気をされれば即実家に戻ると宣言してはいても、簡単なことで実家に泣きつく真似はしたくない。

風呂に入って寝巻に着替え――――。

「つまんないな……」

三木がいない。会話をしなくてもくっついているだけで安らぐ三木がいない。

夜には電話をすると言っていた三木からの電話はまだなく、スマホを抱いたままベッドに座る。

もうホテルに着いて食事を済ませただろうか。

「それとも接待とか……」

キャバレーやクラブみたいな場所に呼ばれて、きわどいドレスを着た女性たちに囲まれている三木の姿を想像するだけでイヤになり、弥尋は三木の枕を抱いてゴロゴロベッドの上を転がった。海外出張に慣れている三木が下手に羽目を外す行動を取るわけないとわかっていても、一度は言わないと気が済まない台詞はある。

「女の人の匂いなんかつけた服を持って帰って来たらお仕置きしてやる！」

と、最初の一時間はあれこれ考え時間が経っていったのだが、そのうちまた寂しさが勝って来る。

「早く電話して来ないかな」

十時過ぎ、

――弥尋。

掛かって来た待望の三木からのコールに、少し泣き声で応えたのは三木には内緒だ。

「隆嗣さん、もうご飯食べた？　お風呂も入った？　あのね今日学校でね――……」

いつも三木と寄り添って眠っているクイーンサイズの広いベッドは独り寝には広過ぎた。三木の枕を身代わりに抱っこして眠った弥尋は、アラームで目を覚ました。

「……ん、もう朝……」

昨夜三木と電話越しに話をしていたのは三十分程度。通話は切れても、携帯電話に三木の声のぬくもりが残っているような気がして、握りしめたまま眠ってしまっていた。二人でセットしたアラームの時刻は時差を考慮し、一時間違いで同じ瞬間に鳴るようにしている。今頃北京のホテルで三木も目を覚ました頃だろう。

「おはよう隆嗣さん」

繋がっていない受話器に向けて呟く。

朝から声を聞きたいところだが、それをしてしまえば時間を忘れて話してしまいそうで、緊急の場合を例外として、お互いに「朝の電話はやめておこう」と出発前に話し合った。

「結婚前に戻っただけなのに不思議だなあ」

異なるのは、ここが本川の実家ではなく、三木と弥尋の家であること。いつも二人で寝起きしていたのに、一人がいなければ寂しく思って当然だろう。

「よいしょっと」

いつまでもパジャマのままゴロゴロしていても三木が帰って来るわけではない。

「おはよう。今日も無理しない程度にお仕事頑張って」のメールを送信、いつもと同じ時間、六時なのを置時計で確認した弥尋は素足でペタペタとフローリングの床を歩き、上着を手に玄関に向かった。

空調設備が万全なのは言うまでもないが、寝室とリビングには床暖房も設置され、裸足(はだし)で歩いても特に冷たさは感じない。あらかじめタイマーと温度設定をしているために、寒い朝も暖かさの中で目覚めることが出来るのは、このマンションへ越して来てよかったと思われることの一つである。

難点は集合住宅独自の欠点、集合ポストまでが遠いということか。コンシェルジュをフロントに置いている二十四時間体制のマンションなら、郵便受けに届けられた荷物を玄関まで持って来てくれるサービスもあるらしいが、あいにくここはそこまでのサービスはない。郵便物は学校帰りに取って部屋に戻ればよいから特に苦に感じたことはないのだが、さすがに朝の新聞を取りに行くのは面倒だと感じることもしばしばだ。

歩く距離は数分とはいえ、エレベーターに乗って下に降りてエントランスまで行き、それからまた部屋に戻るという過程は朝ぎりぎりまで寝ていたい人間には不向きだろう。

三木の仕事上、英字新聞や経済紙を含む四種類が毎日届く新聞で、一日でも取りに行くのを忘れれば一般の集合住宅より深くて大きめとはいえ、すぐに郵便受けはいっぱいになってしまう。

弥尋はパジャマにしている緩めのルームウェアの上からジャケットを羽織り、いつもの日課としてエントランスへ新聞を取りに向かった。最初の頃は制服に着替える前に一度私服に着替えて外に出ていたのだが、住民にほとんど会わないとわかってからは少しばかり無精させてもらっている。

光沢のあるシルクの寝巻の場合はさすがに一度着替えることにしているが、ほとんどのパジャマは、室内着として普段から着用してもよいデザインのため特に気にしないでよいからだ。

さて、そんな風にして欠伸(あくび)を嚙み殺しながら、少し寝癖のついた髪のまま、郵便受けを覗いた弥尋は、エントランスから入って来たばかりの若い青年に気づいて会釈した。インターフォンを押すことなく鍵を使ってすんなり中に入って来たことから、このマンションの住人だと知れる。

耳にはピアス、意外にも髪は染めずにストレートの短髪、サングラスをかけたちょっと背の高い男とは、同じような朝の時間に数回顔を合わせたこともあり、なんとなく顔見知り気分だ。弥尋が一方的に覚えているだけで、相手は覚えていないかもしれないが、滅多に人とすれ違うことのないこのマンションで数回顔を見るだけでもかなり稀なことであり、それだけで不思議な親近感を抱くのに十分だった。

(夜のお勤めの人かな?)

早朝に帰宅するのなら、深夜勤務の人間の可能性が高い。そしてこのマンションに住むだけの所得が確約されている職業。そこから連想してホストクラブか何かの夜の仕事だろうと勝手に弥尋は想像している。薄い色のサングラスをかけてはいても、それ以外の顔のパーツは十分整っており、行ったことはないがホストクラブの黒服のお兄さんのイメージを勝手に抱いているというわけだ。

軽く頭を下げた弥尋をちらりと見て軽く会釈した青年は、そのまま何の興味もなさそうにエレベーターへ向かった。同じエレベーターに乗り合わせたことがないために、彼がどの階のどの部屋に住んでいるのか知らないが、幾度か見たことのある四階で止まったランプから推察すれば、住居は四階なのかもしれない。

今朝もまた同じように四階からエレベーターが下りてくるのを待った。

その間、今日の天気はどうかなと、エントランスのガラス越しにのんびり外を眺めていた弥尋は、車のライトがガラスに反射し、入口正面にタクシーが停まるのを見て首を傾げた。

(珍しい。今日はたくさん住人に会うなあ)

そのまま眺めていると、降りて来たのは本革らしきベージュ色のコート姿の若い女性だった。彼女は一人ではなく、腕に赤ん坊を抱いている。運転手はトランクに回り、大きなスーツケースとボストンバッグを取り出した。

（旅行から帰って来たばかりなのかな）

海外からならこんな時間の帰宅になってもおかしくはない。或いは夜中に到着し、ホテルで一泊して帰って来たのもあり得る。

彼女たちが気にならないわけではなかったが、詮索したいと思えるほど興味を持っているわけでもなく、それよりも早く部屋に戻って学校へ行く準備をしなくてはならない弥尋は、運転手が荷物を降ろしている間に到着したエレベーターに乗り込んだ。

だから、辿り着いたばかりの部屋の鍵を開けた途端飛び込んできた、インターフォンの連打に驚き、

「は、はい！」

慌てて飛びついたモニターの向こうに、さっき見かけたばかりの女性の顔が映し出されているのを見て驚いた。

少しきつめのメイクの彼女は、ローズ色の口紅を引いた唇で言った。

「三木隆嗣はいる？　いたら芽衣子が来たと伝えてちょうだい」

さてこの場合、いないと正直に答えてよいものか。とりあえず、差し障りなくどこの誰か尋ねるべきだろうと判断し、弥尋はモニター越しに話し掛けた。

「どちら様でしょうか？」

画面の中の女の眉がきりと上がったような気がした。実際に上がったのだろう、続く言葉はかなり棘のあるものだった。

「芽衣子と言ったでしょう？　早く開けなさい」

だからどこの芽衣子さんなのかと訊きたいのだが、それを口にするとさらに彼女に叱られそうでどうにも訊きにくい。

しかし、だからと言って簡単に家に上げるわけにはいかない事情が弥尋にはある。先日、祖母を勝手に上げてしまって「もうしません」と約束したばかりなの

だ。たとえそれが三木を訪ねて来た人であっても、彼がいない今、家の中に上げて何か間違いがあろうものなら申し訳ないにもほどがある。身元不詳の子連れ女性ともなれば尚更だ。

「三分、三分だけ待っていただけますか？」

彼女がどんな人なのか、家に上げていいのか。自分だけでは判断がつきかねる事態に、弥尋は寝室に駆け戻るとスマホを操作して、三木を呼び出した。数コールですぐに三木が通話に出た。

「おはよう、隆嗣さん。朝早くで忙しいところごめんね。あのねちょっと聞きたいことがあるんだけどいい？　——うん、メイコさんって知ってる？　赤ちゃん連れてて、隆嗣さんの知り合いみたいなんだけど」

受話器の向こうで三木が大きく溜息をつくのが聞こえた。

——今、そこにいるのか？

「うん、エントランスで待ってて貰ってる。うちに上げてもいい？」

——一人か？

「赤ちゃんが一緒だけど、それだけみたい。タクシーで来てたの見てたから確実」

——そうか……。仕方ないな。芽衣子は妹なんだ。すまないが、家に入れてやってくれないか。面倒をかけることになるが。

「面倒になるかどうかはまだわからないよ。わかった。家に入ってもらう」

必要以上に時間を取るわけにいかず、名残惜しい気持ちを半分以上残して通話を切った弥尋は、モニターに向かって話し掛けた。

「今からエントランスを開けますね。部屋は五〇三号室です」

芽衣子はきっかり三分後に家のインターフォンを鳴らした。

「おはようございます。どうぞ、中に入ってください」

「お邪魔します」

赤ちゃんがいることを考えて、リビングよりは和室の方がよいだろうと、炬燵（こたつ）を温めていた弥尋は、芽衣子をそこに案内し、三木の出張を説明した後温かいお茶を出した。

「ありがとう」

特に文句を言うわけでもなく芽衣子は湯呑（ゆのみ）を口にした。赤ん坊は炬燵布団の上でおもちゃで遊んでいる。

「この子を見て驚かないの？」

「え？　なんでですか？」

「だって隆嗣の子供かもしれないのよ」

「赤ちゃんがいたのには驚いたけど……でも隆嗣さんの子供じゃないですよね」

「どうしてそう思うの？」

「どうしてって言われても説明しにくいんですけど、でも隆嗣さんはそんなことは絶対にしないし、もしも赤ちゃんがいたらちゃんと俺に話してくれてると思います」

それより何より、三木の子供のわけがないとわかっている。信じる、ではなく、わかっていると弥尋は言い切る。

「それに、芽衣子さんは隆嗣さんの妹さんなんでしょう？」

「知ってたの？」

ついさっき聞いたばかりだとは言わず、弥尋はこくんと頷いた。

「なんだ。だったら話は早い。兄さんがいないのは残念だけど、かえってその方が気楽でいいかもしれないか。弥尋君だったよね、私、しばらくここに住むから」

「え……？　ここに住むってこの家に……ですか？」

「そうよ。私とこの子、千早（ちはや）と二人で住むから。部屋はどうせ余ってるんでしょう？」

「え？　余ってはないですよ。使えるのはこの和室くらいで、あとは俺と隆嗣さんの私室だけだから」

「そうなの？　こんなに広いのに部屋数は多くないんだ？」

芽衣子は意外そうに和室から見える広いリビングやダイニングを見渡した。確かにマンションの各戸の総床面積は広いが、各部屋が広いだけで余計な部屋は一つもない。

和室が一つに客用布団がひと組ありさえすれば、他は別にいらないと三木は言うのだ。元々二人で暮らす家として購入したこのマンションに、三木はよほどの事情がない限り、他人を招くつもりはなく、ましてや泊めるのはもっての外（ほか）だと考えている。

「赤ちゃん用の布団もありません」

「当たり前でしょ。そんなのある方が変な気分になるじゃない。いいわよ、別に普通の布団でも」

普通の布団ではあるが、高級な普通の布団である。

押入れを開けた弥尋は、天日に一度干しただけでまだ一度も使用していない羽根布団を出し、床に敷いた。

敷きながら、和室の隅とリビングにまとめて置かれている芽衣子たちの荷物が視界に入る。部屋が広いため置き場所には困らないが、三木が不在の家の中に三木の妹と赤ん坊がいるのは不思議な感じだ。しかし、二人のことは気になるがいつまでも話をしているわけにはいかない。すでに時計の針は七時を回り、そろそろ家を出なければ遅刻してしまう。

「あの、俺は今から学校に行かなくちゃいけないんですけど」

「まだ高校生だったっけ。どうぞ、いってらっしゃい」

「それで、家の鍵は俺が持ってるのだけしかないから家から出られませんけど、それでいいですか？」

「それはちょっとつまらないけど、いいわよ別に。飛行機乗ってて疲れたから、お昼寝でもしてるから。そんなに遅くはならないんでしょ？」

「大体五時くらいには帰って来ると思います。お腹がすいたら冷蔵庫の中に食べ物が入ってるから、好きなもの食べてください。あんまり大したものは入ってないから口に合うかどうかわからないけど」

「わかったわ。キッチンは使ってもいいのよね」

「はい」

　家の鍵は弥尋と三木、それに管理会社が所持している三本だけしかないため、他の誰かに預けることは絶対に不可。玄関の扉はオートロックが採用されているため、家の外に出る場合には鍵の携帯は必須で、鍵を持っていない芽衣子が外に出ることが出来ないのはそれが理由だ。

　バタバタと制服に着替えながら、自分が学校に行っている間、家の中で見られて困るものがなかったか慌ただしく脳内を検索する。通帳や保険証、カード類は寝室の金庫の中だ。寝室は鍵をかけてしまえば誰も入れず安全性は高い。金庫も、正規の解除手続きを踏まずに無理やり開けようとすれば、すぐに警備会社へ連絡が入るシステムで、更に安全。芽衣子を疑うわけではないのだが、家の留守を預かる以上、落ち度があっては困るのだ。しかしそれより何より、弥尋がほっとしたのは家の中の状況である。

　特に、汚れものが全部洗濯された後だったのは幸いだった。月曜日の夜に三木と抱き合った時のシーツは、昨日のうちに洗濯乾燥まで済ませている。ゴミ出し日も昨日の朝だったので、クズカゴにも痕跡が残っていない。セックスの時に使うローションやコンドームは寝室のサイドテーブルの引き出しの中なので、こちらもわざわざ見ようと思わない限り見られる心配はない。

　心残りのまま学校に行っても気になって仕方がなかっただろうことを思えば、このタイミングで芽衣子が来たのはよかったと言うべきだろう。突然の来訪がないのが一番よかったのは言うまでもないが。

登校を告げるため、リビングの扉を開けて顔を出すと、芽衣子は呼び寄せた弥尋へ五千円札を差し出した。

「何ですか、これ？」

「帰りに買い物をお願い」

「いいですけど、何を買ってくればいいんですか？」

芽衣子はにっこりと笑って、子供の方へ顔を向けた。

「紙オムツ、パンツタイプでSサイズを一つお願いね」


（男の厄年って何歳だったっけ……？）

気もそぞろに一日の授業を終え、特別に急ぐ用事がないのを幸い、自宅最寄りのスーパーで紙オムツを購入した弥尋は、荷台に乗りきれない紙オムツのバランスを気にしながら自転車を漕いでいた。

出がけに「紙オムツ購入指令」が出された時は条件反射で頷いてしまったものの、買ってしまってから気づいたのだ。

「自転車に乗るの？　これ……」

弥尋の愛車は流行り（はやり）のスポーツタイプの自転車ではない。かといって、所謂（いわゆる）ママチャリでもなく、その中間にあたるグレードの極（ご）一般的な自転車だ。ディスカウントストアの特売品には並ばないが、一万円札を出せば買えるというそのレベルである。

この自転車は弥尋が中学校に入学した時に買って貰ってからずっと愛用しているものであり、引っ越すにあたって実家に置いておくべきか悩むことなく、そのまま新居へやって来た愛着のあるものだ。

カッコよさを重視するより機能性を重視するところが弥尋らしく、前にはメッシュの籠を完備、荷台だってちゃんとある。しかし、籠に入れるには紙オムツは大き過ぎ、結局、荷台にくくり付けて道を走っているのだが、これがなかなか難しいのだ。

二人乗りなら後ろに乗っている相方が勝手にバランスを取ってくれるのだが、紙オムツではそうはいかない。

そんな苦労をものともせず、籠に一つ、荷台に一つ、ついでにハンドル部分には子供を座らせて颯爽とスーパーから立ち去っていく主婦たちのバランス感覚には恐れ入る。たった一つを乗せただけで四苦八苦している弥尋には、羨ましい光景だ。今日は特売日だったらしく、少子化の時代、この近所にこんなに赤ん坊がいるのかと思いたくなるくらい紙オムツは人気だった。

清楚でおとなしげな美少年と紙オムツ、まかり間違っても自分の子供であるはずがなく、家の手伝いだと判断してくれたのか、制服のまま売り場に紛れ込んだ弥尋に向けられる視線が温かなものだったのは幸いだった。

「芽衣子さん、ご飯を一緒に食べるのかな」

彼女が食べるか食べないかによって本日の食卓の品数が変わってくる。日曜日に三木と買い溜めして、作り置きもあるために不自由することはないと思うが、彼女が自分の手作り料理で満足してくれるかが問題だ。紙オムツを頼むくらいだから足りないものがわかっているはずの芽衣子が買い物リストに挙げないくらいだから、生後半年の三木の甥、千早の食事はすでに入手済みなのだろう。

「どうして三木さんちの家族って、前触れなくやって来るんだろ」

会うのがいやなわけではないのだが、立て続けに三木の家族と会うことになって、これが急にやって来るものばかり、弥尋の側の予定など一切無頓着なのが頭が痛い。

そんなこんなで、エッチラオッチラ自転車を漕いで自宅に帰り着けば、芽衣子は夕方のドラマの再放送を見ながら、ご飯を作っていた。

「ただいま」

自分の家に帰るのに、こんなに「ただいま」を言うのに違和感を感じたことはない。出迎えるのが三木ならそんなことはないのに、いるのが芽衣子だと上手に出られないのだ。三木の妹だという意識が働いて遠慮は確かにあるのだが、それ以上に彼女の性格が弥尋を圧しているのが大きい。

「紙オムツ買って来ました」

「ありがとう。部屋に置いといて」

朝見た時にはキャリアウーマン風のパンツスーツだった芽衣子は、ブラウスを袖まくりして野菜を切っている。上等なウールのパンツは今は綿のパンツに履き替えられているが、

(高そう……)

一枚三千円で買えないだろうことは、疎い弥尋でも知っている有名ブランドのロゴですぐにわかった。

(一枚何万円かする洋服が普段着ってどんな生活してるんだろ)

ブラウスだって高価に違いないのに、水に濡れるのも気にしないのだから、弥尋の方が気になってしまう。

「あの、これ使います?」

弥尋は椅子の背にかけていたエプロンを差し出した。小首を傾げる仔犬の絵が愛らしい紺色のそれは実はサイズと色違いの三木と揃いの品で、弁護士の上田が結婚祝いにくれたものだ。

「別にいらないわよ」

「でも洋服が汚れちゃいますよ」

「クリーニングに出せばきれいになるから平気。それより」

包丁をまな板に置いた芽衣子はシンクに寄り掛かり、冷蔵庫へクイッと顎を向けた。

「中にある食材、あれは一体どういうこと?」

「どういうって……?」

中身が少な過ぎると言っているのだろうか?

「中が空っぽなのは、二人しかいないからあんまり必

要ないのは買わないようにしてるから。それと、冷凍庫の中に作り置きを入れてるからそんなに少ないことはないと思うんですけど」

野菜室にはちゃんと赤緑黄色のバランスを考えた野菜が入っている。冷蔵庫には今週食べるつもりだった肉がパックに入ったままのはずだ。

「そんなことを言ってるんじゃないの。どうしてあんな安いものばかり買うのよ。しかもお値打ち品の更に半額セール？」

「同じ買うなら安いのの方がよくないですか？　賞味期限は一緒なんだし、昼に買うより夜の方が安いし」

スーパーの中の肉屋で直接量り売りをして貰う弥尋は、引っ越して来て数日で店のおばちゃんと仲良くなり、セールの日には必ず買いに行くようにしているし、野菜も同じくスーパー併設の八百屋で買っている。

毎日の負担を少しでも軽減させるのを目的に、普段は休日に大型ショッピングセンターへ車で出かけ、一週間分の食料を買い込むのは手間や経済性を考えてのことで、日常で使うこまごましたものは手近なスーパーで済ませるようにしている。その近所のスーパーも全国展開している大手で、品数も結構揃っており、一店舗として入店している肉屋や魚屋の肉はパックで切り売りされているものよりも新鮮で味はよい。

しかし、芽衣子にとってはスーパーマーケットという響きそのものが庶民過ぎてよくなかったらしい。当然お値打ち品など論外だ。特売のシールが貼られている豚肉を指さし、

「ケチくさい生活してるんじゃないわよ」

と唇を尖らせる。

「お金はあるんだからドンドン使っちゃいなさい。ここで私たちがお金を出すのを渋ってたら、経済は先行き真っ暗よ。持ってる人が使えばそれだけお金も品物も動く。売れれば商品も作られるから、雇用だって増える。持っている人が使うのは義務よ、義務」

言ってることはわからなくはないのだが、三木と二人の生活はそこまでゴージャスというわけではない。たとえ元値が億を超えるマンションに住んでいるのだとしても、三木が会社で役職に就いているのだとしても、二人ともが高尚な趣味を持つわけでもなく、浪費癖があるわけでもなく、普通に生活するのにそんなに高価なものは必要ないと購入しないだけなのだ。

　弥尋のためならいくらだって注ぎ込んでも構わないときっぱり言い切る三木はともかく、庶民生活十八年の弥尋には、霜降り肉がどうのこうの、松阪牛（まつさかうし）がどうだと言われてもぴんと来ないのも無理はなかった。

「今日は仕方がないからここにあるのを使って作るけど、私がいる間は変なものを食べさせないでちょうだい」

「変なものって……。別に変じゃないのに」

　普通の肉や魚や野菜なのに。

「返事は？」

「――はい」

「気にしなくたって食費くらいは出すわよ」

　ここは二人の家なのに――と文句は言いたいが、三木の妹だという以上にどうにも逆らえない雰囲気が彼女にはある。元来のお嬢様気質がそうさせるのか、それとも他に何か理由があってそうしているのか。

　そこまで考え、弥尋ははっと気がついた。

「芽衣子さん。芽衣子さんはどうしてここに来たんですか？　家には帰らなくていいんですか？」

　途端、ドンッと大きな音を立てて水をたっぷり入れた両手鍋がヒーターの上に置かれた。

「――早く着替えてきなさい」

「は、はい」

　世の中には触れてはいけないものがある。引きつった芽衣子の横顔と、うっすらと浮かんだ昏（くら）い微笑を見てしまった弥尋は、長居は無用とさっさと自分の部屋に引っ込むことに決めたのだった。

部屋着に着替えて再び戻った時には、ダイニングテーブルの上には暖かな湯気を上げた料理が並んでいた。

「凝った料理は出来ないから苦情は受け付けません」

弥尋が口を開く前に芽衣子はフンと鼻を鳴らし、温めた哺乳瓶を持って和室できゃらきゃら笑い声をあげている千早を抱えた。

「別に凝った料理じゃなくてもいいいと思うんだけど」

皿の上には野菜と厚切りソーセージを炒めたもの、茹でた卵とジャガイモをすり潰してマヨネーズと混ぜただけのサラダ、ドライカレーの残りで作ったカレーチャーハン。普段でも似たような献立なので特に品不足や物足りなさを感じることはないのだが、自分の腕前はともかく芽衣子には少々物足りないものだったらしい。

「どうせ食べるなら質のいい食材を使って料理すればいいのよ。それが出来ないなら家政婦を雇って作って貰えば？　今からでも遅くはないでしょう」

「家政婦さんはいらないです。僕と隆嗣さんと二人で何とかやっていけますから。隆嗣さんもこれでいいって言ってくれます」

「そりゃあ兄さんはそう言うでしょうとも。でも本当に満足してるのかしらね。今まで食べてきた料理とは違うから、興味あるのかしら」

三木が今までどんな食生活を送ってきたのかは知らないが、拙い料理でもイヤな顔をせず食べてくれる。味付けに注文があればその都度言ってくれるから、もしも本当に弥尋の料理を食べたくないのなら、はっきりと口にするはずだ。日々が修行であり精進に努めながら、三木と一緒に考えながら送る生活が弥尋は好きなのだ。

「隆嗣さんと俺と二人で決めたことだから」

「部外者は口出しするなってことね。別にいいけど、兄さんに飽きられないようにしなさいね」

芽衣子にしてみれば親切のつもりかもしれない。半分は弥尋への小姑魂のせいだと思われるが。

その芽衣子は、千早にミルクを飲ませた後、自分も食事を済ませると、片づけを弥尋に押しつけて、風呂に入ると言って部屋を出て行った。

「二十分したら呼ぶから千早を連れて来て」

と言い置いて。


二十分はすぐに過ぎてしまう。食器の後片づけをしていると、廊下の向こうから
「千早を連れて来て」

と叫ぶ芽衣子の声。

濡れた手をタオルで拭いた弥尋は、布団の上に転がってぬいぐるみを手にご満悦な赤ん坊をこわごわと抱き上げた。

「うわあ、柔らかい。そして軽い」

ふわふわでふにゃふにゃで、腕の中に収まった小さな赤ん坊は弥尋にとっては未知の体験であり、摩訶不思議な生き物だ。

「お風呂だってさ。お母さんが待ってるから今から行こうね」

語り掛けるが自分が今から風呂に入るとは欠片も思っていないに違いない。母親以外の人に抱かれても、赤ん坊の様子は変わらない。

「連れて来ましたよ」

脱衣所から中の芽衣子へ声を掛ければ、

「洋服脱がせて中に連れて来てちょうだい。オムツはそのままそこのある袋に入れて、クズカゴに捨ててしまって」

ぱちぱちとスナップボタンを外してベビー服を脱がせ、初めてのオムツ体験。

「男の子なんだ」

オムツを外して現れた小さな突起は、千早が隆嗣の甥だと教えてくれる。

バスタオルの上でハダカンボにされた千早を抱いた弥尋は、ガラスの向こうの芽衣子に声を掛けた。

「千早ちゃんはバスタオルの上です」

中に連れて来いと言われても、それは絶対に遠慮したい。

弥尋がリビングに戻ってホラー系海外ドラマを観ていると、ほどなくして風呂から上がった芽衣子が千早を抱いたまま部屋に戻って来た。

バスタオル一枚で部屋の中をうろついて欲しくないのだが、

「あなたたちゲイだから構わないでしょ」

「でも、恥じらいってものがあってもいいかと……」

「いいじゃない、これくらい」

好いた相手の裸なら喜んで見もしようが、芽衣子が素っ裸で歩いていたとしても、特別な感想や欲情は覚えない自信がある。ただ、芽衣子は仮にも既婚者で子持ちのまだまだ妙齢の女性。少しは恥じらいというものを持って欲しいものである。

食事の間にちらっと聞いた話によると、アメリカから帰国したばかりらしいが、外国で暮らしているからオープンだと言われても、簡単にハイそうですかとは頷けない。ここは三木と弥尋の家であり、ルールは家主に準拠する——のだが、強く言い切れないのは弥尋の甘さというより、やはり芽衣子の押しの強さが理由なのは言うまでもない。

帰る気も実家に行く気もさらさらない芽衣子たちには、当面の間、和室を客間として使って貰うことにしたため、リビングから見える場所は芽衣子が持ってきた荷物が無秩序に並んでいた。

赤ん坊はハイハイを始めたばかりで、まだ転がっている時間の方が長い。ただ、和室とリビングには段差がある。たとえ数センチといえども、生後一年に満たない赤ん坊には、それでも十分危険な高さであり、誤って転がり落ちないよう目を配っていなければならな

いだろう。

　放っておいてもよいのだが、一家の主婦として夫の妹を放置したままにしておくのも気が咎め、三木がいる時と同じように宿題をリビングに持ち込んで、横目で二人の様子を見ながら勉強をする。

　芽衣子の側は特に弥尋に興味を示すわけでもなく、本を読んだりテレビを見たりと表面上は淡々と過ごしていた。逆に知らない場所や弥尋の声にも慣れて来たのか、興味を持ったのは千早で、和室から弥尋の方へと何度もトライする姿を見てしまってからは、リビングのラグの上に連れて来てぬいぐるみと遊ばせている状態だ。

　三木も弥尋も、二人共が物を持ち込むわけでもなく、比較的簡素だった和室は、今は子供のオモチャが転がり、ハンガーには女物の服。三木と二人の生活ではまず考えられない組み合わせが室内を占領しているのは、見ていて奇妙な感じだ。

　何が楽しいのか、弥尋の足元で靴下を引っ張ったり足をペタペタ触ったりしている小さな千早は、自分がどうして伯父さんの家に来ているのかもわかっていないに違いない。

「遊んで欲しいの？」

　声を出さずに笑い顔の千早を膝に抱くと、子供はローテーブルの上のシャープペンシルを摑んだ。

「振り回すものじゃないんだよ。これはねえ、こうして字を書くものなんだ」

　勉強用のノートの紙を一枚破り、小さな手の上からシャープペンシルを握ってぐるぐると線を引く。ただそれだけのことで大喜びする子供が愛らしい。

「俺の名前は三木弥尋」

　ひらがなで「みきやひろ」と書く。

「千早ちゃんの伯父さんの名前は三木隆嗣だよ。それからお母さんの名前は――。芽衣子さん、千早ちゃんの名前はなんていうんですか？」

雑誌を読んでいた芽衣子は、眉を寄せた。

「千早よ」

「そうじゃなくて、苗字は何なんですか？」

「三木」

「え？　だって、芽衣子さん、結婚してるんじゃないんですか？」

「だって離婚するつもりだもの。そのうち三木になるから一緒よ。ちょうどいい機会だから、千早にも三木千早の名前を覚えさせておいて」

「小さいからまだ覚えられないですよ。っていうか、離婚って……それ、ホントなんですか？」

「本当。何のために私が帰国したと思ってるのよ。離婚するから実家に戻って来たに決まってるでしょ」

「でもここ実家じゃないし」

「似たようなものでしょうが。兄さんの家は私にとっても家なんだから。それとも邪魔だとでも言うの？」

「そ、そんなことはないけど……。だって実家ってすぐ近くでしょう？」

なぜにそちらに行かないのか。普通、離婚して戻って来たのならまっすぐ実家に戻ってもよさそうなものだが。というより、先にそっちに向かうだろう。

「実家？　実家に戻っても煩いだけじゃない。あれこれ詮索されるのはいやだもの。ほとぼりが冷めるまで帰るつもりはないわよ。特にお父さんが煩いったらありゃしない」

それはつまり、まだ当分はこの家に居座り続けるという宣言に他ならない。

「でも今お父さんは外国に行ってるそうですよ」

だから誰にも詮索されることなく自由を謳歌できるでしょうと、早く出て行ってくれないかなの期待を込めて仄めかした弥尋だったが、

「実家だとすぐに居場所が知られてしまうのが厄介なのよね。その点、ここなら知ってる人は少ないからほとぼりが冷めるまで隠れるのにちょうどいいわ」

「円満離婚じゃないんですか……？」

「円満？」

雑誌から顔を上げた芽衣子はフッフッフと薄く笑った。

「私はね弥尋君、絶縁状を叩きつけて出てきたのよ、家を」

「一体何が……」

美人にこんな昏く迫力のある笑みを浮かべさせるなんて、家庭内でどんなことがあったというのか。今流行りのドメスティックバイオレンスなのか、それとも嫁姑問題の悪化か。夫が知らぬ間に抱えた借金のせいか。食材へのこだわりといい、資産家なのは間違いない彼女が赤ん坊を抱えて異国からの帰国。傷心というのとは少し違うようだが、それでも離婚は穏やかではなく、何が彼女を追い詰めたのか、果てしなく妄想は広がっていく。

「――あなた妙なこと考えてないでしょうね？」

「えっ、別にそんなことは……。それより、ここもすぐに見つかるんじゃないですか？　旦那さんも知ってるんでしょう？　隆嗣さんが結婚したこと。あ、贈り物ありがとうございました」

結婚という言葉を他人に向けて告げる時、幸せ気分が前面に出てしまい頬を赤らめてしまう弥尋は、学校で遠藤に惚気るたびに指摘される。今もまた、芽衣子の前だとわかっていても、結婚した自分たちを声に出して実感し、気恥ずかしそうな表情になってしまう。

「どういたしまして。家の連絡先は全部捨てて来た。辿り着くまで時間かかるから大丈夫」

「……徹底してますね」

「当たり前でしょ。もっとも、私が出て行ったことに気づくかどうかもわからないけどね」

そう言った芽衣子の顔に浮かんだのは寂しそうな表情。しかし、それをすぐに振り払い、つまらなそうに言い捨てる。

「出張に行ってる間に出て来たから、自宅に帰るまで気がつかないはずよ」

「でも家に電話したりしたらいないのがすぐにわかるんじゃないですか？」

「電話をすれば、ね。しなけりゃわかるはずもない。それに家のものには旅行に行くって言って出て来たから、家出だってわかるはずがないわ」

「——芽衣子さん」

「なによ」

「離婚じゃなくて家出なんですね」

しまったという表情は一瞬で、芽衣子はふんと顎を反らす。

「離婚よ。言ったでしょ。絶縁状を置いて来たって。アンディが家に帰って私がいないことに気づくのは、いつかわからないけど。出張してなくても家に帰って来ない人なんだから私がいてもいなくても同じじゃない」

アンディということは、結婚相手は外国の男なんだなと、まだ詳しいことは何も聞いていないながら、おぼろげに判断した。家にいないということは、離婚したいと願う理由は寂しさか。

が。

「大体ね、家に妻と子供がいるのに美人を侍らせてにこにこしてるっていうのがまず許せないわ」

芽衣子は拳で枕にしていたクッションを殴りつけた。

「ええっ!?　そうなんですか!?」

「そうなの！　じゃなきゃ私が今ここにいるわけがないでしょう」

（浮気？　うん……浮気だったら許せないのもわかる）

浮気が理由で放置されているのなら、それは怒って家出をしたくもなるものだ。

（俺も隆嗣さんが浮気したら実家に帰るって宣言してるし）

三木の祖父の前でそう言ったのはついこの間のことである。芽衣子と同じ立場に立たされたなら、迷わず実家へゴーだ。だから共感は出来る。小さな赤ちゃんを連れて家を出なければならなかった芽衣子の心痛は想像も出来ないことだろうと思う。たとえ、居座る気で半日にしてすっかり馴染んでいるとしても、心の中では土砂降りの雨が降っているだろうと思うことにして。

しかし、行く先が違うと思うのだ。それはもう激しく。帰る先がないなら頼って来られてもよいが、彼女の場合、実家には両親がいる。祖父母だって同じ都内に住んでいるのだ。それなのになぜに新婚家庭をわざわざ選んでやって来るのか。仲のよい夫婦関係を目にするのは自分でも辛いはずなのだが。

どうにも芽衣子の行動がよくわからない。わかっているのは、弥尋が何と言おうと梃子でも動かない気満々だということだ。玄関を入って左側、寝室や私室がある方へは行かないよう念を押してはいるものの、同じ家の中に初対面に近い人がいるのは落ち着かない。昨夜は三木がいなくて一人で広い部屋にいることを寂しく思ったものだが、いざ人がいるとなるとこれもまた落ち着かない。

（隆嗣さん、早く帰って来ないかなあ……）

結局は三木以外の誰がいても寂しいということなのだろう。

おとなしいと思ったら、芽衣子と喋っている間に膝の上で遊んでいた千早はいつの間にか眠ってしまっていた。

「芽衣子さん」

雑誌の続きを読んでいた芽衣子は呼びかけに再び顔を上げ、くすりと笑った。その顔は可愛いわが子を見つめる母親のもので、離婚すると豪語している彼女がどれだけ子供や夫を愛しているのかわかる気がした。

「こっちに連れて来て」

眠ったせいで重たくなった赤ん坊の体は風呂に抱えて行った時以上にふにゃりとしていて、慌てて首を支えて和室に移動する。本気で眠りに入った赤ん坊は、掛け布団を捲った布団の中に下ろしてもぴくりとも動かない。

「今日は割と起きてた方だから疲れたのかもしれないわ」

「あんまり人見知りしないんですね」

「赤ちゃんだから、まだまだよくわかってないのよ。自分がどこにいるのか、誰と遊んでいるのか。おうちじゃないのにねえ」

芽衣子は子供の指を握って、ぽんぽんと軽くあやすように頭を撫でた。

「俺ももう寝ますね。こっちの部屋、電気だけ消しておいてください。朝は六時くらいには起きていろいろしてると思うけど、障子閉めてたらたぶんあんまり気にならないと思います」

「早起きなのね」

「学校の補講があるから、七時には家を出なくちゃいけないんです。朝飯も勝手に食べていいです。食パンもあるからどれでもいいし。洗濯は自分の分は自分でして貰えますか？　俺がするのはちょっと……」

恥ずかしがった弥尋を見て、芽衣子はアハハと軽やかに笑った。

「誰も見せたりしないから安心しなさい。乾燥機もついてるんでしょ」

「はい。使い方は」

「わかると思うわ。わからなかったらそのままクリーニングに出せばいいんだし」

下着や普通のシャツまでクリーニングに出すつもりなのだろうかと少し不安になる。お金持ちは自分で洗濯をしないで業者に渡すというが、近所のクリーニング屋に女性の下着を持っていけば、勤勉実直なおじさんはきっと真っ赤になって驚くに違いない。自分の下着が他人に触れられるだけでも恥ずかしい。

「出来るだけ洗濯機使ってください」

世のため人のため、切に願う。

おやすみなさいの挨拶をして寝室に入った弥尋は、スマホを手に取った。朝は慌ただしくて三木と話をしていなかったが、現状はしっかりと伝えておくべきだろう。前夜と同じく数コールで繋がった三木の声は、幾分低く掠れていた。

「もしかして風邪を引いた？」

——少し喉を痛めただけだと思う。寒の戻りで冬みたいに寒くなったせいだろうな。

「そんなに寒かったの？　アンダーシャツのあったかくて分厚いの、スーツケースのポケットに入れてなかった？」

——ああ入ってた。さっき気がついた。明日はそれを着て現地巡りをすることにするよ。

「動き回ると汗かくかもしれないから、必要になったらそっちのお店で買ってね。まだあと二日は中国なんだし、悪化して帰れなくなったら困る」

——たとえ悪化しても這ってでも帰るさ。弥尋君が待ってるのに、一人外国に残されるのは勘弁して欲しい。

「うん。俺も待ってるよ、隆嗣さんが帰って来るのを」

——芽衣子はどうしてる？　まだ居座ってるのか？

「まだも何も、当分はうちにいるつもりみたい。実家には帰らないってすっかり寛いでる。あ、赤ちゃん見たよ。千早ちゃん。隆嗣さんは会ったことある？」

——去年、生まれたばかりの頃にアメリカで一回会っている。

「可愛いよ、赤ちゃん。でさ、芽衣子さんなんだけど、家出だって言ってる。絶縁状置いて家を出て来たって。離婚するって宣言してるんだけど」

——……またあいつは馬鹿な真似を……。落ち込んでるか？

「うーん、見た感じはそうでもない。俺の前だけそう見せてるだけなのかもしれないけど、特に落ち込んでいるって感じじゃないみたい。それより怒りの方が強そうだよ」

――だろうな。あいつは昔から気が強い。そして衝動的に行動するんだ。わかった。芽衣子の話だけじゃ事情はよくわからないが、こっちで芽衣子の相手に連絡を入れておこう。

「出張中だって言ってたから連絡つかないいんじゃないですか？」

――プライベートの携帯番号を知ってるから問題ない。いざとなればアンディの会社を通せばすぐに居場所はわかるしな。連絡がついてもすぐに迎えに行けるがどうかはわからないが、私も出来るだけ早く帰れるように調整する。弥尋君にはそれまで芽衣子の世話をして貰わないといけなくなるが……。

「大丈夫。そんなに無茶なこと言われないし、家からも出ないでいるから平気。隆嗣さんが帰って来るのは土曜日でしょう？　あと三日くらい大丈夫」

――もしも手に負えなくなるようだったら、おばあさんに連絡を入れなさい。私の言うことは聞かなくても、おじいさんとおばあさんの言うことなら聞き入れるはずだ。

「わかりました。でもきっとそんなことにはならないと思う」

――勝気過ぎるのが難点な妹だが、とにかく頼む。

「了解です。隆嗣さん、早く会いたいな」

――私もだ、弥尋君。

「大好き」

――こら、そんな声で言うな。

「言いたかったから言っただけ。大好きだよ、隆嗣さん」

――私も。弥尋が大好きだ。

二人でこうして話しているだけで幸せな気分になる。

今のように出張で離れていても、心は確かに繋がっているると感じることが出来る。

弥尋は、和室で眠りについているだろう芽衣子を思った。

（芽衣子さん大好きって言えなかったのかな……）

大好きと言葉に出して伝えるだけで心が温かくなれる。そんな気持ちにさせてくれる相手がいることは、とても嬉しくて幸せなことだと思う。

強くも弱くもなれるのは、そこに大切な人の存在があるからだと思う。

弥尋は机にへばりついて唸っていた。

「か－え－り－た－く－な－い－」

放課後の生徒会室である。授業が終わった後、特に急ぎの用事はないものの、惰性で生徒会室に行った弥尋は、そのまま会議用のテーブルにべったりと張り付くようにしてうつ伏せになり、先ほどの発言を繰り返す。

「鬱陶しいぞ、三木。いつもならスキップしそうなくらい浮かれ気味で、さっさと帰る人間の台詞とは思えないな」

明日は土曜日で週末。補講は休みで、いつもなら放課と共に浮かれ顔の駆け足で帰る弥尋が、特に召集もされていない今日、こうして金曜の放課後に生徒会室へ顔を出すのは珍しいことでもある。

「鬱陶しいとか言うなよ、遠藤。だって家に帰ってもすることないし」

「受験生とは思えない発言をありがとう。することないなら問題集でも開いて少しでも先に進めたらどうなんだ？」

「集中できない。ていうかね、家に帰ったら苛められるんだ、俺」

「お前の旦那に？」

弥尋はフルフル首を横に振った。

「違う。隆嗣さんは出張だから明日まで帰って来ない。そうじゃなくて、うちには今さ、可愛い天使と小姑がいるんだ。それで家に帰ると俺が苛められるの」

「小姑って……旦那の姉妹？」

「うん。妹さん。年は二十八歳だって」

昨日の夜、年齢を尋ねれば思い切り冷めた目で、

「女性に年齢を訊いて素直に教えて貰えると思ったら大間違いよ」

そう言いながら教えてくれた三木の二つ年下の芽衣子である。

「その小姑が何を言って苛めるんだ？　障子の桟に埃が残ってるとか、皿が音を立てるまで磨けとか？　家事の一つ一つを重箱の隅をつつくようにネチネチ言われて落ち込んでるんだったら、潔く諦めろ。それは小姑に最初から標準装備されている属性だ」

弥尋はいやそうに顔を顰めた。

「うわ、それ、ものすごくいやな属性だよ。そういうので苛められてるわけじゃない……と思うんだけどどうなんだろ……」

昨日は風呂上がりの芽衣子のマッサージを仰せつかり、長時間のフライトで疲れた体を癒すためというのを理由に肩と足と腰を手が疲れるまで揉まされた。若い女の身体に触れるのを同年代の少年なら大喜びするだろうが、あいにく弥尋にとってはただの「体」でしかなく、それ以上に、

「そこはもっと強く」

「違う違う！　もうちょっと左だってば！」

「痛っ。痣になったらどうしてくれるのよ」

などなど、一体何が楽しくてマッサージをさせているのかよくわからない状態だった。

しかし遠藤が言うように小姑属性が装備されているのなら——。

「苛めというよりイビリで決定だな」

「……やっぱりそう思う？」

うつ伏せになって机と仲良くしていたせいか、片側の頬だけ赤くして上目遣いで見上げれば、遠藤は重々しく頷き、副会長と連れ立って生徒会室に現れた会計の後輩は「うっ」と言葉を飲み込んで顔を背けた。そんな会計の頭をコツンとつついた副会長は、

「二人で何を話してたのか知らないけどな、頼むから、いたいけな後輩を誑かすような顔はやめてくれ」

と弥尋に文句を言う。

「人聞きの悪いこと言わないでくれないかな。誑かす顔なんかしてないよ。そんなつもりもないし」

「無駄に色気を振りまくなと言ってるんだ。発情期真っ盛りの青少年に今の本川の表情は結構クるもんがあるんだよ」

「クるってなんデスカ。それに本川じゃなくて三木。いい加減慣れて欲しいよ、まったく。本川って呼ばれたり、三木って呼ばれたり、定着してもよさそうなものなのに」

ハァとわざと大きく肩を竦めれば、弥尋の斜め前に座った副会長は黒縁眼鏡のブリッジを指で押さえながら笑って首を横に振る。

「そりゃ無理だろ。一年や二年は最初から馴染みがないからそこまで抵抗ないかもしれないけど、俺達三年は三年間ずっと本川弥尋と付き合って来たんだから、すぐに切り替えが出来なくても仕方がない」

「付き合うっても、名前と顔が一致してるだけの人も多いよ」

「お前にとってはな」

副会長と遠藤は意味深に顔を見合わせた。

「なんだよ、なんだよ二人してわかった顔して。俺だけ除け者？」

拗ねる弥尋は理解していない。自分が思っている以上に、生徒たちに慕われていることを。行事のたびに

贈り物という名の貢物を貰うことも多いから、人気があるのを自覚していないわけではないのだが、弥尋が思う以上にファンが多いということだ。

特に、今年の新入生は現在の二年生、去年の新入生より弥尋の色香に中てられたものが多かった。新学期となり三木弥尋になって登校した弥尋は、相変わらずの正統派清純派の美少年ぶりだったが、それに加えて新しく加わった色。三木との心身共に充実した結婚生活によって自然に身に纏わせるようになったほんのり淡い色。これが思春期真っ盛りの青少年に与えた影響は多大なものがあった。

新入生受付のテントで笑顔で花を差し出す上級生は、緊張で体を硬くした新入生たちにとってのオアシスと成り得るに十分。杏林館高校は有名進学校、遊びも寝る間も惜しんで必死になって勉強して合格した生徒たちが、初めて接する上級生がそんな花も霞む美少年だったなら、心奪われもしよう。

かくして憧れの「お兄様」と新入生には絶大な人気を持って慕われることになったわけだ。更にその後の生徒会関係の行事で生徒会書記という役目上、新入生の前に顔を出す機会が多かったのも拍車をかけた。彼らにとっては最初から弥尋は三木弥尋でしかない。

そして二年生。入学式の準備で弥尋と同じテントで受付担当になったものたちは、憂い顔で散る桜の花びらを見上げている弥尋を知っている。熱があるのか少しばかり気怠げで、それでいて凛としたしなやかさを持ち、職務を全うしようとする姿を。たおやかなその姿に、この人を守ってあげたいとは、その時弥尋の指揮下で動いていた図書委員全員の一致した意見だ。

たとえその実情が、前夜三木との激しいセックスで疲れ果て、体中に桜の花びらならぬ口づけの跡を散らし、「腰が痛い……」と動くのが億劫なだけだったとしても。

とにもかくにも、春爛漫、春真っ盛り。発情期は人の世にも当て嵌まり、三木弥尋への熱い視線は止むことなく、現在まで引き続き静かなる熱波が続いている。熱狂的なファンではないところが、弥尋らしいと言えばそうかもしれない。

つまるところ、弥尋が自覚している以上に生徒たちは弥尋に注目しているというわけだ。

「あの、三木先輩いらっしゃいますか？」

そう、今みたく、ノックをして入って来た生徒が弥尋がいるのを認めて顔を赤くするように。襟につけた緑色のバッジで一年生とわかる彼は、扉を開けた姿勢のまま奥まで入ってよいものかどうか悩んでいた。

「どうした？　三木ならあそこでウダウダしてるのがそうだけど」

身も蓋もない口調で副会長が顎で指さした場所を見た生徒は、テーブルに頬っぺたをくっつけて目を閉じる弥尋を見て目を丸くした。

「具合が悪いんですか？」

「いじけてるだけだから気にすんな」

「……いじけてないもん」

「だそうだ。三木、お客さんだぞ。悪いな後輩、今日はご機嫌斜めみたいだ」

「い、いえ」

生徒会室に来ることなど一般生徒はほとんどない。委員バッジをつけていない一年生なら尚更だ。

落ちた前髪を掻きあげながら顔を上げた弥尋の目が、入口で佇んでいる生徒を捉え、不思議そうに首を傾げる。

「お客さんって君？」

「あ、えと、僕だけど僕じゃなくて」

「落ち着け」

副会長が苦笑する。

「三木は別にお前を取って食ったりしやしないって。だからゆっくり喋りな」

「ん。食べないよ」

食べるんなら隆嗣さんだけだし、とまだ口に入れさせて貰えない三木のモノを思い出し、目元をほんのり微かに染める弥尋。そんな弥尋の思うことがなんとなくわかった遠藤の冷めた視線を受け流し、今度はしっかりと背筋を伸ばして一年生に向き合った。

「俺に用事があるんだって？」

「は、はい」

「どんなこと？」

「三木先輩を呼んで来て欲しいって頼まれたんです」

「誰から？」

「知らない人です。先生とか他の生徒じゃなくて、大人の若い女の人」

若い大人の女で学校まで押し掛けて来そうな人間は、弥尋が知る限り一人しかいない。

「……若い？　女の人？　髪が長くて少しくるくるしてて、ちょっと化粧が派手？」

「髪は長かったです。化粧はどうなんだろ。若い……と思います、たぶん。帰ろうと思って校門を出た時にちょうど呼び止められて、三木先輩を連れて来てって。――知り合いですか？」

芽衣子に間違いない。

「一応お知り合い――っていうか親戚……っぽい人ではある」

なんだそれはと遠藤が小さく噴き出すのを横目で睨み、後輩にはあくまで優しい弥尋である。

「その人、校門の前にまだいるんだよね」

「はい。出て来るまで待ってるって言ってました」

「わかった。わざわざありがと。帰ってる途中だったのに引き返させてごめんね」

「い、いえっそんなことありません」

照れ照れと、三木先輩とお話しできて光栄ですとかなんとか、一年生は口の中でモソモソ言っていたが、弥尋は聞いちゃいない。それより待っている相手が芽衣子なら、早く行かなければどんな文句を言われるかわかったものではない。目立つ人間を校門前に放置しておけば、そのうち教師が出て来て関係その他あれこれを尋ねられるだろうし、それも面倒である。

「謝りついでで悪いんだけど、門のところでその女の人にすぐ行きますって伝えてくれる？　そんなに遅れないからって」

「はい。それだけでいいんですか？」

「うん。逃げたりしないからって言ってくれると尚ヨシ」

伝令の役目を担った生徒が生徒会室を出て行くと、弥尋は鞄の中に筆記用具を詰め込んだ。

「呼び出しがかかったから先に帰るよ。ほんとは逃げたいけどね……」

「例の小姑か？」

弥尋にだけ聞こえる小さな遠藤の問いに、力なく頷く。

「たぶん。それくらいしか心当たりない」

「三木は女関係の噂は一つもないもんな」

「いいんだよ、別に必要ないから。じゃあ行くね。行きたくないけど、行かなかったら何言われるかわからないから」

「ああ、頑張れ」

小さく片手を挙げて弥尋が出て行くのを手を振って見送った遠藤と副会長、会計の三人は、四階の窓の外に顔を向け、似たような台詞を口にした。

「来週が大変だな」

「三木が女に呼び出されたって話、週明けには全学年に広がってしまいそうだな」

「三木先輩、大丈夫ですかね……」

彼らの危惧は現実となり、「三木弥尋生徒会書記に年上の恋人!?」の噂が校内を走り回ることになった弥尋が、週明けには噂を否定するのに追われることになるのはもうお約束の展開だ。

鞄を抱えて早足で校門へ向かいながら、弥尋は心の中でぶつぶつ文句を言っていた。

「家にいてくださいって言ったのに出て来るんだもんな。一体何を考えてるんだろ、芽衣子さん」

家の鍵は預けていないから、一度出てしまえばオートロックがかかってしまう。それをわかっていてマンションを出て来たのだから、最初から弥尋を捕獲するつもりだったのは想像に容易い。三木にもすぐわかるように、時間割は冷蔵庫のドアに貼ってある。それを見て授業が終わるおおよその時刻を予想した上での行動だ。

そして芽衣子が外出しているということは、千早も一緒ということだ。二日もマンションから出られなかったための退屈凌ぎかそれ以外の理由かは問わず、

「子守りだよね……」

幼子を抱いたまま芽衣子がそう無茶をするわけないと信じたい気持ちが半分、子守りを得た彼女にどこに連れて行かれるのか不安が半分以上。

校門付近には下校する生徒の姿がまだ多数見られ、誰もが門の前に停まる車の車体に寄り掛かって立つ迫力ある美女の姿に釘付けだ。春の強烈な紫外線を防ぐためか、薄く色づいたサングラスに、紺ストライプのパンツスーツ。子持ちとは思えないスタイルは、高校生にはちょっとばかり刺激が強いようである。

弥尋と言えば、こちらは芽衣子の存在そのものより彼女が凭れている車の方が気になっていた。

(なんで車?)

アメリカに家がある芽衣子がなぜ車に乗っているのか甚だ疑問である。実家に向かってそこでなんとか入手したのだろうか。はたまたレンタルか。いくらなんでも買って来たばかりとは考えたくない。

（ちゃんとチャイルドシート付けてるのかな）

視線に晒されるされる中、近づくのは遠慮してこのまま帰宅したい誘惑に駆られた弥尋だが、

「遅いわよ、弥尋君」

名指しでの御指名に、逃亡叶わず足取り重く彼女へ近づいた。

（他人の目がイタイ……）

見慣れぬ女――芽衣子の待ち人が生徒会のあの三木弥尋書記だと気づいた生徒たちは足を止め、驚いたように成り行きを見つめている。

「仕事を途中で切りあげて来たんだから、これで精一杯です」

「仕事って何の仕事してるの？　部活じゃないんでしょう？」

「生徒会に入ってるから」

「へえ……」

サングラスの中の芽衣子の目は「意外だ」と語っている。

「それより芽衣子さん、この車どうしたんですか？まさか買ったとか言わないですよね？」

「いくら私でも買うもんですか。レンタルしたの。ほら、ナンバーのところがレンタル用でしょ」

勉強は出来ても、自分が直接運転しない車の決まりごとへの知識はあまりない弥尋は、「わ」と表示されているそれがレンタルを示すことを初めて知った。

（一つ賢くなったぞ）

中を覗けば、後部座席に設置されたチャイルドシートの中に千早がちょこんと座っており、弥尋に気がつき手を伸ばそうとしている。

「懐かれてるわね。ほら、千早の隣に乗って」

「あ、はい」

このまま立ち話をしていても生徒たちに話のネタを提供するだけなので、弥尋はおとなしく従った。

芽衣子が運転する車はすぐに学校から離れ、そこで

ようやく弥尋は尋ねた。

「車まで借りてどこに行くんですか？」

「買い物。さすがにいろいろ足りないものがあるからね。どうせ暇なんでしょうから、付き合いなさい」

「足りないって何が足りないんですか？」

芽衣子が抱えて来たスーツケースとボストンバッグの中は、結構詰まっていたと思うのだが。

「私と千早の分が入るだけしか持って来てないから、そんなに多くないのよ。せいぜい五日分くらいしかないんだから、買わなきゃ間に合わないわ」

（一体いつまでうちにいるつもりなんですか……）

「それに千早のベッドもいるし」

（うちに住む気!?）

その他にもあれが足りないこれが足りないと羅列され、弥尋はぐったりとシートに沈み込んだ。

「それに食材ね。野菜は新鮮なのがあるならそれでいいけど、肉はもっといいのを食べなさい。肌のハリも変わってくるんだから、兄さんのためにもそうすべきよ」

思わず自分の頬っぺたに両手を当てて触れてしまった弥尋である。肌のハリはどうかわからないが、なんとも意味深な芽衣子の台詞だ。三木のためにお肌のハリをよくさせるというのはすなわち夜の生活を連想させるものではあるまいか。

「十代の今はまだいいかもしれないけど、二十代も半分を過ぎたら肌には気をつけた方がいいわよ。男だからって気にしないのは論外ね。あなただってずっと兄さんに愛されていたいでしょう？」

やはり体込みの話らしい。

「それはそうだけど……でもたとえどんなでも俺が隆嗣さんを好きなのは変わらないから……」

「——それは浮気されたことがない人間の言うことね。想像してよ。あと十年した時に、兄さんの目が今の弥尋君と同じくらいの男の子に向いて目尻下げてる姿を」

「隆嗣さんはそんなことしません。それに目尻下げてニヤニヤもしない。いつだってカッコいいんだから」

「そうかしら？　よく考えてごらんなさい。十年後の兄さんは四十よ。それでもカッコいいって言い切れるの？」

これには弥尋もムッとして唇を尖らせた。

「言い切ります。そりゃ今とは変わってるかもしれないけど、でも俺にとって隆嗣さんはいくつになってもカッコいい人です」

姿形だけではなく、三木の実直な人柄はいつだってカッコよく、惚れ惚れ（ほれぼれ）するし憧れる。

芽衣子はちらりとバックミラー越しに弥尋を見て、呆れたように呟いた。

「なんだかベタ惚れね」

「当たり前です。それくらい好きじゃなきゃ男同士で結婚しません。俺は隆嗣さんを好きだし、隆嗣さんも俺を好きで一緒になったんだから」

「自信があるんだ、あなたたちは。——兄さんも同じだと言いそうね」

疑うことなく大きく頷く弥尋を見て、小さな溜息が芽衣子の口から零れた。

「兄さんが男の子と養子縁組するって聞いた時には何を考えてるのって思ったけど、でも——」

芽衣子は考えるように首を傾げ、ミラーの中でにこりと笑った。

「三木の名前につられて寄ってくる有象無象の小娘たちよりよっぽどいいわ。大した実力もないくせに、後ろ盾欲しさに見合いを勧めてた人たちはさぞかし驚いたでしょうねえ。お見合いの話は聞いてるの？」

「はい。現場に遭遇したこともあるから」

それが二人の関係を一歩進める切っ掛けにもなった。あの一件だけではなく、山と積み重ねられた見合い写真の話も聞いている。芽衣子の話を聞く限り、そして弥尋を歓迎してくれた三木の実家のことを思えば、周辺にいる他の親戚が躍起になっていたというところか。

「そりゃあもう凄かったみたいよ。アメリカにいる私にまで、兄さんに見合いを受けるように勧めてくれって泣きつく電話が掛かって来たくらいなんだから」

「その時芽衣子さんはどうしたんですか？　勧めたんですか？」

「まさか。結婚するのは私じゃなくて兄さんだから直接本人に言ってくださいって言ったわよ。妹が言ったって聞くような人じゃないもの。あれで頑固なところがあるからね」

「それ、なんかわかるかも」

「でしょ。それにうちは一度上の兄さんで失敗してるからね、見合い結婚。まー兄さん……雅嗣兄さんには会った？」

「この間、少しだけ」

「あれはねえ、凄かったのよ。離婚してせいせいしたっていうのが一番の感想ね。あんなのをお義姉さんって呼ばなきゃいけないと思うと、腸が煮えくり返ってたまらなかったもの」

「俺はそこまで詳しく聞いてはいないんだけど、そんなに凄い人だったんですか？」

「他に言葉が見つからないから凄いとしか言えないのがとっても残念な人よ。感謝しなさい、弥尋君」

きょとんと首を傾げた弥尋へ、芽衣子は明るく笑った。

「あんな嫁を見てしまったら、見合い結婚なんて論外だって思うから。相手が男でもなんでも、好き合っていれば一番って思うようになるわ。気立てが良ければ文句なんか言わない。器量よしなら尚のことよし。弥尋君は両方合格ね」

一応褒められているのだと受け取って、頬を染めはにかむ弥尋を見て、芽衣子はまた笑った。

「あの堅物の兄さんが選んだのが男なんてねえ。誰も想像もしなかったでしょうね。私もだけど、驚いたわ」

「反対はしなかったんですか？」

「反対なんかしても一緒でしょ。驚いただけで別に反対する気はなかったし。アメリカにはレズやゲイの友人だっているから、特にどうこうはなかったわね。あの兄さんがって思っただけ。兄さんから聞いてない？同性愛にそんなに馴染みのない環境じゃないのよ、うち」

「それは聞きました。知ってる人にも多いって」

「そう。だから絶対に表立って批判や批難は出来ないのね」

芽衣子の言葉は裏を返せば、

「表立って出来ないってことは裏ではってことですね」

ということになる。ゆっくりと確認する弥尋へ、頭も合格ねと言って芽衣子は目で頷いた。

「そう。あなたは兄さんが養子縁組までして溺愛する相手だってわかってるから、そうそう手を出すことはないと思うけど、嫌味の一万個くらいは覚悟してなさい」

「一万個で済むかな」

「まあ、発覚したら兄さんが黙ってないと思うけど。ほら着いた」

喋っているうちに車は銀座にある有名デパートの提携駐車場に辿り着いていた。

千早を降ろした芽衣子は、制服のままの弥尋を後ろに従え、颯爽と歩いて行く。

「最初はベビーカーよ」

買ったベビーカーはきっと自分が押す羽目になるんだろうなと思った。

子供用品売り場を経由して、芽衣子の従者の如く明るい銀色のベビーカーを予想通り押す弥尋が次に向かったのは、紳士服売り場だった。といっても、背広やスーツを買うためではなく、制服のままの弥尋を着替えさせたい芽衣子の希望による。

「制服のままでもいいのに」

杏林館高校の制服は一種のブランドでもある。きっちりと身に着けていれば、十分に上品なスーツ代わりにはなる。

「いいの。私が買ってあげるって言ってるんだから素直に買わされなさい」

引っ張って行かれた高級ブランドの店で薄手のセーターとシャツ、スラックスにジャケットを着せられた弥尋がフィッティングルームから出て来ると、芽衣子は他にも数点、衣類を店員に預けてカードを切るところだった。

「芽衣子さん、もしかしてそれも……？」

「弥尋君のよ」

「そんなの！　いりませんっ、返してください」

「ダメ。もうカードで支払い済んだもの。いいじゃない、これくらい。兄さんと付き合っていくんだから、ちょっとした外出着でも見栄えのいいのを持ってた方がいいわよ。せっかく綺麗な顔してるんだから、活かせるものは活かすのが義務よ。それに家賃代わりだと思って、黙って貢がれなさい」

他人が聞けば有閑マダムに飼われている若いツバメ認定されること間違いなしの台詞を、芽衣子はわざと店員に聞こえるように言う。

「でも、そんなの貰ったら隆嗣さんに怒られる」

「芽衣子が無理やり買ったって言えば大丈夫よ。私の性格は知ってるから、苦笑いで済ませてくれるわ」

しかし、苦笑いで済ませる金額ではないような気がする。試着する前に確認した値札のタグは、一枚が一万円以上は確実にするものだ。それが数枚あるとなれば、十万は下らない。

（金持ちって……）

三木が資産家なのは知っているが、日々の暮らしの中で散財することはまずない。芽衣子に指摘されたように、お買い得品をスーパーやホームセンターで買うことも普通にする人だ。それに対して芽衣子は最初から金をばらまくつもりで使っている。これは庶民の感覚からはまったく離れた行動だ。

「自分のはいいんですか？」

「着るものの予備はあんまりないからちゃんと後で買います。でも、自分のをたくさん買っても無駄遣いにはならないでしょう？」

やっぱりこの人は金をばらまく気で使っているのだと、弥尋は少し顔を青くした。

「どうせ使うならパァーッと使った方が景気がいいんだし、私以外の人のためにお金が使われるなんていい気味だもの」

要するにカードの名義は芽衣子のものだが、引き出し先はアメリカにある夫の口座ということだ。

「どうせ使うならもっと有意義なことに使えばいいのに」

そう言えば、慈善事業にはすでにたくさん寄付をしているから、今からどこかの団体に寄付するとしてもいつもの延長で見られるだけなので、憂さ晴らしにならないから却下ということらしい。無駄遣いがしたいのである。

今回は芽衣子の個人的な我儘であり、夫への八つ当たりであり、ストレス発散なのだから、

「弥尋君は私に付き合っていればいいのよ」

ということらしい。

品物が売れれば従業員も喜ぶのだし、金を使いたい女の言う通りにしていればいいのだそうだ。

果たして、資本主義が支配する経済社会において無駄遣いが有意義なのかどうかはともかく、芽衣子に逆らえないのは確かなので、仕方なく弥尋は大きな紙袋二つ分の服を受け取った。弥尋のものを一通り買い込んだ後は、婦人服売り場へ足を運んだ。

下着売り場はさすがに入る勇気が持てず、荷物を抱

えていることもあってベビーカーの中の千早と一緒にベビールームでお留守番だったが、ここも若い母親たちの好奇の視線に晒され、居心地が悪かったのは言うまでもない。

「さて、と」

駐車場に戻り、買い込んだ荷物を車のトランクに押し込んだ芽衣子は大きく伸びをした。

(やっと帰れる)

ほっとした弥尋だが、早計だと気づくのにそう時間はかからなかった。

「次行こう」

「ええっ!?　次もあるんですか？　もう夜なのに」

芽衣子は思い切り眉をひそめた。

「夜って……まだ七時前じゃない。あなた本当に今時の高校生？」

「高校生全員が夜遊びしてるわけじゃないですよ」

「夜遊びする時間とも言えないでしょ、七時は。部活してたらこれくらいの時間になるのだってザラでしょうに。塾に行ってる子はどうするのよ」

それとこれとは違う。クラブや部活、塾で過ごす時間と、こうしてデパートの売場を回って引きずり回されるのとでは、精神にかかる負担がまるで異なる。自発的に出かけたのならまだしも、夕方四時から引きずり回されて、芽衣子にとってのたかが三時間は弥尋にとってはすごく長い三時間なのだ。

「家に帰ってご飯作らないといけないのに」

唇を突き出して文句を言う弥尋に対し、芽衣子は腰に手を当て呆れたポーズ。

「なんかホントにあなたって所帯じみてるのね。外食すればいいでしょうが。私のおごりで何でも好きなもの食べさせてあげるわよ。どうせ冷蔵庫の中はあんまり入ってなかったし、ちょうどいいわ」

「高いのは遠慮します。俺は庶民派だから格式ばったところで食べたくない」

「我儘ねえ」

どっちが……である。

結局、あまり行動範囲を広げないということで、隣の百貨店に店舗として入っている洋風レストランで食事を済ませた弥尋は、今度こそ帰ると思いきや、またもや期待を裏切られた。

「次はクラブね」

車に乗ってエンジンを始動させるや否やの芽衣子の台詞に、弥尋はフロントシートの背凭れに手をかけ身を乗り出した。

「クラブッ!? 行けません、俺、そんなところ……。未成年だし。行くなら芽衣子さんだけで行ってくださ い。そんなとこに行ったのが隆嗣さんに知られたら俺……」

弥尋の頭の中では、ホストクラブで豪遊する芽衣子という図式が出来上がっていた。仮にホストがつかない普通のクラブだったとしても大人の店、未成年者はご法度だ。しかし弥尋の反応はまた、芽衣子にも意外だったらしく、「ハァ?」と綺麗に整えられた眉根を寄せる。

「何言ってるのよ。何を勘違いしてるのか知らないけど、私が行きたいクラブはあなたが想像してるようなお酒を飲む場所じゃないから安心しなさい。むしろもっと健全だわね。スポーツクラブよ。運動不足の解消には一番だし、ストレス発散にもなるし」

「俺もしなきゃいけないんですか? 千早ちゃんだっているのに」

「今から行くところはベビールームがあるから大丈夫。運動着もレンタルできるようになってたはずだから、気にしないで付き合いなさい」

「時間は……」

「夜中までやってるのは確認済み。明日は休みなんだから、今日はもう観念して私に従いなさい。どうせ兄さんと一緒じゃ行くことなんてないだろうから、貴重な体験ということで有難くね」

　さすが三木家の娘。弥尋の拒否権はまったく認められず、またしても車に乗せられて、今度は品川にある大きなスポーツクラブへと運ばれた。


「あれ、ここ……」

　地下の駐車場から二階のフロントまで上がり、そこでカウンターの上に輝く看板を見た弥尋は聞き覚えのある名称に首を傾げた。

「皇スポーツクラブ……すめらぎスポーツクラブ。ここって実則兄ちゃんが働いてるジムだ」

　建物の中に入ったことはないが、さすがに勤務先を忘れるほど物覚えが悪いわけではない。都内に同じ名称を持つスポーツクラブはまずあり得ないから、ここで間違いない。

「それにしても凄い……」

　思わず嘆息が出てしまうくらいの豪華さ。家の中をジャージでうろつく――むしろジャージ以外の衣類を持っているのかと疑いたくなるほど年中トレーニングウェアを着ているあの次兄を知っていれば、そして弥尋が持つ運動のイメージから想像していたのは、皇スポーツクラブとは体育館に毛が生えたくらいもの。少し豪華に考えてもフロアが幾つかとプールにトレーニングルームがある程度だと思っていた。

　しかし、いざ中に入ろうとやって来てみれば、一階から上がる中央に位置するエスカレーターも二階にあるフロントの雰囲気もまるでホテルそのもの。さすがにフロントスタッフは白黒のツートンカラーに蛍光ピンクのロゴがプリントされた揃いのトレーニングウェアを着用していたが、毛足の長い臙脂色のふかふかの絨毯といい、ここは本当に運動をする場所なのかと問いたくなる。

　弥尋たちと入れ違いに帰る人たちも、どことなく小綺麗で、普通の高校生が足を踏み入れるには敷居がかなり高そうだ。そして実際に入会金や使用料も高いのだろう。

結婚前から会員で、結婚して海外在住の現在も引き続き会費を払っている芽衣子の同伴者ということで、弥尋はビジター料金より若干割安なペア料金で使用することが出来た。トレーニングウェアを借りて中に入ってすぐ、併設されているベビールームまで千早を預けに行けば、クラブを利用するのは独身者ばかりではないようで、他にも二人の幼児が預けられていた。

需要は思ったよりも高いんだなと、これなら慣れていそうだから少し安心できると弥尋はほっとした。赤ちゃんを預けるのだから、信用が置ける相手ならその方がいい。

「私はジムに出るけど、弥尋君はどうする？」

「あんまりよくわからないから、芽衣子さんと一緒に行きます。慣れれば他のことするかもしれないけど」

「ジムくらいだったら初心者でも平気かもね」

二人で並んでマシンルームに入れば、こちらは女性もいれば男性もおり、思い思いの器具を使ってトレーニングをしていた。芽衣子は先にウォーキングマシンで少し走った後、グローブを嵌めてのボクササイズに挑み、弥尋は最初のベンチプレスは早々と断念し、バランスボールの講座に飛び入り参加。

高校生が珍しいのか、年上の御姉様方から手取り足取り可愛がられるハプニングはあったものの、それなりに楽しく過ごすことが出来た。

その後、夜の生活での持久力アップを目指して軽く乗馬マシンで腰を鍛え、これが意外と楽しくて結構はまってしまい、ひとしきり堪能し汗をかいてマシンから降りた後で、フロアのどこにも芽衣子がいないことに気がついた。

「あれ？　さっきまで思い切りサンドバッグを殴ってたのに、どこ行っちゃったんだろ」

口がぶつぶつ動いていたから、サンドバッグを夫に見立てて殴っているのだろうと思っていたが、サンドバックの近くにはスタッフが一人立っているだけだ。

「さっきまでここにいた女の人、どこに行ったか知りませんか？」

「あ？　ああ三木さんの連れの子だね。プールに行くって言ってたからそっちじゃないかな。そこのドアを抜けたらプールが見えるから行ってみるといい」

「はい。ありがとうございます」

芽衣子さん、三木のまま会員してるし。

ペコリと頭を下げた弥尋は、そこで思い出したようにもう一度スタッフを振り返った。

「あの、今日は本川実則はいないんですか？」

「本川？　彼なら今は休憩中だけど。何？　彼を御指名なの？　それとも用事？」

「用事ってほどの用事じゃないんですけど」

弟ですという前に、彼は続けた。

「御指名だったら早めに予約入れといた方がいいぞ。売れっ子だからすぐに指名が入るんだ」

「そんなに人気なんですか？」

「お得意様が一人いるからね。伝言なら預かるよ？」

「いえ、それはいいです。もしいたら話したいなって思ってただけだから。ありがとうございました」

「おう」

爽やかなスタッフに頭を下げて教えて貰ったドアを開けて通路に出れば、廊下に面した窓の外はプールだった。一つは五十メートルのスイミング専用。他にも飛び込み用や遠泳用などもあり、隣のフロアにはスキューバダイビングの練習に使う水深のあるプールもあるらしい。

「泳げない俺には無縁だ」

見るのは構わないが、自分から積極的に泳ごうという気に乏しい弥尋は、水着に着替えた芽衣子が何往復も泳ぐのをしばらく眺めていたが、退屈になったのでジムに戻って幾つかの器具を使い、それなりに汗を流した。

随分長いこと泳いだ芽衣子がシャワーを浴びて外に出て来た時には、弥尋は千早を連れてフロント前の休憩室で遊んでいるところだった
「ずっとここにいたの？」

「ずっとじゃないけど、少しだけ。千早ちゃんが退屈してそうだったから、一緒に遊んでたんです」

「退屈してたのは千早じゃなくてあなたでしょ。私はさっぱりして気持ちよかったわ」

「泳ぐの好きなんですか？」

「好きというより、日課にしてるから泳がないと妙な感じがするってところかな」

「へえ。俺は泳げないから何時間でも泳げる人を尊敬します」

「泳げないの？　だったら兄さんに教えて貰えばいいじゃない。泳ぐのは嫌いじゃないはずよ」

「でも別に泳げなくてもいいし」

「そう？」

「はい」

何が何でも泳ぎたいわけではないのだから、泳ぎを教えて貰う時間があるのならもっと他のことのために有意義な時間の使い方をしたい。運動もした方がいいのかもしれないが、

（週に何回かはちゃんと運動してるからいいよね）

三木が言っていたではないか。セックスは愛情の確認と同時に運動でもあると。互いに愛情を感じ合いながら楽しめる運動があれば、他の運動などしなくても平気だろう。毎日の通学にも自転車を使うことが多いのだから、運動量だけで考えれば十分足りている。

そんなことを考えながら、膝の上の千早の小さな指を握って、ゆらゆら揺らしながら遊んでいた弥尋は、

「弥尋？」

外から入って来た男の声にハッと顔を上げた。

「実則兄ちゃん！」

「なんでお前がここにいるんだ？　俺に会いに来た……ってわけでもなさそうだな」

　実則の目は、弥尋の膝の上の赤ん坊をじっと見つめている。

「――弥尋、不倫か？　それとも浮気か？　三木さんが浮気したのか、お前が浮気したのかどっちだ？　返答によってはシメるぞ、俺は」

「ちょっ……ちょっと待った！　シメるって誰を？　俺？　それとも三木さん？　じゃなくて！　浮気じゃないよ、浮気じゃなくてこの子は僕たちの子供じゃないよ」

「じゃあ誰の子だ？　三木さんの子じゃないって保証はあるのか？」

「あるって。ほら、この人が千早ちゃん――赤ちゃんのお母さん。それで三木さんの妹。芽衣子さん、兄の実則です」

　芽衣子はスタッフジャンバーを着た実則を見て、澄まし顔でにっこりと唇を上げた。

「はじめまして。三木隆嗣の本妻の芽衣子です」

「芽衣子さんッ!!」

　なんてこと言うんですか!!

　弥尋は目玉が飛び出すかと思うほど驚いた。思い切り勢いよく振り向いた隣の芽衣子は、唇に笑みを刷いたまま実則を見つめ、実則は実則で眉を吊り上げ、物凄い形相になっている。

（兄ちゃん、カッコいいのにそんな顔したら台無しだよ……）

　天敵が巡り合ったかのような睨み合い。月並みだがハブとマングース、どちらが蛇でどちらがげっ歯類か。いやそんなことを悠長に考えている暇はない。

「あの……兄ちゃ」

　開きかけた唇を遮る兄の低い声。

「――弥尋」

「え？」

今度は兄を振り返った弥尋は、

「お前、今すぐ離婚しろ。そして家に戻って来い」

大きな瞳を更に大きく見開いた。そして言われた言葉を頭の中で反芻（はんすう）し、立ち上がった。

「ちょっと！　離婚なんか絶対しないよっ！　なんで離婚しなきゃいけないんだよ!?」

「何でもなにも、今この女が言ったじゃないか。本妻だって。お前、愛人なんか辞めちまえ。本妻と子供の世話を押し付けるようなヤツなんだぞ！」

「それ違うから！　嘘だから！　芽衣子さんがからかってるだけだって！　言っただろ、三木さんの妹だって」

「じゃあその子供はなんだ!?」

実則は芽衣子に抱かれてご機嫌な千早を指さした。

「指さし禁止！　可哀想だろっ。三木さんの甥で、芽衣子さんの子供。三木さんに子供なんていない」

「本当だろうな」

「本当本当、絶対本当。芽衣子さんもちゃんと言ってください、三木さんの妹だって。もうっ、何笑ってるんですかッ」

「ああごめんなさい。簡単に信じちゃうから楽しくなってつい……。改めて、私、三木隆嗣の妹の芽衣子です」

自分の発言が原因となった兄弟のやり取りを、愉快な漫才でも見るような目つきで楽しそうに眺めていた芽衣子は、悪びれることなくニコリと笑んだ。

「この子は千早ちゃん。男の子だよ。可愛いでしょ」

千早の小さな手を握って振ってみせるが、実則にはきれいサッパリ無視された。

「じゃあ本当に浮気とか不倫じゃないんだな？」

「しつこいなあ、そうだって言ってるのに」

「不倫でも浮気でもないけど、今は一緒に暮らしてるのよ。アヤマチはないけどね」

「弥尋……？」

「だーかーらーっ。芽衣子さんもなんでそういうことばっかり言うかな。うちに居候してるだけ。実家には戻れない事情があって」

穏便にオブラートで包もうとした弥尋の思い遣りは、本人によってあっさりと覆されてしまう。

「私、家出中なの。だから兄さんのところに厄介になってるのよ。ああ、そんな険しい顔しないでくれる？別に苛めたりとかいびったりとかしてないから。ちょっと千早の子守りを頼んだり、用事をお願いしてるだけよ。ねえ、弥尋君」

「大筋としては合ってる……と思います」

ここで芽衣子に引きずり回されていると言えば、実則はまた実家に戻れと叫び出すに違いない。今回に限り、三木が出張から戻って来るまではそれでもいいかなと思い始めている身にはかなりの誘惑だが、家で待っていると宣言した以上、明後日まではしっかりと家で待たなければ妻として失格だ。小姑に負けてしまうなんて面子にかけて出来やしない。

そんな弥尋の肩を実則はガシッと摑んだ。

「辛いことがあったら兄ちゃんに言うんだぞ」

「うん。でも大丈夫。隆嗣さんは優しいし、すごく楽しく生活できてるから」

「我慢することないからな。志津兄と俺はお前の味方だから。辛くなくても電話するんだ。いいな」

「電話するのはいいけど。今だって結構頻繁にしてると思うし。でもさ、志津兄ちゃんはともかく実則兄ちゃんはいっつもいないじゃないか」

「ああーっ！　そこが一番の問題かッ」

苦悶の表情の実則を見ながら芽衣子は言った。

「……ブラコン？」

芽衣子の小さな呟きには、確かに同意したいところだ。

「俺と隆嗣さんは仲良しさんだからいいんだけど、兄ちゃんと隆嗣さんはいつになったら会えそうかな。兄ちゃんは土日も出勤なんだよね？」

「今はちょっと立て込んでるから、時間があるなら午前か木曜くらいだろうな。明日は？」

「ダメ。隆嗣さんが出張中なんだ。明日は帰って来る予定だけどたぶん夕方過ぎか夜になるし、疲れてるからダメ。今週末は予定入ってるからそっちでも時間取れなさそうだし。ねえ、時間取れたらこっちに来てもいい？　今くらいの時間だったら空いてるんだよね」

「あー、空いてるっていやあ空いてるけど」

「兄ちゃんが不規則なんだから兄ちゃんに合わせるように時間作ってみる。隆嗣さんが平日は会社だから、いつになるかはっきりとしたことはわからないけど、わかり次第また電話する。仲間の人が呼んでるみたいだよ。仕事、頑張ってね」

「弥尋もな。何かあったら言うんだぞ、忘れるなよ」

「はいはい」


　他のスタッフと一緒にスタッフルームに戻って行く実則の背中を見送って、芽衣子は今度こそはっきりと口にした。

「ねえ。実則君だっけ？　あの人、ブラコンって言われない？」

「実則兄ちゃんに関しては俺もちょっとそうかなっとは思います」

「ちょっとじゃないでしょ、あれは。完璧ブラコンね。まるで弟離れできてないもの。いっそ兄さんの爪の垢（あか）でも飲ませたらどう？　身内に思い切り厳しくなること間違いなしなのは妹の私が保障するわよ」

「優しくないですか？　隆嗣さん」

芽衣子は「うーん」と首を捻（ひね）って考え込む。

「微妙なところね。優しくないというより、甘くないのよ兄さんは。他の兄弟はそうでもないんだけど」

　でも、と弥尋は思う。そんな三木の家をまっすぐ訪ねて来た芽衣子は、兄のことが好きなんだなと、と。

兄ならどうにか助けてくれると思っているのだな、と。

「帰りましょうか。千早ちゃんももうおネムみたいだし」

千早は瞼を開けたり閉めたりを繰り返しているが、努力の甲斐なく次第に上と下がくっついている間隔が長くなっている。

「あら、ホントだ」


ベビーカーを押して芽衣子の後ろをついて歩く弥尋を、スタッフルームのガラス越しに眺めながら、実則は思った。

弥尋には「浮気か？　不倫か？」と言ったものの、実のところ絵面的にはまるでそうは見えない二人。少し洒落た感じの服を着ていた弥尋は外見のよさも相俟って、兄馬鹿のフィルターがかかった分厚いメガネ越しに見ずとも美少年ぶりに拍車がかかり、とてつもなく可愛らしい。可愛いからこそ残念でたまらない。

（弥尋……兄ちゃんは悲しいぞ）

弟が自分で選んだ道とは言え、十八歳の身で男の元に嫁に行ってしまうことはないだろうに。長兄志津には「いい加減現実を見て諦めろ」と言われても、まだまだ弟離れが出来ないお年頃。

（俺は兄貴みたいに物わかりがいいわけじゃないんだ）

結婚を認めたのはただただ弥尋があんまり嬉しそうだったから。家族の中で一人だけ反対して悲しむ顔を見たくないから、断腸の思いで嫁に行く弟を笑顔で送り出した。かなりの弟馬鹿な実則である。

その実則から見てもフィルターをかけない他人様の目から見ても、確かに弥尋は目を惹く美少年なのだが、芽衣子が隣に並ぶとどうしても一歩譲ってしまう。これは見た目云々が問題ではなく、性格の違いによるところが大きいと踏む。

美人な夫人に従う従者という表現を最適だと言った

なら、弥尋と芽衣子、どちらにも渋い顔をされそうだ。

「本川、さっき高校生くらいの綺麗な子が来てたけど会ったか？」

「さっき休憩室で会った。俺の弟だよ」

「弟?! 本川の？ へえ、それはまた驚きと言うかなんと言うか……。えらい綺麗な子だったなあ。女の子じゃないってわかってても、ちょっとドッキリしたぜ。お前と違って素直でよさそうな子じゃないか」

「てめェ、喧嘩売ってんのかよ」

「いやいや。弟君を褒めてるだけ。それよか本川、今晩も御指名が入ってるぞ、例の」

さっきまで弥尋に会えて浮上していた気分が一気に急降下する。

「……またか……。あいつのせいで俺のスケジュールは滅茶苦茶だ。あんなんがよくアイドルやってられるぜ」

そのせいで弟の結婚相手の品定めにも出向けない。

「仕方ない、諦めろ。相手はそれこそドル箱のアイドル様で、こっちはしがないインストラクター」

軍配がどっちに上がるかなんてわかりきっている。

実則は大きく溜息を吐き出した。

（我儘クソアイドルに付き合うのと、弥尋の旦那の顔を見てるのとどっちがマシだ？）

レベルの低いところで自分に問い掛けながら。


大荷物を抱えてマンションに戻った弥尋たちは、靴を脱ぐなり買い込んだ荷物の整理に大わらわだった。

三人分の衣類に、千早の赤ちゃん用品――ベッドは明日の配達だ――芽衣子の化粧品や生活雑貨など、車のトランクいっぱいに詰め込んだ荷物が部屋全体に散らばる。

「芽衣子さん、置き場所は和室だけですよ。他の部屋には置かないでくださいね」

「こんなにあるのに？　洋服くらいハンガーに掛けさせてくれたっていいじゃない」

「ハンガーに掛けるのはいいけど、クローゼットは隆嗣さんのと俺の服でいっぱいだから、余分なスペースは一切ありません」

芽衣子の歯ブラシが洗面台に並んだのを初日に見た弥尋は、大きな溜息をついたものだ。

今までは白と緑、二人分だけの歯ブラシが立っているだけだったのに、割り込んできた芽衣子の存在。事情が事情だから仕方がないとは言え、なんだかやっぱり面白くない。

（心が狭いのかな、俺）

妹だし、親戚だし、家族になったんだし、仲良くしたいと思うのだが、三木との生活が乱されるのはいやなのだ。

「これも嫉妬みたいなものなのかな」

兄の家だからと言って、我が物顔で出入りする芽衣子が特異なのか。どちらにしろ、居座る気が満々なのだから、しばらくはこの状態を受け入れるより他なさそうだ。

「俺は勉強あるから部屋に戻りますね。何か用事があったらノックしてください」

二晩は芽衣子に付き合ってリビングで勉強をしたが、家の中にも慣れた芽衣子には特に気遣いの必要性を感じず、早々と私室に引き上げることにした。お出かけで疲れたのか、千早も風呂に入ってミルクを飲んだ今は熟睡している。

「どうぞ。今日は私も疲れたからもう寝るわ」

「それじゃおやすみなさい」

一時間ほど勉強をして、飲み物を取りにキッチンへ行くと、すでに部屋の中は真っ暗で千早も芽衣子も眠っていた。

そのままジュースを持って引き返し、弥尋は携帯を開いた。

「今日は忙しい？　――っと」

まだ電話がないためにメールだけを送信する。出張の内容が何で、三木が普段会社でどんな仕事をしているのか具体的にまだ理解できていなくても、いつもとは違う場所・違う人に会うことは、それなりの労苦だろうと推察する。

「隆嗣さん、辛過ぎるのは苦手なんだけど、味付けは大丈夫なのかな。あれ？　北京料理って辛かったたっけ？　辛いのは四川（シセン）だったかな？　上海（シャンハイ）？」

いやいや今時中国に行ったら中華料理しかないわけではない。三木が宿泊しているホテルは、世界各国に支店を持つ系列の高級ホテルで、レストランや設備は充実しているはず。接待でもてなされているのだとしたら、昼も晩も中華料理の可能性は捨てきれないが、さすがに毎食ということはないだろう。

「ご飯はちゃんと食べてるだろうけど……寝られてるかな。出張には慣れてるって言ってたから、枕が変わって眠れないなんてことはないだろうけど」

冬並みの寒さだと言っていたが、肌着はちゃんと身に着けて仕事に出かけただろうか？　夜の接待が入って断りきれなくて深酒したりしていなければよいが。

夜の接待につきものの女性たちからの誘惑は、三木なら軽く振り払ってくれるはずなのでその点の心配はしていないが、三木が相手にしなくても女の方から寄って来られるのは面白くない。それはもう非常に面白くないことだ。

「帰って来たらスーツとかシャツのチェックして香水の匂いがついてないか調べなきゃ」

口紅なんかついていたらシャツごと捨ててしまえと思う。

「隆嗣さん……」

メールを送った後しばらくは問題集に集中していたが、零時を回った頃には気分は急降下、寂しくなってテキストを閉じ、携帯を手にベッドに潜り込む。芽衣子ほど一生懸命運動しなかったのでそれほど疲れは感じなかったが、いざ布団の中に潜り込んでしまえば、出張中の三木以上に精神的疲労は大きなものがあったようで、そのまま深い眠りについてしまった。

「メール来てる……」

着信音量は最大に設定していたはずなのに気づかないほど熟睡していた自分が恥ずかしく、弥尋はすぐにメールに返事を送った。

送信してすぐにコールが鳴った。三木である。

「おはよう隆嗣さん。昨日はごめんなさい。メール今見た。着信に気づかないで寝てたみたい」

——そうか。眠ってただけで何かあったわけじゃないんだな？

「うん。それは大丈夫。本当に眠ってただけだから。心配したよね。ごめんなさい」

——いや、何もなければいいんだ。私も帰るのが遅くなって電話できなかったしな。遅くなって悪かった。

「そんなことないよ。隆嗣さんこそ夜が遅かったのに、こんなに早起きしていいの？」

——弥尋の声をもう一日以上聞いていないだろ。物足りなくなってしまったよ。

「俺も。俺も隆嗣さんが足りない。うちに戻って来るのは今日でしょう？　何時くらいになりそう？」

——夕方の便で帰る予定だから九時過ぎくらいかな。

「仕事ならしょうがないのかもしれないけど……。早く会いたいな」

——私も同じだ。芽衣子は迷惑をかけてないか？　一昨日(おととい)はマッサージさせられたんだろう？　そのせいで疲れているんじゃないのか？

「疲れはあんまりない、かな。昨日はスポーツクラブに行ったんです。そこが、なんと実則兄ちゃんが働いてるクラブで、ばったり会ってビックリ。兄ちゃんも隆嗣さんに早く会いたいって言ってた。それから芽衣子さんがいろいろ買い物して、今家の中は赤ちゃん用品がいっぱいあるんだ。見たらびっくりするかも。それでね、芽衣子さんが買い物でストレス発散したいらしくて、俺の分までたくさん洋服買ってくれたんだ。要らないって言っても聞かなくて。断り切れなかったんだけどよかった？」

――くれるというのなら貰っておきなさい。家に帰って見せてもらおう。それと、芽衣子の夫の方なんだが昨日は連絡が取れなかったが、秘書には伝言を入れている。今日の午前中にはアンディから折り返しの連絡があるはずだから、そこで話をしてみる。

「うん。よろしくお願いします。出来るだけ早く帰って来て欲しいけど、夜に会えるからもう少しだけ我慢する」

――我慢は少しだけか？

「少しだけ。心が狭いから」

くすくす笑う弥尋の声に、北京のホテルにいる三木がふわりと微笑んだのを感じた。

――弥尋君も、芽衣子にはあまり気を遣わないでいつものペースでいればいい。

「わかってる。隆嗣さんが帰って来たらすぐにバトンタッチするから、それまで踏ん張るよ」

――世話をかけるがよろしく頼む。ありがとう。

「うん」

その後、時間のない中、昨晩話せなかったことを少し話して通話を終えた頃には、六時半になっていた。

土曜日でも予定が入っている三木と異なり、補講が休みの弥尋にはゆったりとした朝の時間だ。リビングに行くとまだ、和室とリビングを隔てる透かし彫の桟が見事な磨りガラスの障子は閉まったままで、芽衣子も千早も寝ているようだった。

弥尋は音を立てないようにトーストを焼き、紅茶を淹れて朝食を終えた。洗面を済ませ、今日の予定を考える。

「隆嗣さんが帰って来るまであとちょっと頑張ろう」

掃除をして洗濯をして——。

早朝の窓の外、見上げた空は晴れていて雲もない。

「早く帰って来ますように」

本日も晴天なり。

「気持いいなあ。太陽が眩しい」

午後の青い空を眺め、弥尋は空に向って独りごちた。

今いるのはマンションのすぐ近所にある公園。木製ベンチに座る弥尋の前にはベビーカーがあり、千早と日光浴としゃれこんでいる。

三木の帰宅は今日の夜。大体の帰宅時刻がわかれば、待ち遠しさもまた募り、時計の針ばかりが気に懸かる。

「週末に一緒にいないのは久しぶりかも」

日頃は会社や学校へと互いが出かけ、まとまったゆっくりした時間が夜しか持てないため、存分に満喫できる週末はいつも楽しみにしていた。その土曜日に三木がいないのは非常に損した気分だった。

三木の出張日程が土曜日までのため、今日予定していた三木の実家への訪問も必然的に明日に延期。芽衣子がいつまで居座るのか不明の現在、夫婦二人だけで過ごせるのもいつになるのか不明。それを考えれば、月曜日に思い切り抱き合っていてよかったと思う。三木が今日帰って来ても、明日実家に行くことを考えれば、夫婦の営みはしないのが無難だし、芽衣子がいるのに寝室でセックスするのは気が引ける。というか恥ずかしい。

（別に何がなんでもセックスがしたいわけでも、飢え

てるわけでもないんだけどさ）

ベタベタくっついていたいお年頃なのだから仕方ない。

「千早ちゃんはお父さんに会いたくない？」

ベビーカーから出たそうに手足をばたばたさせている千早を抱き起こして膝の上に乗せ、弥尋は赤ん坊に問い掛けた。

「千早ちゃんはお父さんの顔と声を覚えてる？　お父さんのこと、好き？」

芽衣子は離婚すると言い張っているが、実家に帰らずに避難場所として三木の新居に雲隠れしているのを思えば、探して欲しいのではないかと思う。実家に戻っているのなら、相手も安心してしまうだろうが、居場所がわからないなら心配して探そうとするだろう。ただ単純に会いたくないとも考えられるが、そうではないと思う。

芽衣子ほどの行動力があれば、本気で離婚する気があるならアメリカにある荷物一式、すでに日本に戻されていてもいいはずだ。

「それも全部捨てて帰って来たって言うならもうどうしようもないと思うけど……。どう？　千早ちゃんはもうお父さんに会えなくてもいい？」

芽衣子の話だけで判断することは出来ないが、アンディという夫が本当に浮気をして妻と子供を顧みていないのなら、離婚するのも仕方がないとは思うのだ。子供を理由に離婚しないのもありだとは思うが、潔く別れるのが千早のためになるのならそれでもいい。

ただ芽衣子の態度を見ていると、口では夫への憤りをぶつけていても嫌っている様子はない。好きなのに別れなければならないことほど辛いものはなく、芽衣子が夫に心を残したまま離婚という結果になるのだとしたら、それもまた可哀想だ。

これが双方共に完全に熱が冷めているのなら仕方がないのだろうが。子供のために名ばかりの夫婦を続けるか、離婚に踏み切るか。

「難しいね、大人は」

頬をぺたぺた触っていた小さな手は、よい遊びものを見つけたとばかりに弥尋の髪の毛に手を伸ばし、引っ張るのに忙しい。

「あんまり強く引っ張ると抜けちゃうからお手柔らかにね」

柔らかな頬っぺたはバラ色で健康そうで、千早の笑顔に癒される。

しばらくはそんな風にぼんやりと日向ぼっこしていたが、

「風が少し冷たくなってきたみたいだ。帰ろっか」

千早を抱いて立ち上がった弥尋は、まだ抱いていて貰いたそうな千早をベビーカーに乗せ、公園に併設されている遊歩道をマンションに向かってゆっくり歩き出した。短いがランニングコースのある公園は周囲が数百メートル程度あり、近場での運動にはぴったりの場所のせいか、平日でも朝の早い時間はジョギングしている人も多く、土日は夫婦で散歩する近隣住民の姿も多く見られる。すぐ目の前に交番があるために治安もよく、老若男女安心して憩える場所になっていた。

芽衣子は高校時代の友人に会うと言って昼過ぎに出かけ、留守番の千早と弥尋は家の中でゴロゴロして過ごしていたが、ポカポカ陽気に誘われて、芽衣子から外出許可を貰って散歩がてら出て来たというわけだ。

まだ生後半年という小さな千早はしきりに上に向かって手を伸ばし、きゃらきゃら笑っている。

「小さな子には妖精が見えるって何かの童話で読んだことがあったっけ」

本当に妖精がいるのかもしれないし、空にぽっかり浮かぶ白い雲を捕まえようとしているのかもしれない。

弥尋は足を止めて空を見上げた。この空を飛んで三木が帰って来る。

「早くお帰りって言いたいよ」

だけどあと少し。あと数時間もしないうちに優しい腕が帰って来る。

ご機嫌な千早に話し掛けながらゆっくりと遊歩道を外周に沿って歩き、マンション最寄りの出口に差し掛かった弥尋は、道路に停まる外車を視界に認めて足を止め、眉をひそめた。

「ベンツだ……」

真っ黒いベンツが一台、路肩に寄せるようにして停車している。

「いやだな」

しかもご丁寧に中が見えないよう薄いスモークが貼られているではないか。二回続いたトラブルのどちらにもベンツが関わっていたために、車に非はないとわかっていても弥尋の中に警戒心が沸き起こる。高級車の代名詞であることと、関わった人たちが資産家だったことから重なった偶然ではあるのだが、避けて通るに越したことはないと判断した弥尋は、出ようとした箇所から離れて少し先の出口から出るべく向きを変えた。マンションを少し行き過ぎてから戻る形になるが、不審車の隣を歩くよりましというものだ。

「もうちょっとでおうちに着くからね」

これは経験に基づく弥尋の回避措置なのだが、急な方向転換に慌てたのはベンツに乗っていた男たちである。弥尋の直観は正しく、目当ての人物に自分たちが何をしようとしているのか気づかれたのかと慌てて車から降り、先回りすべく歩道を駆け出した。一見すると特に不審なところはない背広を着用した普通の会員風だが、弥尋を追う足取りには焦りが見える。

「追って来た……？」

出口を出たところで歩道を走って来る男に気がついた弥尋は、ベビーカーを押して走り出した。

「千早ちゃん、ちょっとごめん！」

いきなり走り出した揺れるベビーカーに、赤ん坊は驚いて今にも泣きそうな顔だが、男たちの目的が何かわからない以上、ここで走る足を止めてしまって簡単に捕まるわけにはいかない。しかし、そうは願っていても、安定感の点では欠けるベビーカーを、中の千早を気遣いながら走る弥尋より遥かに男たちの方に分があった。

　マンションまでまだ距離があるところで、進路を妨害するために追いついた男たちの一人の手が横から伸ばされた。

（千早ちゃん!?）

　男たちの目的が自分ではなく千早だとわかった弥尋の判断は早かった。止めたベビーカーを男の腹にぶつけるように押し出し、千早を抱き抱えるともう一度ベビーカーを男たちにぶつけ、走り出す。

　マンションは目の前だが、向かうのはそちらではなく、少し戻った先にある交番だ。オートロックがあるとはいえ、中に入り込まれてしまえばますます危険は大きくなる。むしろ、住人がほとんどいないマンション内で助けを求めたとしても応える人が誰もいない可能性だってあるのだ。その点交番なら、声が届く場所まで行けば、すぐに警察官が飛び出して来てくれるはずだ。

　乳幼児とはいえ、重さは五キロ以上ある。不安定な千早を抱えて走る弥尋の腕はすぐに疲れを訴えるが、ここで投げ出すことは絶対に出来ない。転ばないように、落とさないように、でも出来るだけ急いで走る弥尋の背中のジャケットに、再び追いついて来た男の手が伸びる。

「やっ……！　離せッ！　誰か……助けてッ！」

　公園の周りに家はない。公園は無人ではないが、フェンスの前に植えられた葉の生い茂る木々が弥尋と男たちの姿を目撃者から隠してしまう。それでも大声で叫びながら抵抗していれば、誰かしら駆けつけてくれるものだと信じて、弥尋は二人がかりで押さえ付けられながらも、千早だけは絶対に渡すものかと抱える腕に力を込めた。赤ん坊は何が起こったのかわからず大きな声で泣き叫ぶ。その声を止めようと男の手が千早の口を塞ぎにかかった。

（そんなことしたら死んじゃうじゃないか！）

弥尋はハッとして千早を胸に隠すように抱き締めて蹲った。赤ん坊なのだ。首は座っていてもまだ不安定で柔らかい子供。そんなに強く手で押さえ付けたら呼吸も出来なくなってしまう。

「手を離せっ！」

歩道は道路に面している。普段は交通量の少ない生活道路だが、車の通りがまったくないというわけではなく、近隣の住民の往来もある。しかし今に限って走る車はなく、やっと来たと思った国産の大型ワンボックスカーが歩道の脇に寄せられた時、弥尋は「もう駄目だ」と思った。ベンツと同じように薄くスモークが貼られた黒い車は、自分たちを乗せてどこかに連れて行くために彼らが呼んだ仲間のものだろうと思ったからだ。

しかし、スライドドアが開いて中から飛び出して来たのは四人の若者で、彼らは弥尋と千早を襲う男たちを背後から引き離し、一人が交番に走る。

「おっさんたち、何してるんだよ！」

「昼間っから誘拐騒ぎなんか起こしてんじゃねぇよッ」

見た目はかなり派手な若者たちは、人数と体格のよさに任せて男たちを羽交い絞めにし、すぐに彼らの膝を地べたにつかせた。場慣れしているのか、殴りかかって逃げようとする男たちをあしらう様はドラマを見ているような流麗な流れで、彼らはそれほど苦労することなく、男たちを拘束した。

「大丈夫か？」

金色の短髪の男が千早を抱いたまま固まっている弥尋の顔を覗き込む。

「あ……ありがとうございます。俺は大丈夫……千早ちゃんは」

慌てて腕の中の千早を見れば、涙を流して「あーんあーん」と大きな声で泣いている。

「ごめんねごめんね。怖かったよね、もう大丈夫だよ。怖いおじさんたちはもう何にもしないからね」

自身も泣きたくなりながら、弥尋は泣く千早を懸命にあやした。腕の中で揺らしながら、大丈夫だと何度も言う。

「座ったら？」

「クッションあるから持ってくる」

一人が車に戻り、すぐに丸いクッションを持って来て弥尋の隣に置いた。

「ほら、これに座りなよ」

「それよか赤ちゃん寝かせた方がよくないか？」

「抱いてる方が安心するんじゃねぇの？」

結局歩道に置かれたクッションの上に座った弥尋は、膝の上で向かい合うように千早を抱き締めた。

「いい子だね、千早ちゃん。もう大丈夫だよ。お兄ちゃんが一緒だからね。ほうら、怖くなーい、怖くなーい」

額を合わせてぐりぐりと鼻の頭をすり寄せながら、千早の背中を撫で、頭を撫でとスキンシップを繰り返す。

そのおかげか、弥尋の落ち着いた声に安心したのか、泣きやんだ千早は「あーあー」と言いながら弥尋へと手を伸ばす。小さな手に指を握らせてやりながら、弥尋はにっこりと赤ん坊へ笑い掛けた。

「うん、おりこうさんだ」

「あんたも」

顔を上げれば、正面に金髪の男が屈(かが)んで弥尋に笑い掛けていた。

「一人でよく頑張ったな」

「あ、ありがとうございます」

気がつかなかったがよく見ればかなり整った顔立ちの若者だった。今風に髪を金色に染め、目はカラーコ

ンタクトなのか緑色、耳にはピアスが二個ついている
が、笑う顔は優しい。
「警察、連れて来たぞ」
若者四人と弥尋が歩道で待っていると、一人交番に
走って行ったスーツ姿の男が警察官二人を連れて戻っ
て来た。
「お前たち、怪我はしてないか？」
三十代半ばと思しき男はまず若者たちの顔を見て問
い掛け、それで若者たちから呆れられていた。
「違うだろ、俺達より先にこの子に聞いてやらなきゃ」
「そうそう。怪我はなかったよな？」
「はい。俺は大丈夫。千早ちゃんもビックリしただけ
で怪我とかはしてないみたいです」
「だってさ」
「そうか。それならよかった。それであいつらが？」
着ていた背広で拘束されている二人組の男たちは、
逃げないように見張っていた若者たちの代わりに、今
は駆け付けた警察官に取り囲まれている。
「ああ。実践で役に立つとは思わなかったけど、実際
に習ってて役に立つことってあるんだな」
「ならいいが、あまり無茶してくれるなよ」
「人助けなんだから大目に見て欲しいな」
「そうそう。赤ちゃん誘拐しようなんてマジ外道」
「許すまじ。もっと痛めつけてやればよかった」
「……頼むから。な？」
ああ言えばこう言う状態の若者たちとの会話を諦め
たスーツの男は、溜息を一つつくと警察に向かって状
況を説明した。次いで弥尋も襲われた時の話をし、そ
の間に別の場所からやって来たパトカーに男たちだけ
乗せられて、連れて行かれてしまった。
「後から事情聴取させていただくこともありますので
連絡先を」
問われて弥尋は名前と住所、電話番号を伝えた。助
けてくれた若者たちの方は、スーツの男が名刺を渡し

て連絡先を伝えている。

「通り魔なのか、それとも誘拐目的の犯行なのかわかりませんが、近辺のパトロールを強化しておきます」

交番とは違うところから来た警察官が弥尋へそう伝え、頷いた。

実際問題、弥尋もどうして自分たちが誘拐されそうになったのか、千早目的だとしてその理由がわからない。目的が千早なら、その理由と目的がわかるとすれば芽衣子だろうが、千早を弥尋に預けて出かけたことといい、彼女自身危険を感じていた様子はどこにもなく、連絡を取ろうにも緊急時の連絡先を書いたメモは家の中に置きっ放しだ。

結局、現時点ではっきりしたことは何もわからないと結論づけ、弥尋と千早は警察官に伴われてマンションに戻ることになった。回収したベビーカーは幸い壊れておらずそのまま使用できたが、千早を手から離すことを弥尋が不安がったため、折り畳んだベビーカーを警察官が持ち、腕に千早を抱いたままマンションへ向かうことにする。

戻る前に、助けてくれた人たちへ弥尋は頭を下げた。

「本当にありがとうございました。助けて貰えなかったら今頃どうなっていたのか……」

助けてくれただけでなく、その後の不安な時間を慰めてくれた。クッションだって貸してくれた。見掛けは派手な若者たちだが、彼らの優しさは十分有難いものだった。

「俺たちも役に立ててよかった。たまたま忘れ物して通りかかったのがよかったんだな」

「日頃の行いがいいからだろ」

「お前が？」

「俺じゃなくてこっちの子」

「だと思った」

黒髪長髪の男は、弥尋の頭をぐしゃぐしゃと撫でて大きく笑った。

「怖い夢見なけりゃいいな」

前髪を緩く垂らした男が千早の指を握って握手する。

「怖かったことは忘れちまうんだぞ」

クッションを貸してくれた革パンツの男はにこりと笑った。

「人助けが出来て僕たちもほっとしたよ」

そして金髪の男が弥尋の肩を労(ねぎら)うように叩く。

「大きくなったらこの子に自慢してやりな。昔、悪い奴らと戦ったことがあるんだってな」

五人はそのままワンボックスカーに乗り込んだ。連絡先を渡しているから、特にもう用事はないのだろう。警察も特に引き留めはしなかった。背広姿の男が運転席に座り、窓を開けた彼らが弥尋に向かって手を振る。

「ありがとうございました」

もう一度丁寧に頭を下げた弥尋へクラクションを一つ鳴らして、彼らを乗せた車は大通りへ走り去った。

オートロックのマンションではあるが、念のためにと警察官は玄関先まで付き添って交番に戻った。家のものが不在だと言うと、しばらくは単独で出歩かない方がいいと忠告された。

ようやく部屋の中に帰り着いた弥尋は、ベビーベッドではなくリビングのラグの上に千早を寝かせ、自身もゴロンと横になった。

「疲れた……」

事が始まってから今まで緊張が上回り感じる余裕がなかった疲労が、どんと押し寄せて来て体にズンと圧(の)し掛かる。

「芽衣子さんに連絡を入れなきゃ……」

一番最初に連絡したいのは三木だが、今はもう飛行機の中か車に乗っている頃だろう。弥尋が襲われかけたことを知れば車を飛ばして戻って来るかもしれないし、相手を見つけ出して叩きのめしに出て行くかもしれない。危害を与える相手に対して、経済的制裁も辞さない男で、前例があるのを知っていれば十分予想できることだ。

三木の気持ちはそれはそれで嬉しいのだが、帰国したばかりの三木が急ぐあまり事故に遭うのは困る。

「隆嗣さんに言うのは帰って来てからにしよう」

襲った男たちの身柄は警察署で拘束しているはずで、それからでも遅くはない。画面に表示された三木の電話番号はプッシュせず、固定電話の子機から芽衣子のスマホへ電話をすると、彼女は数コールで通話口に出た。

「あ、芽衣子さん。あのね、ちょっと連絡することがあって……うん、千早ちゃんのこと。それと俺。さっき変な男たちに攫われかけたんだ。あ、いや、今は家。どこも怪我してない。泣いたけど大丈夫、助けて貰ったから。——うん、わかった、待ってる」

簡単な状況だけを説明すると、芽衣子は「すぐに戻る」と言って通話を切った。どれくらいすぐに戻って来るのかわからないが、都内に出かけているのなら早くて三十分、遅くても一時間程度で帰って来るだろう。

「——しまった……。芽衣子さん、車だったんだ……」

レンタルしている車に乗って出かけて行った芽衣子である。我が子の危機を知らされて、のほほんと帰って来るはずがない。

「無事故で戻って来るといいけど」

危惧された芽衣子の帰宅は最短とされていた三十分を僅かに切る程度で、インターフォンを連打し、玄関のドアを開けて駆け込んで来た芽衣子の必死な形相を見れば、どれだけ急いで戻って来たのかわかるというものだ。

「千早はっ!?」

リビングのドアを開けた芽衣子の第一声はそれで、そこに強い母性を見つけ弥尋は安心した。

「おもちゃで遊んでます」

「無事なの？　大丈夫なの？　何にもされてない？」

ぬいぐるみの腕を持って振り回していた千早の傍に

膝をついた芽衣子は、抱き上げて小さな体のあちこちを確かめるように触れている。そして、痛い顔もせず母親に手を伸ばす子供を見て、涙を浮かべ頰をすり寄せた。

「よかった……」

母親と子供の心温まる光景を目の前にして、弥尋もじんわりとしたものが込み上げ、鼻の奥がツキンとする。

「芽衣子さん、靴を履いたままだ。ここは日本なんだから靴は脱いで上がってください」

今気がついたという顔で、ヒールをぽんぽんと脱ぎ捨てた芽衣子は、弥尋を手招きして呼び寄せた。

なんだろうかと隣に膝をついた弥尋の頭に、芽衣子の手が乗せられる。

「――ありがとう。千早を守ってくれて。弥尋君も怪我はなかった？」

まさか撫でられるとは思わずに目を見張った弥尋は、びっくりしたのも一瞬、こくりと頷いた。

「俺も……大丈夫」

「そう……よかった。あなたに何かあれば私が兄さんから叱られる。兄さんって怒ると怖いのよ、知ってる？」

「はい」

「そっか」

目を細めて弥尋を見た芽衣子は、もう一度腕の中の我が子に目を落とした。詳細というほどの詳しい事情を知っているわけではないが、弥尋は出来るだけその時の状況を詳しく説明した。誰が何のためにどんな目的があって誘拐しようとしたのか疑問だが、自分ではなく千早を攫うことが目的だったのではなかろうか、と。

「わかった」

話を聞き終えた芽衣子は、弥尋が預かっていた警察の連絡先を聞き、今から向かうと連絡を入れた。それから一度躊躇った後、スマホを操作する。

さすがに夫に知らせるのだろうと思った弥尋だったが、いきなり英語を喋り出した芽衣子に驚いた。弥尋もそれなりに英語の読み書きは出来るし、リスニングもそこまで不自由はしないと自負していたが、ネイティブに近い早口の会話は聞き取るのさえ困難を極めるものだった。

聞き慣れない単語がたくさんありわからないまでも、芽衣子の怒りに満ちた険悪な表情から、喧嘩腰に話しているのが伝わってくる。息をつく間もなく喋り倒した芽衣子は、「ふんっ」と大きく息を吐き出すと、スマホをバッグにしまい込み、脱いだばかりのハイヒールを手に雄々しく立ち上がった。

「警察に行って来るわ。もう少し千早をお願いするわね。もしかすると少し帰りが遅くなるかもしれないけど、兄さんももうすぐ帰って来るんでしょう？　だったら平気ね」

「遅くなるって、どれくらい？」

「さあ、相手の態度によりけりよ。アッタマ来る。人の子を一体何だと思ってるのかしら。もし兄さんがいても手に負えない時は、実家でもおばあちゃんのところにでも連れて行っていいから」

話しながら玄関に向かう芽衣子を、千早を抱いた弥尋は慌てて追い掛けた。

「千早ちゃんは見てるからいいんだけど、一つだけお願いします」

「なに？」

「車、自分で運転しないでタクシーで行ってください。ここまでだって相当飛ばして来たんでしょう？　危ないし、スピード違反でそのまま警察に捕まってしまうのはいやです」

反対されると思いきや、

「そうね。そうかもね」

芽衣子はすんなり同意した。

「でもタクシーは呼ばなくていいわ。今の時間だったら大通りまで出たら流しのタクシーがつかまるでしょ。たぶんその方が早いと思う。悪いけど千早にご飯だけ食べさせてて。離乳食、わかるわよね」

「昨日食べさせてたのと同じのですよね。わかります」

「じゃあお願いいね」

芽衣子は弥尋の腕の中の千早の頬にキスをした。

「おりこうにして待っててね。ママ、少しお出かけするから」

そしてキッと顔を上げて背を向ける。

「いってらっしゃい」

応える背中は戦いに赴く戦士のように見えた。


芽衣子が出て行ってものの十分もしないうちに玄関前のインターフォンが鳴らされた。

「忘れ物かな？」

それともタクシーがつかまらなくて戻って来たのだろうかと、深く考えずに立ち上がった弥尋は、あやしていた格好そのまま千早を抱いて玄関に向かった。

「はあい、今開けます」

ペタペタとスリッパの音を鳴らして廊下を歩いて玄関に到着したのと、ドアが開いたのが同時。開いたドアから入って来た長身の男の顔を見た弥尋の表情は一気にパアーッと明るくなった。

「隆嗣さんっ！」

「ただいま、弥尋君」

スーツケースを転がしながら入って来た三木は、弥尋に向かって笑顔を向け、それから大きく手を広げて抱き締めた。

「会いたかった」

「うん、俺もすごく会いたかったよ」

抱き締められて感じる安心感。鼻に馴染んだ三木の匂い。抱き返そうとした弥尋は、そこで自分が千早を抱いていることを思い出した。

「隆嗣さん、ちょっと離れて。赤ちゃんが潰れちゃうから」

「ああ、そうだな」

抱き返す代わりに頬にお帰りのキスをして、三木からも同様にキスを貰った弥尋は、腕の中の赤ちゃんを三木に見せた。

「ほら、芽衣子さんの子供。千早ちゃんだよ」

「芽衣子は？」

「今ちょっと出かけてる。あのね、隆嗣さん、それなんだけど――」

続けて話をしようとした弥尋は、今になって三木の後、ドアの向こうに立つ見知らぬ男の姿を認め、首を傾げた。

「――誰？」

一言で表現するならば熊のような男だった。栗色の髪の毛と薄茶色の瞳、そして顔の半分を覆う髪の毛と同じ栗色の髭。身長は三木と五センチも違わないだろうが骨格というか体の厚みが違う。巨体と言ってよい体軀だった。

頭をぶつけないように玄関の中に入って来た男は、弥尋へにこりと笑い掛けると、そのまま腕を差し出した。千早へと。

「この男はアンディ、芽衣子の夫だ」

つまり千早の父親。

「チャア」

中に入って来た男――アンディ――の呼びかけに、千早が顔を向け声をあげて笑う。手を伸ばす男の腕に、千早もまた手を伸ばし、弥尋は自然に男に赤ん坊を差し出していた。

「チャア」

チャアというのは千早の愛称なのだろう。呼ばれると千早は嬉しそうに笑い、それを見て男は髭面を赤ん坊にすり寄せる。

「――なんか驚いた……。この人が芽衣子さんの旦那さんなんだ」

「なんとか連絡をつけて日本に来て貰うことが出来た。あの臍曲がりには本人と話させるのが一番いいからな。連絡が取れるのに時間がかかったが、かえってちょうどよかった。それで芽衣子はどこに行ったたって？」

「ちょっと警察に」

「警察？」

三木の眉が上がり、半眼に眇められた目が弥尋を射る。

「弥尋君」

「……はい」

「下……マンションの前で警官に会った。アンディは身分証明を求められた。帰って来る途中でもパトカーとすれ違ったし、警ら中の警官を何人も見た。まさかとは思うが――うちか？」

「――です」

厳密に言えば千早が目的であって弥尋は巻き込まれただけなのだが、関係がないわけもなく、事件の当事者の片割れの弥尋が神妙な顔で応えると、三木は顔を強張らせて言った。

「どういうことになっているのか、詳しく説明してくれ」

勿論、否はない。

場所をリビングに移した三木は、ソファに深く座って弥尋の話を聞き終えると、顔に手を当て大きく息を吐き出した。

「ごめんね、隆嗣さん。心配かけて」

「弥尋君は悪くない。悪くないが……よかった、何もなくて」

抱き締める腕の強さと安堵の表情は、何よりも弥尋を安心させた。泣きたいくらい嬉しかったが、抱擁はいつまでも続かず、横合いから伸びて来た太い腕に抱き込まれてしまう。

「アリガトウ」

カタコトのありがとう。

左手で千早を抱いたままアンディは弥尋をぎゅっと抱き締めた。

「チャアを守ってくれてホントにホントにアリガトウ。私、たくさん感謝します」

ゆっくりと話す少し聞き慣れない日本語は、父親としてのアンディの心からの感謝の言葉で、くすぐったく思いながらも弥尋は甘受した。それを面白く思っていないのは弥尋の夫で、

「いい加減に弥尋君を離せ」

男から引き剝がすようにして自分の腕の中に囲い込む。独占欲丸出しの三木に肩を竦めたアンディは苦笑し、ラグに座り直して我が子を膝の上に乗せた。見るからに高級品とわかる焦げ茶色のスーツには、口の中に入れて濡れた千早の手がべたべたと触れ回り、ネクタイも引っ張られてぐしゃぐしゃだが、目を細めて見つめるだけで叱ることなく好きにさせているのは、父親だからなのだろう。

弥尋を相手にしている時とアンディが相手では、小さな千早も対応を変えていた。弥尋には対等な遊び相手として接し、父親のアンディの前では何をしても許して貰えるとわかっている甘えが見られた。

ところどころ三木の通訳入りで弥尋の話を聞いていたアンディは、芽衣子と同じようにどこかへ電話を掛け、こちらも早口の英語で電話口の相手に対し指示を出していた。電話を切るとまたすぐに別の相手に掛けるのを何度か繰り返す。

弥尋にはわかりづらかったが、三木は聞き取っていたようで渋い顔をしている。矢継ぎ早の指示を何か所かに出したアンディは、それが終わってやっと気を緩めたところだった。

「アンディさんは何を話してたの？」

「誘拐を企んだ奴らへの制裁だな」

「じゃあやっぱり攫おうと思ってたのは千早ちゃんだったんだ」

「相手方は千早を誘拐して身の安全と引き換えに、アンディの会社のヨーロッパからの事業撤退を迫る予定だったらしい」

「そんな理由で一番ちっちゃな千早ちゃんを？　ひどい……」

「危険がつきものなのに勝手に行動した芽衣子も悪い。狙ってくれと言ってるようなものだ。もっとも、今頃は相手企業もお終いになっているはずだがな」

「アンディさんがさっきしてた電話のこと？　何したの？」

「アメリカにいる家族の安全確認と護衛の手配、それから相手企業の、官僚との癒着と贈収賄、その他悪事のマスコミへの暴露。事実無根じゃないからひと騒ぎになるだろうな。騒ぎが収束する頃には、もう元の企業としての形態は取れなくなるはずだ」


アンディを社長とするコルワース社とフランス有名メーカーとで業務提携の話が進んでいたのだが、アメリカでは業界二位、フランスでは一位のアンディの企業に更に水をあけられる形になるライバル会社はそれをよしとせず、頻繁に妨害工作を行っていた。ライバル企業はフランス国内ではシェアの二位を占める有数のアパレルメーカーだが、高価格と閉鎖的なマーケティングから業績が伸び悩んでいたという。そこにアメリカでも有数のメーカーであるコルワース社が乗り出し、フランス国内三位の企業と手を結んだ。

北米とヨーロッパでの市場拡大を図ることを目的にしたそれは、消費者にとっては購入しやすい価格と販売店の増加に結びつき、双方にメリットが大きいものだったのだが、伝統に固執するライバル会社の経営陣の中には外国の企業と手を結ぶとは何事かと批難する意見も多く、アメリカとフランスの提携そのものを排除しようという動きが強かった。

それでも決して提携話が解消されることはなく、反対に話は進み、今はまとめの段階に入っていた状況で、ライバル企業がコルワースに卑怯（ひきょう）な圧力をかけてフランスからの完全撤退を迫るはずが、誘拐は失敗。結果、社長子息誘拐騒ぎに加えて癒着や不正取引、贈収賄まで暴露されてしまってはもう破綻に向かって進むしかない。

「難しいんだね、大人の世界って。そんなのに巻き込まれてしまうなんて……。隆嗣さんもいろいろ大変？」

「大変といえば大変かもしれないが、遣り甲斐もある仕事だからな、苦痛に思ったことはない。強いて挙げれば出張が多くなるのが難点か。弥尋君に会えない日が多くなるのは歓迎したくない」

「それは俺もですよ。でも」

「でも？」

「なんだか隆嗣さん、子供みたいで可愛い」

「可愛い？　そう言われるのはとても新鮮なんだが。子供みたいな私はいやか？」

「ううん、そんなことないよ。どんな隆嗣さんだって好き」

「弥尋」

顔を寄せる三木の吐息を唇に感じた弥尋は、そこで視線に気づきハッとした。

「――！　ダメっ、アンディさんが見てるっ」

すっかり二人きりの世界に浸っていたが、アンディと千早もいるのだ。さすがにラブシーンは恥ずかしい。赤くなった顔でアメリカ人を見れば、こちらはニコニコして仲睦（むつ）まじい二人を眺めている。

（せめて横を向いて見なかったふりをしてくれればいいのに……）

大らかなアメリカ人にとっては夫婦や恋人でするキスは見慣れているのかもしれないが、見られる側は日本人で慣れていないのだから、少し配慮してくれたらいいのにと思う。

腕で押し戻す弥尋を残念そうに見下ろした三木は、アンディへ言った。

「芽衣子はどうするんだ？」

アンディは見るからに大きな溜息を落とした。

「私はメイコが何を怒ってるのかわかりません。どうして家出なんかしたのか……」

「芽衣子さん言ってましたよ、アンディさんが浮気してるって。だから離婚するって書き置き残して出て来たって」

アンディは意外に大きい目を見開いて両手と首を大きく横に振った。

「浮気？　浮気なんかするはずないですヨ。私はメイコだけです」

「でも芽衣子さんはそう思ってるみたい」

「どうしてそんなことを……」

アンディの眉がシュンと下がり、大きな背中が丸くなる。

「忙しくて話もしていないって」

「それはそうなんですが……」

困り果てた妹婿へ、三木は慰めるでなく言った。

「芽衣子と二人で話した方がいいだろうな。弥尋君、芽衣子は戻って来ると言っていたんだろう？」

「うん。遅くなるかもとは言ってたけど」

「じゃあ帰って来てからだ。芽衣子も千早がいるからこのまま逃げることはないだろう。私が帰って来るのは知ってても、アンディまでいるのは知らないはずだ」

三木の言葉は、夫がいるとわかっていれば戻って来ない可能性が高いことを示唆していた。

九時前になって警察署から戻って来た芽衣子は、リビングで寛ぐアンディの姿を見るなり目を吊り上げた。

「――どうしてあなたがここにいるのよ」

「メイコ、迎えに来たんだよ」

「私は帰らないわよ。離婚するって決めたんだから！」

「私はいやだ。君がいない家に帰りたくない。子供たちからもママと一緒に帰って来るまで家に入れないと言われてしまった」

「それなら他の家に行けばいいでしょ。泊まる家が幾つもあるんじゃないの？」

「メイコ！」

アンディの悲痛な顔は、会話が英語でなされているにも関わらず、何となく弥尋にもわかってしまった。というか、一つ一つを噛み砕いて三木が簡単に同時通訳してくれるので、内容のおおよそはわかっているのだが。

「ねえ隆嗣さん、子供たちって……千早ちゃんの他にも子供がいるの？」

「聞いてなかったのか？　千早は四番目の子供だ」

「四人目!?」

「双子とその下に一人、それに千早だ」

「嘘……四人の子持ち……？」

見るからに若々しくスタイルもよい芽衣子が四人の子供の母親とは、さすがに弥尋も驚いた。

「上から六歳、四歳だったかな。高校卒業後、大学在学中にアンディと結婚してアメリカに行って、すぐに双子を産んだ。あれで今年二十八なんだから別に変でもない」

コルワース家の長男アンディは和の勉強をしに来日した時に、修学旅行中の京都（きょうと）で芸妓（げいこ）の扮装をして級友と楽しんでいた芽衣子に一目惚れしてしまった。一緒に写真を撮ったのを縁にして、粘りに粘って住んでいる場所や名前、連絡先を調べ、一歩間違えればストーカー認定されそうなくらいの情熱で日本にいる間に猛アタックを開始。アメリカに戻ってからも何回も手紙を書き、たびたび来日しては愛を囁く十五も年上のアンディに、最終的には芽衣子が折れた形で、「結婚してあげるわよ」になったらしい。

日本の作法に則って——と紋付き袴を穿き、まだ吉祥寺の店の隣にあった実家に日参、店先で土下座して「芽衣子さんをください」と頭を下げ続けた根性に、兄弟たちは面白がり、両親は根負け。当時まだ家にいた兄嫁との諍いもアンディの元へ芽衣子を走らせるに十分な理由を持っていた。

大学はアメリカに留学、そのままアンディと結婚、現在はボストン郊外にあるコルワースの屋敷の女主人として君臨している芽衣子だった。

「なんかいろいろ劇的な人生送ってるんだね、芽衣子さん」

こんな前例があるのなら、兄嫁のことがなくとも三木が男と結婚すると言い出してもすんなり認めてくれるはずである。

夫婦二人は和室でひたすら口論をし、情操教育によくないからと、千早は今、ソファからラグに下りて座る弥尋の膝に登っておもちゃで遊んでいる。

「浮気は本当だと思いますか？」

三木は「思わない」と即答した。

「あのアンディがするわけない。芽衣子の早とちりか勘違いが真相だろうな」

アンディが社長を務めるのはアメリカ有数のアパレルメーカー。そんな会社の性質上、華やかな社交の場への顔見せが求められるのが社長のアンディ。雑誌にも掲載される機会が多い。それは構わないのだが、芽衣子が許せないのは毎回のようにトップモデルが同伴することである。芽衣子がいる時にはもちろん妻として各種パーティーに出席をするのだが、妊娠出産後の芽衣子はしばらく社交界から遠ざかっていた。

その間に持ち上がったのが、アンドリュー＝グイド＝コルワース社長が毎回伴っている専属モデルとの関係を取り沙汰する記事。誘拐の原因にもなったヨーロッパ出張にも彼女を伴い、しかも提携が大詰めで忙しく、帰宅の回数が減れば、芽衣子も怒りたくなる。

仕事は理解できるし、忙しいのもわかる。だがないがしろにされるのだけは我慢ならない。愛されているとわかっていても、許せないものはある。生来の気の強さから泣いて責めるより先に堪忍袋の緒が切れてしまった形だ。

「メイコ、私と一緒に家に帰ってください」

「家に帰ってもどうせまたすぐどこかに行っちゃうじゃない。それなら私は日本で暮らすわ。子供たちも全員こっちに連れててね」

オーノー！

大きく腕を上げ、天を仰いだ顔を覆うアンディの様子は、傍から見れば舞台劇を見ているような大袈裟なものなのだが、本人にとってはまさに一大事で重大事件。生きるか死ぬかの瀬戸際だ。

「メイコも子供たちもいない家に私に帰れと言うのですか？」

「帰って来ない人に言われたくないわ」

「メイコ……」

アンディは困り果てていた。仕事が忙しかったのは事実。モデルを伴って出張に行っていたのも本当だ。しかしそこに芽衣子やゴシップ記事が言うような色っぽい関係は一切なく、あくまでも雇用主と被雇用者の関係でしかない。こんなことなら毎回違うモデルにすればよかったかと思うが、それなら今度は気の多い男だと蔑まれてしまう。

フランスで折衝にあたっている時に掛かって来た二本の電話。一件はボストンにいる子供たちからで、もう一つが芽衣子の兄の三木から。内容はどちらも同じで芽衣子が家を出て行ったというもの。

最初の電話で双子に
「絶対ママと一緒に帰って来て。じゃなきゃパパはおうちに入れない」

と強く言われ、行き先を探そうとした矢先に掛かって来た三木の電話で居場所を確定。急いで日本へ行きたいところだったが今が交渉の山場でフランスから離れることは出来ず。相手の動きが停滞したのを理由に一時的に日本へ向かってみれば誘拐騒ぎ。

日本に到着して通話が可能になりすぐ秘書に電話を入れれば、つい数分前に芽衣子から電話があったと言われ、どうして妻は自分に電話をしてくれなかったのかと悲しみに打ちひしがれ――。

赤ん坊の我が子が攫われかけて平静を保っていられる父親でなく、そんな攻撃を仕掛ける相手に容赦する心の広さも持っていない。

しかし、一番難航しているのは妻の説得だ。これにはほとほと困り果ててしまったアンディである。

「メイコ」

「そんな顔してもダメよ。家であなたの帰りを待ってる私の気持ちなんか知らないくせに」

「すみません。私が悪かったです。でもメイコ、愛してるんです。ずっとずっと愛してるのはメイコだけです。私の愛するハニー、信じてください」

炬燵を挟んで正面に座るアンディは頭を何度も何度も下げ、しまいには土下座して許しを乞う。

深刻な夫婦の諍いではあるのだが、弥尋と三木の夫婦、こちらは中国土産のお菓子を食べながら仲良く彼らのやり取りを眺めて感想を言い合う。それもこれも、原因となったアンディが来たなら自分たちはお役御免、後は二人でやってくれと気楽になったからだ。弥尋にとっては、まさに肩の荷が下りた気分である。

「そのうち切腹しそうな勢いだね」

「弥尋君、洒落にならないぞ、それは。アンディなら本当にやりかねない。プロポーズの時もハラキリ覚悟だったんだ」

「へえ。でも、どうでもいいけど、あの二人仲直りするのかな」

「する気はあるだろう。私にはどの部分で許す言葉を言うのか芽衣子が待っているだけのように見えるぞ」

「早く仲直りしてくれないかな。仲直りする気があるなら早くした方がいいのに。それだけ長く仲良くできるんだから、喧嘩している時間が勿体ないと思わないのかな」

「弥尋君らしい」

「本気で言ってるんだよ、俺は」

「わかってる」

三木は弥尋の頭にキスをした。

「しかし、本当に何とかしてくれないと困るのは確かだな。追い出すか?」

「いいの？　また芽衣子さん、逃げ出したりしないかな」

「アンディが迎えに来たんだから逃げ出しはしないだろう。逃げる気があるなら、顔を見た途端出て行ってるはずだ」

そうしなかったということは、アンディと向き合って話す気が芽衣子にはあり、三木の言うように、どこに落とし所を見つけるかを模索している状態というところだろう。

三木は弥尋の手を軽くぽんぽんと撫でるように叩き立ち上がった。そのまま和室の二人の前に立ち、

「話し合うなら別の場所でしてくれ。お前たちが騒いでいるとこっちの頭が痛くなる」

腕組みをして退去勧告をした。

芽衣子はムッと兄の仏頂面を見上げた。

「兄さんちょっとその言い方ひどくない？」

「ひどく思ってくれても結構だ。アンディも本気で芽衣子を連れて帰る気があるなら、こんなところでいつまでもぐずぐずせず、二人だけで話せる場所を作ってそこで何日でも決着がつくまで話し合うつもりでいろ。それくらいの気概を見せなければ芽衣子は戻らないぞ」

アンディはぶるぶると首を横に振った。

「イヤです、そんなのは許せません」

「私も帰る気はないわよ。ここに住ませてもらうもの」

「却下だ。冗談じゃない。新婚家庭に入り込んで邪魔するのを私は認めるつもりはないぞ。言っておくが、このマンションにも空き室はないからな。お前が近くにいると弥尋君が振り回されて困る。大方、千早が懐いてるのをいいことに、弥尋君をベビーシッター代わりに使おうとでも思っているんだろうが、それは認めない」

「兄さんって……ホントに弥尋君のことしか考えてないのね」

「当たり前だ。私は本気でお前たちが邪魔だと言っているんだ。わかったなら早くどこかに行け。出張で帰って来て疲れているところに、お前たちの痴話喧嘩を持ち込まれるのはいい迷惑だ。お前たち二人に足りないのは対話だ。話そうとする意志、聞こうという意志が足りない。根本的なところからやり直せ」


迷惑と言い切る三木の顔は弥尋からは見えなかったが、芽衣子の不満げな表情やアンディが大きな体を縮こませて恐縮していることから、かなり不機嫌極まりないものだと思われる。

(隆嗣さん、容赦ないから)

自分のことには無頓着な面もある三木だが、こと弥尋のことになるとまるで融通が利かなくなってしまう。邪魔だとの発言は偽らざる三木の本心本音であり、命じることに慣れた逆らうことを許さないだけの強い強制力を伴った響きを持っていた。

反論したい気持ちは大きかっただろうが、怒らせてしまってはいざという時の味方がいなくなるとわかっている芽衣子は、鞄を片手に渋々立ち上がった。

「わかりました。ホテルにでも泊まるわ。ただ、ひと晩だけ千早を預かっててくれない？　兄さんが言うように喧嘩になるかもしれないし、そうしたら可哀想だから」

「私は喧嘩するつもりはありません」

芽衣子はキッと夫を睨みつけた。

「あなたになくても私がその気になるかもしれないでしょ。どう？　兄さん、お願いできる？」

「実家に預けるのじゃ駄目なのか？」

「だってお母さんに知られたら怒られるじゃない。私が日本に帰って来てるのは兄さん以外誰も知らないんだから」

それでも三木は乗り気ではない。

何がそうさせているのかわかるだけに、弥尋は嬉し恥ずかしの気分なのだが、せっかく話し合おうという気になっている芽衣子の気が変わる方が怖い。

「いいですよ、ひと晩ならうちで預かります。だからちゃんと二人で話し合って、誤解を解いて、二人で一緒に千早ちゃんを迎えに来てくださいね」

「弥尋、それでいいのか？」

「うん。隆嗣さんにはちょっとごめんなさいだけど、芽衣子さんたちの問題が早く片づいた方が心配しないで済むでしょう？」

それからだって遅くはない。

「ありがとう、弥尋君。本当にあなたっていい子ね。意地悪な兄さんには勿体ないくらいよ。そうしたらお願いするわ。夜はおとなしく寝るはずだから、手はからないはずよ」

芽衣子とアンディは港区にあるホテルの一室を電話で押さえ、迎えに来たタクシーに乗って二人で出かけて行った。

千早を抱いた弥尋は、隣の三木へペコリと頭を下げた。

「ごめんね、隆嗣さん。俺も甘えたい気持ちはすごくあるんだけど、でもなんだか落ち着かなくて」

「事情が事情だから仕方がない、か。だが千早にばかり構うんじゃないぞ。私だって弥尋君に甘えたいんだからな」

「一緒だよ、俺も甘えたいもの」

「千早がいても夜は一緒に寝てくれるんだろう？」

「当たり前でしょ。独りで寝るわけないよ。千早ちゃんのベッドを寝室に持っていけばいいんじゃないかな。そうしたらベッドには二人で寝れるし、何かあってもすぐにわかるし」

「何もないことを祈るべきなんだろうな、ここは」

「だね」

セックスはお預けとしても、二人でただ抱き合って眠る久しぶりの夜を邪魔するお約束の展開はご免である。

二人は顔を見合わせくすくすと笑い合い、ちゅっと唇をくっつけた。

「おかえりなさい」

「ただいま、弥尋君」

千早を間に挟んで向き合って、膝の上に座る形で弥尋が三木の首に腕を回す。

ちゅっと触れるだけだった唇は、互いに会えなかった間を埋めるように徐々に深くなり、夢中になった二人に挟まれた千早が窮屈だと抗議の声をあげるまで、熱い口づけと抱擁は続けられた。


「今日は……どうする？」

遅くなった夜のご飯を簡単に終え、三人で入った風呂から上がった弥尋はベビーベッドを寝室に持ち込んだ後、ベッドに座って三木を見上げた。

「弥尋君はどうしたい？」

「もちろん一緒に寝る」

「眠るだけ？」

「ううん、隆嗣さんが欲しい。でも――」

傍にはすっかり寝入ってしまっている千早がいる。

三木は残念そうな弥尋の顔を見ることが出来ただけで満足を覚えた。そのまま弥尋を抱き込むようにして

布団の中に潜り込み、しっかりと腕の中に抱き締める。

「今日はこうして一緒に眠るだけにしよう。弥尋君の声に千早が驚いて起きてしまったらくっついて眠ることも出来なくなってしまう。それは絶対に避けたい事態だ」

笑いながら胸に顔をすり寄せれば、三木の匂いがする。

セックスするのもいいが、こうして寄り添って眠るのも五日ぶり。独りで眠っていた時には広すぎて寒々しかったベッドは、今はぬくもりで包まれている。

「寂しかったか?」

「とっても。前は一人で寝るのが当たり前だったのに、いないと思ったらすごく寂しかった。だから枕とパジャマを抱いて眠ってた」

「そうか」

「でもやっぱり本物の方がいい。あったかいし、喋ってくれるし、ぎゅうって抱いてくれるもの。枕やパジャマはそんなことしてくれないでしょ。隆嗣さんだけ。すごく安心する」

「そう言ってもらえると私も嬉しい」

「せっかく出張から帰って来たのに、ご馳走(ちそう)作って待ってなくてごめんね。もっといろいろ話もしたいけど、なんだか眠くて……」

「眠りなさい。話は明日でも明後日でもいつでも聞くことができる。私も弥尋君に話したいことがたくさんある」

「いろいろ聞かせてくださいね。どんなものがあったのかとか、見つけた面白いものとか食べ物とか」

「ああ、明日ゆっくり話そう。おやすみ、弥尋君」

「おやすみなさい」

ゆっくりと睡魔が体を包みにやって来る。大好きな人の体温と匂いに包まれたそれは決していやなものではなく、この上もなく甘い気持ちを抱いたまま、三木と一緒に弥尋は眠りについたのだった。

その夜、千早は一度も起きることなく、仲良く寄り添って眠る二人は自然な心地よい気分で目を覚ました。

翌日、午後も近い時間になって揃ってやって来た芽衣子とアンディは、それまでの仲違い(なかたが)いは一体何だったのかというくらい仲睦まじい様子で現れ、日の当たるリビングで千早と二人転がって遊んでいた弥尋はあんぐりと口を開き、三木は眉間に皺を寄せていた。

「ヤヒロくん、どうもアリガトウ」

「それじゃあまた遊びに来るわね」

もう少し日本に滞在したいが、家に残して来た子供たちや仕事の都合もあるために、何より今回の事件への対応のため三木の実家に顔を出した後、今日の夜の便で日本を発(た)つという。

「どうせなら一緒に行く？」

本当なら今日、三木の出張が重なった土曜日の代わりに三木の実家に行って両親へ挨拶をするはずだったのだが、弥尋を見舞った奇禍もあり、昨日の夜のうちに電話を入れて訪問の延期を申し入れていた。

三木の出張など知ったことではないと突っぱねた父親も、芽衣子の側のトラブルに巻き込まれて精神的に疲れているからという三木の言葉には渋々ながらも了承をして、出来るだけ早いうちに実家に連れて来るようにと何度も念を押していた。

弥尋としては、芽衣子たちと一緒に行っても支障はないのだが、独占欲の権化と化した夫によって却下される。

「今週五日も会えなかったんだ。夫婦水入らずの時間を他のことで潰す気はない」

暗に「お前たちの喧嘩に巻き込まれていい迷惑だ」と言っているのがありありとわかる口ぶりに、アンディは恐縮し、芽衣子は呆れていた。

「弥尋君、放って置かれるのもいやだけど、束縛し過ぎるのも問題だと思わない？　兄さんに嫌気が差したらいつでも電話しなさい。ボストンまでの旅費は私が出してあげるから」

そう耳打ちして笑顔で芽衣子は帰って行った。家の中に残された芽衣子と千早の痕跡は、そっくりそのまま三木の実家に持ち込まれることになっている。物置にはベビーベッドを置くスペースもあるのだから預かっても別に構わなかったのだが、

「ここにあるとわかっていれば、簡単にやって来るようになる」

妹の行動を読んでいる三木の言により、あっさり実家送り。

赤ん坊がいた名残は、千早が転がっていた大きなクッションだけで、これは弥尋も気に入っていて唯一家に残されたものである。


芽衣子と千早のいない家の中は元の落ち着いた静けさを取り戻し、少しの物足りなさを感じながらも、弥尋はほっとした。

「寂しいか？」

「ちょっとだけ。急に騒がしくなって急に静かになったからだと思う。すぐに元に戻るよ」

「騒々しいからな、芽衣子は。弥尋君が寂しいのならペットでも飼うか？　ここはペットも可だし、今は小さいのが人気だと聞いてるぞ」

三木の隣に座った弥尋は腕に抱きついた。

「小さいのでも大きいのでもペットはいらないよ。隆嗣さんのお世話だけでいっぱいだし、満足だから。それにもしもペットを飼ったりしたら、きっと俺はそっちにかかりきりになってしまいますよ」

途端に三木が渋面になる。

「それは問題だな。弥尋君が私よりペットを優先してしまったら立ち直れないかもしれない」

「でしょう？　芽衣子さんみたいに家出されるのは俺もいやだもの。だから、ペットは飼いません」

「じゃあ弥尋君が世話をするのは私だけか」

「そうです。それで隆嗣さんも俺のお世話をしなきゃいけないんだから、俺たちの間に他の何かが入る余地は全然、これっぽっちもないんだ」

「そうか」

　三木はにこりと笑った。

「それじゃあ、さっそく私に餌をくれないか？」

「餌？　さっきご飯食べたばっかりでしょう？」

　三木はすっと弥尋の首筋に吸いついた。

「こっちのご飯だ。足りなくて飢え死にしそうなんだ」

　チクッと吸われ、そのまま舌で舐められて、背筋をぞくぞくさせながら、弥尋は夫の髪の中に指を差し入れ優しく梳いた。

「まだお昼なのに？」

「昼でも。弥尋君が欲しい」

「――僕も……隆嗣さんが欲しい」

「いくらでもあげよう。弥尋がこれ以上いらないと言うまで」

　ゆったりと背中からソファに倒れ込む。上に覆い被さる三木の瞳の中には情欲の焔が立ち、確かに弥尋に飢えていると主張していた。重なった部分に感じる三木の雄の部分はすでに固く兆して芯を持ち、昂りを示している。瞳を覗き込んでしまった弥尋の肌はゾクリと粟立ち、急速に下肢に熱が集まるのを知覚した。

「――いいよ。いっぱいちょうだい」

　それを最後の言葉に、弥尋の唇は三木によって塞がれ、それから吐息と喘ぎ声だけが支配する時間がしばらく続いた。


「あぁ……っ……」

　突き上げる熱。内側からせり上がって来る熱い塊。

突かれるたびに素直な気持ちが吐き出される。好きだとか、愛してるとか、気持ちいいとか、相手を安心させる言葉が自然に零れる。上っ面だけじゃなく本心だといつも伝えたい。表情で雰囲気で、態度で、表現できるあらゆる手段で。

「隆嗣さん……」

熱に浮かされながら、自分を抱く腕の持ち主の名を呼ぶ。

ただ単に欲を発するだけを目的とするのではなく、二人の想いと何もかもが混じり合うこの時間が弥尋はとても好きだ。

その週の半ばの木曜日の夕方。弥尋は三木を伴って、品川の皇スポーツクラブへやって来ていた。出張明けの週の前半は何かと忙しく、代わりに木曜日の午後に半休を勝ち取ったのである。

「放課後デートって久しぶりですね」

学校近くの森乃屋で弥尋の放課後を待って待ち合わせ、三木の車でスポーツクラブへ向かいながら弥尋ははしゃいでいた。結婚する前はよく森乃屋で三木と会っていたが、一緒に暮らすようになってから二人揃って店で待ち合わせることはなくなっていたからだ。

甘い物の誘惑に駆られてしょうがない弥尋は、たまにテイクアウトで立ち寄ることもあるが、三木が帰って来る自宅マンションに早く戻りたい一心で、店内で食べることも長居することもない。

それが今日は三木が待つ店内で、店長に「お久しぶりです」と挨拶されながら、苦味の残るお茶と、五月の季節商品にする柏餅と粽のセットの試食。夕食をどうするか決めていない弥尋の小腹を埋めるにはちょうどよい分量で、ご満悦なのである。

「弥尋君にちょうどいいということは、女性や年配の

方には少し多いということになるかな」

「んー、そうでもないんじゃないですか？　ほらよく言うでしょ。甘いものは別腹って。気になるなら少し小さめにしたらどうかな。ミニ柏餅は可愛いし、兜の形したお皿か器に入れて雰囲気出して。あ、そうだ！　ミニ柏餅で思ったんだけど、冬は雪うさぎも作りませんか？　色を替えたら楽しいかも。それに雪だるま。アイスクリームをふわふわのマシュマロかお餅みたいなので包んで、チョコレートで目とか手を作って、全部を食べれるようにしたらいいよね」

瞳を輝かせて思いつきを語る弥尋へ頷きながら、三木は頭を指さした。

「今自分が喋ったことを家に帰るまで忘れないように。後でしっかりメモに書いてもらうから」

「らじゃー、ボス」

ふざける弥尋の頭にコツンと三木の拳が当てられる。それから弥尋はクスリと笑った。

「隆嗣さん、緊張してるでしょ」

「――わかるか？」

「もう雰囲気が固いからすぐにわかります。それにスーツでしょ。スポーツクラブに行くのにスーツなんか着て来なくてもよかったのに」

「最初は私もそう思ったんだが」

休みを利用して実則に会いに行こうと話をした時、本気で着るものに悩んでいた三木のため、学校に行く前に三木が着て行く服を選んでベッドの上に乗せていたのだ。しかし、今三木が来ているのはかっちりとしたスーツ。

(仕事に着て行くのよりも絶対お値段高いやつだよね、これ)

長身の三木の体にぴたりと合った濃いグレーのスーツは当然老舗のテーラーによる完全オーダーメイド。それだけで気合と緊張の度合いがわかろうというものだ。

そういう弥尋自身も、義祖父母の家に招かれた時、何を着て行くのか出かける直前まで悩んでいたのだから、三木のことをとやかく言えないのではあるが。

（でも今回はお屋敷じゃなくてスポーツクラブなんだし）

しかし、と思い直す。芽衣子と一緒に入ったあのスポーツクラブの雰囲気は、高級ホテルのようだったな、と。それを考えれば、高級スーツを着ていたとしても別段浮くことはないのではなかろうかとも。


夕方のラッシュ前で渋滞が始まりかけた道路を走り、ビジター用の駐車場に車を停めた三木は、大きく深呼吸をして運転席から降り立った。今はガラス窓に映った自分の姿を見ながら、ネクタイが曲がっていないか髪が乱れていないか確かめている。

「そんなに気にしなくても隆嗣さんは十分素敵ですよ。大体、実則兄ちゃんだってただの体育系のお兄さんなんだから、緊張しないで大丈夫だって」

「体育会系なら規律や礼儀に厳しいんじゃないのか？下手なことをして怒らせてしまってはよくない」

「下手なことって……三木さん何をするつもりなんですか、なにを」

出来る男なのに、エリートなのに、ジャージが最も似合う男と家族ばかりか友人連中にも称される年下の男に会う前からこれでは、厳しい三木部長代理の姿しか知らない会社の部下たちが見れば、信じられないと目を丸くすること間違いなしだ。

「いや、何気ない一言が気に障ることもあるだろう？私は弥尋君への気持ちを隠すつもりはないが、実則君にとっては可愛い弟を嫁に出すのは苦々しく思われていても仕方がないんじゃないかと……」

「考え過ぎ。そんな細かいところまで気にする兄ちゃんじゃないから普通にしてて大丈夫。もし実則兄ちゃんが隆嗣さんに何か意地悪したら、俺が怒ってあげます」

地下駐車場から一旦一階に出て、そこから二階の受付エントランスへ上る短いエスカレーターに乗っている間も、三木は実則とうまく話せるかをしきりに気にしていた。

「会社ではもっと大きな仕事したり、他の会社の人と会って仕事の話をしたりもするんでしょう？　失敗できない仕事に比べたら、ホントに随分楽だと思うんだけどなあ」

「……弥尋君、それは実則君との対面で私が失敗しても構わないから気楽だと……つまり私が失敗するのが前提にあるということなのか……？」

「あのですね……」

久しぶりに出た三木のマイナスモード。妹の芽衣子や年上のアンディ――しかも大企業社長だ――に対してあれだけ押しの強い発言をしておきながら、どうしてこう弥尋に関することになると弱気になってしまうのか。真面目過ぎるのはよいが、もっとこう楽に楽に考えてくれればいいのにと思う。それもこれも弥尋を大事に思うが故の態度ではあるのだが、日頃ビシッと決めている男なのを知っているだけに、ちょっと情けない。

（でもそこも可愛いんだけどね）

いつもは甘えさせてくれる三木のこんな姿を見られるのは自分だけと思えば、たとえどんな姿格好であっても愛しく思えるというもの。早い話、二人はそれはもうお似合いの夫婦なのである。

ガラスの自動ドアを抜けると右手に受付のデスクがある。弥尋はまっすぐそこに向かい、スタッフに話し掛けた。

「本川実則を呼んでいただきたいんですけど」

「本川ですか？　少々お待ちください」

美少年を間近に見て女性スタッフの笑顔も二割増、

少し離れた場所に立つ三木を認めて更に八割増しと、笑顔全開の彼女は講座予定表とスタッフのシフトを見てにっこりと微笑んだ。

「本川はただいまフロアに出ております。終了は五時半ですから、あと三十分ほどございますが」

どうしようかと思っていると、隣にすっと並んだ三木が、

「それならここで待たせてもらおう。あっちのカフェは誰でも利用できるのですか？」

「はい。どなたでもご利用できます」

身なりもよくハンサムな青年の登場に女性スタッフは顔を赤らめる。

(面白くないぞ……)

三木が女性にもてるとわかっていても、間近で見て気持ちのよいものではない。弥尋は「この人は俺のです」と主張するように三木の傍にぴたりと張り付いた。

制服のまま来たせいで、三木の連れは連れでも弟か親戚くらいにしか見て貰えていないのは面白くない。

「それならそっちで待たせてもらいます。本川実則にもそう伝えていただけますか？」

三木との関係をわざわざ教えてやるつもりはないが隠すつもりもない弥尋は、名前を書く三木の邪魔にならない程度にくっついたまま、何かと話し掛けてくるスタッフに三木の代わりに返事をし、最初以外一言も三木とスタッフとの会話を成立させない偉業を達成した。

志津の話では、オフィスが閉まる夕方六時過ぎくらいからクラブの利用者が増えてくるとのことで、明るく見晴らしのよいオープンタイプのカフェは、弥尋たち以外には数人がジュースを飲んだり喋ったりと寛いでいる程度だった。

カフェの壁面はガラス張りで、そこからプールやランニングコースが見える。あいにく実則がいるというスタジオは見えなかったが、三十分を過ぎたくらいの

時間ですぐにトレーニングパンツにTシャツ姿の実則が中から出て来た。

「兄ちゃん、こっち」

立ち上がって手を振る弥尋へ手を振り返した実則は、弥尋の隣に座る男に気づき、小さく顔を顰めた。

(いきなり来て会わせるか？　普通……)

そう、弥尋は今日の来訪も三木を連れて来ることも一言も実則に伝えていなかったのである。主に主婦が対象になっている講座を終えてフロアから出て来た実則は、顔を輝かせてやって来た受付のスタッフに客が来ていると教えられ初めて、弟が来ていることを知った。

「――でねその男の人と一緒にいたのがそれがすごく可愛いキレイな子でね。制服着てたから高校生っぽかったよ」

「あー、たぶんそれ弟。この間来たの見てなかったっけ？」

あの時は実則の同僚が弥尋を気に入っていたが、その彼は今日はスイミングのコーチに入っていてフロアには上がって来ていない。また三木の妹と一緒なのだろうか。それとも一人なのか。「男と一緒に」という部分を聞き流したまま、外のカフェで待っていると言われ、浮かれ気分で出て来たというのに……――。

(あれか？　あれが三木隆嗣……)

ゆっくりと呼吸を整えながら弥尋へは笑顔で、三木へは値踏みする視線を向ける実則。

(あれが実則君か。当然だな)

三木より五つ年下の弥尋の兄。

緊張しつつ三木は突き刺さる視線を受け止めた。本川家の三人兄弟はとても仲が良く、特に末っ子の弥尋が年の離れた兄たちに可愛がられているのは、先日志津と話してよくわかった。

弥尋の自律と自主性を重んじ、理解のある大人の志津曰く、

「自覚はないみたいだが、実則は強度のブラコンだから三木さんも苦労するかもしれない。弥尋を泣かせたくないから三木さんとの結婚も同居も同意したが、自分の目で見て納得……いや完敗するまで態度が固いと思う」

確かにその通りだなと、実則の目と態度を見て思った三木である。

(私はただ弥尋君を好きなだけなんだが)

それをどうこの男にわかってもらえばよいのか。わかってもらえずとも弥尋は自分のもので誰に渡すつもりも家族に返すつもりもないのだが、仲良く穏便な関係を築きたいのもまた一つの願いだ。何より弥尋が兄たちと仲良くしてくれることを望んでいる。

弥尋の隣に座った実則に、弥尋が笑顔で紹介する。

「実則兄ちゃんにははじめましてだね。この人が三木隆嗣さん。俺の——結婚相手」

夫だよと言い掛けて、そこは恥ずかしくて別の表現に変えたものの、誰かに紹介するシチュエーションは照れるもので、にこにこする弥尋の顔は幸せ色に染まっている。

「はじめまして。ご挨拶が遅くなりました。三木隆嗣です」

言って三木が懐から出したのは名刺。

「——Co's企画部長代理……?」

名刺に記載された役職に実則の目が驚愕で見開かれた。三木の年齢はまだ二十九、今年やっと三十になるのを考えれば、かなり破格の出世具合である。これが小さな会社であれば、社長でも専務でもそうは驚かなかっただろう。未だ完全な景気の回復を見ていなくても、世の中に若い起業家はたくさんおり、事業を成功させている。しかし、三木の名刺にある社名は世界的にも有名な大企業のもの。そこで部長代理を任されている三木は、思う以上に出来る男だと認めざるを得なかった。企業の内部に詳しくなくとも、実力主義でも有名な社風の中で部長代理の代理がただのお飾りや閑職でないことくらいは理解できる。

「兄ちゃん、隆嗣さんの会社を知ってるの？」

「知ってるもなにも、有名じゃないか。そこら中に関連会社があるんだから知ってて当然だ。というか弥尋、お前もしかして知らなかったのか？」

「失礼な。ちゃんと知ってます」

今は——がつくけれども。最初に三木に説明された時、曖昧な反応しかしなかった弥尋も、大手ホテルグループや建設会社、テレビ局などの名称を出されれば、いやでもわかってしまうというもの。そんな大きな会社の柱の一つとして働いている三木を誇りに思ってもいるのだ。

(出張が多いのはどうにかしてもらいたいけど)

外国支社も多いのだから海外出張もある。責任のある地位にいて、専務の右腕としても忙しい。三木が駆り出されて寂しくなるのは自分なのだから、いっそ出張とは無縁の平社員でもいいじゃないかと思わなかったことがないとは言わない。だが、遣り甲斐を持って真摯に仕事に向き合う三木の姿勢は、弥尋の好きなところであり、憧れでもあるのだ。

三木の私生活のバックアップをするのは自分の大事な役目だという自負は、すでに弥尋の中にも根付き育っている。すれ違いの生活はあるかもしれない。寂しい夜を過ごすこともあるかもしれない。それでもこの先の長い人生を、二人で手を繋いで歩いて行きたい——。

名刺を見て一旦は驚いた表情をした実則は、その驚きもすぐに引っ込め、テーブルの上に置いた名刺を指でトンとつついた。

「これだけ立派な会社に勤めてるなら、引く手数多なんじゃないですか？」

(兄ちゃん、何言ってるのっ⁉)

「何も高校生の、しかも男と一緒にならなくてもよかったんじゃないですか」

（もしかして三木さんに喧嘩売ってる!?）

挨拶したばかりで早速の挑発に、一瞬瞠目した三木はフッと唇の片方だけ上げて弥尋の手を握った。

（怒るなって……？　でも……）

「たとえどんな男や女が言い寄って来たとしても、弥尋君以外の相手に興味を引かれることはありません。論外なのは言うまでもなく、恋愛の対象にすらなりません。社名で寄って来られても迷惑なだけです」

（隆嗣さん今さりげなく男もカウントしてるし……）

同性愛を禁忌にしていない社風であれば、男同士女同士の社内恋愛もあっておかしくない。となれば三木も十分対象になりうる可能性に思い当たり、弥尋は慌てて三木の腕を摑んだ。

「隆嗣さん、男の人からも声掛けられてるの？」

「安心しなさい。ちゃんと断っているから」

断らなければ実家に戻るところである。――ではなく、否定しないのはつまり男からも「恋愛相手として交際してください」と言われていると認めているようなものではないか。

「トイレとか食堂とか一人にならないように気をつけてくださいね。そうだ、後で一緒に写真撮りに行こう。隆嗣さんの会社って家族とかペットの写真置いててもいいところ？　机に写真置いて、結婚してるって大きくアピールしなくちゃ」

「宣言ならちゃんと初日にしてるぞ。指輪も嵌めてるし、うちの部下たちが社内に広めてくれたおかげで、今は知らないものがないくらいだ」

「でも命知らずはいるかもしれないでしょ。そうだ、俺、時々しか作っていないお弁当を毎朝作るようにするね。愛妻弁当持っていけば、立ちいる隙はありませんって証明にもなるでしょう？　ダメ？　あんまり人の前で見せられるようなものにはならないかもしれないけど、一生懸命作るよ」

「落ち着きなさい、弥尋」

弥尋の額に触れたのは、温かく柔らかい三木の唇。

「隆嗣さん……でも」

「お弁当はあれば嬉しいが、無理はしないでいい。どんなものがあってもなくても、私にとって弥尋君以外興味ないのは変わらないんだから、隙そのものがない。よく言うだろう？　大根やカボチャだと思えと」

自分に言い寄る人たちを有象無象と言い切り、実兄の前で愛情表現を隠すことなく見せつける三木隆嗣という男に、自分が振った話とは言え、置いてけぼりを食ってしまった実則は、

（こいつ……出来る……）

三木への認識を改めていた。エリートコースを走っている会社員なのは知っていた。甘いものが好きで、優しい人だとは弥尋からさんざん聞かされ耳にタコが出来るかと思ったほどである。

（実際は……って感じだな）

挑発を平然と受け止め、人前で惜しげもなく弥尋への愛を披露する男。

顔は悔しいが文句なしにいい。芸能人のような甘く華やかな美形ではなく、少々硬さが前面に出て取っつきにくさはあるものの、整った顔立ちは知性的で落ち着いた大人のもの。自分と五歳しか変わらないのにこの落ち着きは只者(ただもの)ではないと思う。高給取りで弥尋にはとても甘い。住まいは弥尋のためにとてもよいものを用意してくれたと両親も兄も褒めていた。

金があることがイコールよいことではないが、吝嗇(りんしょく)な夫より妻のために出来るだけのことをしようとする資産と気持ちがあるのはよいことだ。性格は、だからよいのだろう。おっとりしているようで、しっかり者の弥尋が惚れ込んだ相手だから、悪い男ではないと思う――思いたい……思うよう努力するつもりがないことはない。

伯父の御園頼蔵の一件で三木の株は本川家では急上

昇、認めなければならないのはわかっているのだ、実則とて。ただ、可愛い可愛い弟が自分たち家族から離れて男の元へと嫁いでしまったのが、寂しいやら悔しいやらなだけで。

スポーツに長く携わっている実則には、スーツの上からでも三木のしなやかな筋肉のついた肉体はよくわかった。姿勢のよい堂々とした歩き方はモデルとしてでも通用しそうだ。一人の男として称賛はしたい。しかし、

(こいつが……この男が……)

力強さを感じさせる腕で弟を抱いているのかと思うと、心の中では血の涙がボロボロ零れている状態だ。弥尋がベッドの上でどんな風に抱かれているのか細部まで想像するほど恥知らずではないが、夫婦と聞けば結びつくのはまず夜の生活で、そんな日々を清らかだった弟が送っているかと思うと——。

「兄ちゃん？　どうかした？」

苦悶の表情を浮かべていた実則の顔の前でひらひら振られる弥尋の手。

「あ？　ああ、ちょっとぼんやりしてた」

「なんか目がどっかイってたみたいだったけど、疲れてるんじゃないの？　休みもあんまりないみたいだし、夜も帰って来るのが遅いって志津兄ちゃんから聞いたよ。休めるなら休んだ方がいいと思うけどな」

「あー、忙しいのは忙しいけど、そこまでじゃない。けどありがとな弥尋。心配してくれてさ」

「たまにはゆっくりして自分のために休むのがいいよ。聞いてよ、隆嗣さん。実則兄ちゃんって、休みの日まで自分でトレーニングしたりするんだ。仕事でもして、休みの日にもして、もうここまで運動バカなのかって呆れる」

「毎日続けることに意義があるんだよ」

「実則君の言うのも一理あるな。だけど、体だけは大事にした方がいい。弥尋君が悲しむ」

最後の台詞がなかったら、純粋に実則の体を心配しての発言と受け取られただろうが、如何せん、最後が三木の優先すべき事情であり本音だ。すべての基準は弥尋。弥尋が笑い、弥尋が楽しくあればそれですべてが済む男。弥尋を悲しませるものがあれば、持てる財力権力のすべてを使って排除しようとするだろう。

　三木の世界は弥尋を中心に回っている。

（つ……つけ入る隙がねぇ……）

　何が何でも弥尋が一番。認めるのは癪だが、確かに弥尋を大事にしてくれる相手なのは間違いないだろう。そうなるともう、実則に言える言葉はこれしかなかった。

「──遅れたけど、結婚おめでとう。末永く仲良くやってくれ」

「ありがとう、兄ちゃん」

「ありがとう、実則君」

「だから三木さん、絶対に絶対に弟を悲しませたり泣かせたりするんじゃないぞ。そんなことしたら弥尋がいやだと言っても、無理やり実家に連れ戻すからな」

「ちょっと俺の意見も聞いてからにしてくれない？」

「大丈夫だ弥尋君。そして実則君。そんな日は絶対に来ないと私の中の弥尋君に誓って言える」

「隆嗣さん……」

　私の中の弥尋君って一体何なんだとツッコミを入れる前に、夫の雄々しく凛々しい愛の告白と宣誓に、弥尋は頬を染めてぽーっとしている。夫婦とはかくあるものなのか。それともこの二人だけが特別仕様なのか。

「……好きにやってクダサイ」

　どこから見ても非の打ちどころのない男が、一回り年下の同性と熱烈恋愛。ばかりか、三木の愛は暴走気味の模様。

　割り込み不可。絶対に無理。話には聞いていたがここまで仲睦まじいと、たとえ本気でないにしても、からかいや冗談であっても間を引き裂く無粋な真似をするのが馬鹿らしくなってくる。

「俺、次があるからもう行くわ」

「あ、うん。ごめんね仕事中に呼び出したりして」

「いいって。時間が取れないのはお互い様だからさ」

お互い様というかほとんどが実則の側による都合なのだが。

「三木さん、弥尋をよろしくお願いします」

けじめとしてビシッと背筋を伸ばして頭を下げた実則へ、三木は深く頷いた。

「今度は兄ちゃんが家にいる時に遊びに行くよ」

「はは……いつになるかわかんねーぞ。俺のスケジュールはあってなきが如しだからさ」

「やっぱりずっと忙しいの？」

「我儘クソアイドルのせいで安住の時間は皆無だ」

「前から言ってるけど、その我儘クソアイドルって一体どんな人？」

「あぁ？　その説明だけでわかるだろ、人の都合お構いなしに引っ張り回す、クソ生意気なアイドル様のことだよ」

そう言われても、バラエティや歌番組はほとんど見ず、学校でクラスメイトたちが話題にする名前がわかるだけで、顔とその名前を一致させろと問われてもさっぱりな弥尋には、どのアイドルのことやらわからない。

「なんか……大変なんだね」

「おう。だからお前だけが癒しだったのに嫁に行っちまうんだもんなあ」

大袈裟に肩を竦めて溜息をついた実則は、腕を伸ばして弥尋にぐるりと抱きついた。

「家にいてもあんまり顔合わせなかったような気もするけど。兄ちゃん、疲れてるんだねホントに」

「確かに疲れているようだな、実則君は」

にっこり笑顔で頬を強張らせた三木は立ち上がると、実則に抱きつかれていた弥尋を引き離した。

「ケチ。弟で心癒されるくらい大目に見ろよ」

「私の分が減る」

「え？　減らないですよ？　だって兄ちゃんたちと隆嗣さんにあげる分は別だから」

三木と実則は顔を見合わせた。

「お前な……」

「たとえ親兄弟でも髪の毛一本だってやりたくない。前から自己申告している通り、私は弥尋君が思っているよりずっとずっと狭量な男なんだ」

「狭過ぎだろ、それ」

的確な実則のツッコミは軽く流し、三木は弥尋の肩に手を乗せた。

「家に帰って少し話をしようか」

それはつまり話という名の夫婦の行為のことだろうか。

ちらりと上目遣いで瞳を上げれば、三木がうんと肯定する。

(兄ちゃんでもダメなんだ)

ホントに狭量だと思うが、束縛や行動の制限に結びつくものではない家族相手のやきもちなど可愛げがあると思ってしまう弥尋も、十分夫馬鹿だろう。

夫婦仲の良さを見せつけられながらも根性で二人の間に割り込み、久しぶりに持つ弟との触れ合いを堪能していた実則だが、タイムアウト時間切れ。次の講座の時刻が間近に迫ったために名残惜しく思いつつもスタッフジャンパーを羽織り、「またな」と弥尋には念を押して、三木には「絶対に弥尋を泣かすなよ」と釘を刺し、室内に戻って行った。

「弥尋君も入会するか？　運動するのは嫌いじゃないんだろう？」

「嫌いじゃないけど、入会してまでする気はないですよ。通っても一か月に一回くらいだから入会金や月謝が勿体ないです。それに、こっちに来る時間があったら隆嗣さんと一緒に他のことしてる方が楽しい」

「他のこと？」

「借りて来た映画見たり、ゴロゴロしたり、お散歩したり、お昼寝したり」

一緒に暮らしていても、朝晩以外は別の生活を送っている二人である。一日自由になれる休日は、特に何もない限り一緒にいたいと願うもの。

「そうだな。運動も二人だけで出来るものがあるから、クラブへ入会する必要もないか」

「その二人だけの運動って……」

「ここで口にしてもいいのか？」

「よくない！」

まだクラブ内のエスカレーターで下りる途中、上りには今から参加する会員らしき人たちが数人乗っている。こんな場所で「セックス」なんて口に出されたら、顔から火を出してしまう。

そんな弥尋の頭に手を乗せて笑う三木の悪気のない顔を見上げ、弥尋は口を尖らせた。

「笑わなくてもいいのに」

「弥尋君があんまり可愛い反応するからつい、な。悪かった」

「森乃屋のアイスオムレットで許す」

「一つでいいのか？」

「三つ。俺が二つで隆嗣さんが一つだよ」

「私にもくれるのか？」

「買ってくれたお礼」

三木の手がくしゃくしゃと頭を撫で回す。

「もう、ぐしゃぐしゃになったじゃないですか」

笑いながら二人はエスカレーターに乗り換えようと、一階の入場に向かうエレベーターを降り、地下駐車口前で下から上がって来る箱を待つ。

待つほどの時間もなく、すぐに上昇して来たエレベーターの扉がポンと開き、中に乗っていた人と入れ違うように中に並び、「閉」のボタンを押そうと指を伸ばしたところで、

「ちょっと待って」

降りたはずの人の手が扉を押さえ、慌てて三木が「開」ボタンを押す。

「忘れ物ですか？」

一体何がと思う間もなく、若い男は弥尋の前に立った。

「あの後、大丈夫だったか？」

さてあの後とは一体何のことだろうと思いながら、弥尋は背の高い若者を見上げた。短い金色の髪の毛とサングラス、黒レザーのジャケットにブラックジーンズに色の褪せたシャツ。

「あ！」

「知り合いか？」

弥尋は大きくうんうんと何度も頷いた。たぶんサングラスの向こうの瞳は緑色のはずだ。

「この間、千早ちゃんが誘拐されそうになった時に助けてくれた人たちがいたって言ったでしょう？　そのうちの一人」

大事にならなかったのは、通り掛かった彼らが見て見ぬふりをすることなく駆け付けてくれたからだと聞いていた三木は、男へ一礼した。

「弥尋の保護者です。弥尋から聞きました。弥尋と甥を助けてくださってありがとうございました」

「あの時の赤ちゃん、千早ちゃんは隆嗣さんの甥なんです」

「そうか。赤ちゃんもどうもなかったか？」

「はい」

「甥の両親と一緒にお礼に伺おうと思っていたんですが」

連絡先はワンボックスカーを運転していた男のもので、電話で礼は言ったがそのうち時間を取って直接礼をしに行こうと話していたところだった。

「いや、無事なら無事でよかった。知った顔が襲われてたのを見た俺もビックリしたけど、手助け出来てよかった」

「知った顔……ですか？」

若者はサングラスを下げて、ハテナと首を傾げる弥尋の心底不思議そうな顔を見て「あれ？」と首を傾げた。

「気づいてなかったのか？」

「俺たち、どこかで会ってますか？　記憶力はいいと思うんですけど」

「会ってるもなにも……寝起きの君の寝ぼけ半分の可愛い顔だって知ってるのに」

「弥尋君……」

弥尋はハッとした。三木から暗い炎が立ち上っている。

「違うから！　違うから、絶対に！　浮気とか朝帰りとか間男とか、そんなんじゃないから！」

今の発言内容では若者の前で自分がゲイだと、三木と深い関係にあると告白しているようなものだが、一生懸命な弥尋は気づかない。感づいた若者の方はと言えば驚いたのは最初だけで、チラと三木を横目で見、

「犬模様のパジャマだって見た仲だぞ。赤に白い星の寝巻、あれもなかなか似合ってた」

「弥尋」

「違うのに。なんで知ってるんですか？　どうして俺のパジャマの模様と色まで知ってるんですか？」

涙を浮かべ誤解を解こうと必死な弥尋に、若者はからかい過ぎたと反省、あっさりと種明かしをしてみせた。

「知られたくないなら、パジャマでマンションの中を歩き回らない方がいいぞ。朝早くても誰にも会わないとは限らないからな」

「朝……？　ああっ！」

マンション、パジャマ、寝起き、朝と来て、ようやく心当たりを思い出し、弥尋は男の整った顔をハッと見上げた。

「朝の人……ですか？　マンションで会う。でも髪の毛の色が違う」

「正解。髪の色は仕事に合わせていろいろ変えてるんだ」

それから若者は、不審を解かない三木へも説明した。

「同じマンションに住んでるんで、朝たまに会うんですよ。俺は朝帰り、この子は新聞を取りに」

「ああ。その話は私も聞いている。弥尋君が一人だけよく見かける人がいると言っていた人か」

「一応俺も住人なので。弥尋君？」

「はい」

「彼氏？」

「……夫です」

若者はヒューと口笛を小さく鳴らした。揶揄される のかと俯いたが、

「別にいいと思うけど。よかったな、理解ある相手がいて」

「はいっ」

今度は元気に顔を上げた弥尋に、若者はにこりと笑い掛けた。美形だが笑うと人懐こく見える。

「それじゃ、俺は行くな。またマンションで」

言うだけ言って若者が閉まる扉の向こうに消え、車に乗って自宅マンションのエントランスを潜ってから弥尋は気がついた。

「名前聞くの忘れてた……」

部屋番号がわかればお礼を持って行けたのだが。

「同じマンションに住んでるとわかったならまた会うこともあるさ」

「そうだね」

「だけど弥尋君、もし部屋がわかっても決して一人で行ってはいけないぞ」

「どうして？」

「わかってて尋ねるのか、この口は」

唇をつままれて弥尋は笑いながら、ごめんなさいと

謝った。

「わかってます。行く時は隆嗣さんと一緒。一人で家にいる時にはあの人が訪ねて来ても入れない。そうでしょ」

「わかってればよろしい」

「わかってますよ。隆嗣さんのことなら」


我が家に帰り着いた弥尋は、パタパタと廊下を駆け出した。

「ご飯作りますね」

「それじゃあ私は風呂の用意をしよう」

「あ、隆嗣さん。バスルームに行くなら先にスーツを脱いで着替えてからにしてください」

再び始まった二人だけの生活。

愛情が詰まったこの家で二人、誰にも邪魔されることなくいつまでも仲良く暮らしたいと願う。

——のだが、そうは問屋が卸さないのが世の常、世の理というもの。馬に蹴られるのも厭わない人物も中にはいる。


「隆嗣ッ、一体いつになったら嫁を見せてくれるんだ?!」

「——ああ」

「……っ！　忘れてたなっ！　忘れてただろう。今の間は絶対にそうだ。隆嗣！」

「父さん、私は今仕事中なんです。職場にまでそんなことで電話して来ないでください。都合がつけば連れて行きますよ」

「そんなこととはなんだ！　可愛い嫁に会いたいという父親の願いをないがしろにするんじゃない。都合都合ばかり言いおって、お前の都合はいつまで経ってもつく気配がないじゃないか。次の土曜日には——」

最後まで聞くことなく、三木は受話器をフックに戻した。

「……大人げない」

　弥尋が聞けば、大人げないのはどっちだと言っただろうなと思いながら三木は、企画部のフロアにて聞き耳を立てていた部下一同に告げた。

「三木屋の社長から私宛に電話がかって来ても取り次がなくていいぞ。急ぎだと言っても無視しろ。理由を尋ねられたら手が離せないと伝えればいい。仕事の話じゃないから無視しても支障はない。平気だ。そこまで三木社長も大人げなくはないだろうからな」

三木さん、車を買う

「新車を買おうと思っている」

三木がそう言い出したのは、そろそろＧＷの予定をどうするか考えようという頃だった。

流し台の前に立ち、漬け込んでいたサーモンのマリネと野菜の様子を味見していた弥尋は、きょとんと首を傾げた。

「新車って、新しい車？」

それ以外の意味はないが、弥尋の口から出たのはそんな言葉だった。

というのも、現在三木は国産車と外車の二台を所有している。うち、国産のセダンの方は三月にちょっとしたカーアクションを展開した結果、大破まではいかないまでもフロント部分の損傷が激しく、修理に出したままになっていた。

「今の車とは別にもう一台を買うってこと？　それともどっちかを手放して、新しい車を買うってこと？」

「修理に出している方を手放して、新しい車に買い替える方向で考えている」

「だよねえ。三台目はさすがにないなと俺も思いはしたけど」

スライスオニオンにまだ固さが残って少しツンとしていたので、もう少し漬け込みを継続しようとホーローの容器に蓋をして冷蔵庫に入れ、三木の隣に座り込んだ。

テーブルの上には数冊のカタログにパンフレットやチラシが広げられていて、三木の中ではすでに車を買うことは決定なのだなと弥尋は苦笑した。

「つまり俺にどんな車が欲しいかを相談したいってことなんだね」

「まあそういうことだ」

「車を運転するのは隆嗣さんだから、俺としては隆嗣さんが運転しやすくて乗りやすいのならどれでもいいとは思うんだけど、そんなに悩むものなの？」

「最初からこれだと決めて買う人もいるが、私の場合はどちらかというとじっくり吟味して、いろいろ比較検討した結果」

「決められなくなる、と？」

何となく不服そうに頷いた三木の腕に寄り添って弥尋はケラケラと笑った。

「言っちゃ悪いと思うけど隆嗣さんらしい理由だね」

「優柔不断気味なのは自覚している」

それにはコメントせず、弥尋はカタログの一つに手を伸ばした。

「これが隆嗣さんが悩んで吟味していた車？」

「……決め切れなかった車種だ。最初はもっと多かったんだが、ここまで絞り込んだ。だが決定打がなくて決めかねていた」

「ふうん。へえ、いろいろなのがあるんだね。俺は乗せられているだけだから、座り心地とか見晴らしがよかったらいいと思うだけなんだけど、そういう条件は全部クリアしているんでしょう？」

三木が買おうとしている車なのだ。驕っているわけではないが、選択理由の中に弥尋のことが考慮されていないはずはない。

実際、三木は頷いた。

「どれもシートの座り心地や静粛性——社内の静けさや振動の伝わりにくさには定評のある車種らしい」

「らしいとは？」

「私自身が乗って確かめたわけじゃなくて、批評やレビューを参考にしたものだと言えばわかるか？」

「あー……まあね。その人にとってはいいものでも、他の人にとってはよくないものっていうのは普通にあるもんね」

「そういうことだ。それでも大多数が褒めるなら気にはなるし、一応の評価があるというのは品質の保証にも通じる」

「で、そういう車ばっかりだから余計に候補が絞れなくて今に至ると、そういうわけなんだね」

「そういうことだ」

「納得納得」

大きく頷いて弥尋は、下から三木の顔を覗き込んだ。

上目遣いは小悪魔的な笑みを浮かべた弥尋君によく似合っている——と三木が思ったとか何とか。

「隆嗣さん、たくさんレビューとか感想とか評価とか読んだり調べたりしたんでしょう?」

「決定打になるものが欲しかったからな。弥尋君にいいものを選ぶのだと思えばどんなレビューにも目を通しておきたかった」

「たぶんね、それが原因だと思う」

「え?」

「いろいろ見過ぎたせいでどれか一つを選べなくなってしまったんだと思う」

「いやだけど弥尋君、事前調査は何をするにも必要だろう?」

「うん。それはそうなんだけど全部に目を通していたらきりがないと思うよ。それこそ人によって感じ方が違うんだから」

「それは……だがそうしたらどうやって選べば」

「そもそも隆嗣さんが持ってる二台の車はどうやって買ったの? お家の人に買って貰ったり、おじいさんたちに買って貰ったわけじゃないんでしょう? その時は何を基準にして買おうと思ったの?」

純粋にして当然の疑問だった。

「見た目と性能が好みだったから。アウディは色が好きで、国産の方は会社に乗って行くのに無難なものと考えて決めたから、実はあんまり記憶にない」

「つまりはそういうこと。俺、直感は大事だと思う。今修理に出してるのだって、きっとその時は、これにしよう! って何かがあったと思う」

「言われてみればそんな気がしなくもないような？」

思い出しながら首を捻る三木に構わず、弥尋はカタログの山を指さした。

「だからね、性能から選ぶんじゃなくて、見た目でも色でも何でもいいから形から入ってみるのはどう？　いくら性能がよくったって見た目が気に入らなかったら、頻繁に乗りたいなんて思わないんじゃない？」

「そうか……？」

「そうだよ。だって、頑丈さとかパワーを優先するなら大型トラックになっちゃうし、軽さや可愛さを優先するなら軽自動車とか外国の可愛いのとかになっちゃうでしょう？　でもね、考えてみて。隆嗣さんがちっちゃくって丸っこくて可愛い軽自動車に乗ってるところ」

「……弥尋君には似合いそうだぞ」

「俺のことはいいの。運転するのは隆嗣さんなんだから、自分で考えてみてください」

「………ないな」

三木は諦めたように首を振った。

「今の軽自動車の性能は侮れないが、私が乗るとなると再考の余地もなくなる。決して駄目というのではないが」

「でしょ。だからまずは隆嗣さんの好きそうなのを選んで。それから俺がチェックするから」

「弥尋君の審査は厳しそうだな」

どことなく気が楽になったのか、三木は明るく笑みを浮かべながらカタログを捲り始めた。

「俺の審査？　勿論厳しいよ。だって大事な隆嗣さんの命を守るためのものだし、俺だって安心して乗れる車がいいもん」

「だけど弥尋君。弥尋君の好みで選んでもいいんだぞ？」

「選ぶよ。俺も当然選びます。あ、そうだ！」

弥尋はいいことを思いついたというように、ぱあっと表情を明るくした。

「ね、隆嗣さん。俺と隆嗣さんがお互いに相談しないで秘密にしてそれぞれ自分の好みだと思うのを選んで、その後に突き合わせをして、好みが同じのがあったらそこから優先して考えていくっていうのはどう？」

「それはつまり、弥尋君がリンゴとイチゴとぶどう。私が桃と梨とぶどうを選んだとして、ぶどうを第一候補にするということか？」

「そうそう。ここにこれだけのカタログの山があって、たくさんの車が載ってるんだから、一個だけしか俺たちの好きなのが一致しないってことはないと思うんだよね。それでも今よりはずっと楽に絞れるでしょう？」

どうだ、と笑顔を向けると、すかさず三木に抱き上げられ膝の上に乗せられた。

「さすが私の弥尋君だ。建設的な意見をありがとう」

そう言いながらギュウッと抱き締める。

「そうだな。二人していいと思うものを出し合えばよかったんだな」

「別に隆嗣さんの、性能から選ぶ方法は間違ってはいないと思うんだよ。だって。普通に何かを買おうと思う時に性能って一番大事で気にするところでしょう？」

家にある電気圧力鍋様もそうだ。登録されているレシピの数の多さや手入れの簡単さが購入の決め手だったし、カメラは何が出来るのかが大事だし、弥尋専用のパソコンだって円滑に処理が出来る性能のものを選んだ。

大きな買い物で言えば、家も同じだ。マンションの場合、オートロックの有無、セキュリティの程度など、見た目以上に機能が優先される場合が増えている。

だから本来なら車も欲しい性能がついているものを選べばいいのだが、悲しいというか喜ばしいと思えばいいのか、各メーカーの努力と技術の進歩のおかげで、性能的な差がほとんどなくなっている現在、それだけで選ぶのは難しくなってしまっていた。

　あとはメーカー独自のホニャララなどが謳い文句になっていたりはしても、「通」ならそこに価値を見出せても「素人」には付加価値が付加価値として映っていない現実もある。

　安全性能に関しては本当にどれも似たようなもので、実際にどう判断するかは個々人次第、好みが非常に反映されるものでもあるだろう。

　家と車は、高額な買い物だから誰もが失敗したくないと思いつつ、買った後で後悔することも多いと聞く。

　三木が悩んで悩んで決め切れないでいるのも、そんな後悔をしたくないと思ってのことだろう。

「じゃあ、ここにあるものの中からいいなと思うのを選んでいきましょう。念のため順位つける？　一位から五位くらいまで？」

「順番はあった方がいいだろうね。好みが複数台重なった時に、一位だった弥尋君と十位だった私とでは評価も異なるだろうし」

「そうですね。五位までだと少ないから取りあえず十位まで。紙とペンを持って来るね」

　弥尋はパタパタと固定電話の傍まで行き、メモ用紙を数枚とペンを二本持って戻って来た。電話が掛かって来た時用にメモ用紙が常備されているのが役に立った形だ。

「それじゃ始めます。よーいスタート！」

　掛け声は別にいらないのだが、何となくメリハリをつけたくて弥尋が開始の合図を出し、三木と二人、カタログを捲りながら吟味を開始した。

　と言っても、あくまでもスタイルや形、デザインなどの見た目を重視で選ぶだけなので、文章や性能を示す表を読み込む必要がない分、割と早めに全部に目を通すことが出来た。

（これは前からの顔が好き。お尻がカッコよかったのはこれで、横から見てもいいのがこれで、丸い目も好

きかも？　全体的なバランスは俺はこれが好きかなあ）

自動車なんて大して変わらないと思っていた弥尋だが、こうして様々なメーカーの車を一度に眺めてみると、やはり好き嫌いが出てくるものだと実感する。

それなりに吟味しつつ、候補から十台を選んで、その中から更に順位付けまでを終わらせるのに、大体三十分くらいを要することになった。

「――俺は終わりました。隆嗣さんは？」

「ん、もうこれで終わる。一位から三位の順位付けで悩んでしまった」

「俺も。一位と二位をどっちにしようか悩みました」

二人は顔を見合わせ笑い合い、互いの順位表を突き合わせた。

一瞬無言になる。

「……なんだろう、そこまで同じってわけじゃないいんだね」

「そうらしい」

ちょっとこれは予想外と弥尋は眉根を寄せた。

弥尋としてはこれだけ相性がよく仲良しな自分たちだから、希望を言えば全部、悪くても八割くらいは同じ車種を選ぶという結果になると思っていたからだ。それが実際には半分に満たない四台だというのだから驚きだ。

「いや弥尋君、四台でも同じだったのが凄いと私は思うぞ」

「そお？　だって四台だよ、たったの四」

指を四本立てて三木の前で主張するが、その手をやんわりと摑まれたまま、テーブルの上に向き直らされた。

「このカタログの山、この車の山の中から四台も同じものを選ぶことが出来たんだ。そう考えると嬉しくならないか？」

弥尋はむぅと天井を見上げ、それからカタログに目線を落とした。

確かに二十や三十ではきかない車のカタログやチラシ、パンフレットがある。弥尋が知っている車もあれば見たことすらないような車もあり、名前と見た目が今日初めて一致した車もあった。

売れる売れないは別として、今ここにあるだけで五十種類以上の車種が国内で販売されているのを思うと、確かに四台も好みが同じなのは喜ぶべきところかもしれない、とは思う。

「それに」

三木は身を屈め弥尋の頬に口づけた。

「全人類の中で私が弥尋君に出会い、私を好きになってくれた奇跡を知っている。最高の一人と巡り会うことが出来た。そんな幸運を知っていれば、四台が七台でも十台でも、弥尋君と同じものを好きだという、それだけで満足できてしまうんだ」

「隆嗣さん」

真顔でそんなことを告げる夫を弥尋は呆れたように見つめた。いや、ストレートに好きだとか幸運とか奇跡とか言って貰うのは素直に嬉しいのだが、放っておくと愛が暴走しかねないのが三木隆嗣という男なのだ。

「俺たちの愛の奇跡については後でまたしっかり聞くから、先にこっちを決めてしまいましょう。せっかく候補が絞れたんだから、先に進めておきたいでしょ」

「あ、ああ、そうだな」

弥尋はソファから降りて、そこに座る三木の膝の真横にぺたんと座り、四台分のパンフレットとカタログを並べた。他のカタログなどをまとめて床の上に積み重ねてしまうと、やっとテーブルの上に広いスペースが出来上がった。

二人の書いた順位表を並べ、優先順位をつけるべく検討する。例えば、弥尋の五位は三木の十位だったり、弥尋の八位が三木の五位だったりするので、その辺の突き合わせと微調整は必要なのだ。

「二人共の評価がそれなりに高いのは二台だけかな」

「どちらも四位以内だから順当と言えば順当だな」

弥尋の一位と三位、三木の四位と二位。高評価なメーカー違いの二台を有力候補にするとして、後は現物を見たり試乗したりして選ぶことにする。

ついでに、別メーカーの車も見てみようということで予備として追加で別メーカーの二台を選び、明後日(あさって)の土曜日を使って実車の見学に行くことで各メーカー系列のディーラーに予約を入れた。

これでひと段落と積み上げたカタログの山をリビングボードに重ね終えた弥尋は、ふと首を傾げた。

「そう言えば、どうして新しい車を買おうと思ったの？　修理しても駄目なくらい壊れてたってこと？」

廃車にせず修理に出すくらいだから、その時点では三木もまだ乗り続けるつもりがあったと思ったのだが。

「壊れてはいないし、不具合もない。本当に見えるところが派手に壊れただけで、内部には損傷も何もなかった」

「それならどうして？」

来い来いと手招きされるまま、ポスンと隣に再び腰を下ろす。

「通勤には今のアウディをそのまま使うことにして、もう一台は弥尋君と外出したり遠出をしたりする時に快適に乗れるのがいいと思ったんだ。それに、本川(もとかわ)のご両親やお兄さんたちと一緒に出かけることもあるかもしれないだろう？　そう思ったら、大きめの車の方がいいだろうと」

これからのことを考えて三木が車を買い替えようとしていることは弥尋には十分伝わった。そして、それ以上に他の重大なことにも気づいてしまう。

「——隆嗣さん」

弥尋の声はもしかすると若干低くなっていたかもしれない。

「それ、最初に教えて欲しかった。俺の家族も一緒に乗せてどこかに行きたいって。俺が選んだ車、見た目だけで選んだから小さなのもあったよ」

弥尋はペシペシと三木の膝を叩きながら文句を言った。

確かに性能などは二の次で見た目で選んでみようと言い出したのは自分だが、大前提となる「大型車」は絶対条件ではないか。加えて、本川の家族も一緒に乗るとなると六人以上が座れるシートが必要だ。

（実則兄ちゃんの都合を考えなくていいなら五人乗りでいいけど）

それでも大人が五人乗るのだから広い方が快適に決まっている。

「念のために訊くけど、大型以外に他に絶対に譲れない条件はある？」

弥尋は先ほど片づけた三木チョイスのメモ用紙と対応する車のカタログ等をもう一度引っ張り出した。

「これ見る限り、全体的に大きな車ばっかりなのはわかったけど、他にも共通点がありそうな？　隆嗣さん？」

じろりと横目で見上げた先の三木は、焦ったように声をあげた。

「いや、大きめ以外には特にないぞ。あ」

「あ？」

「あー、丈夫なのがいいとは思った。だがそれは大きさと比較するものだから同じだろう？　重量があるのとバンパーの頑丈さには留意したが」

弥尋はツンツンと三木の膝を指で突いた。今日の三木の脚は弥尋の攻撃を受けてばかりだ。

「重量は頑丈さにも通じるのは俺にもわかるけど、バンパーって？　車の前についてるやつのことだよね？」

「ああそうだ。セダンだと相手の車種によっては押し負ける可能性があることと、即座に停止させるだけのダメージを与えることを優先するなら頑丈なグリルやバンパーの方が」

「ちょっと待って！　ちょっと待って隆嗣さん！」

弥尋は片手で額を押さえ、もう片方の手を三木を制すように上げた。

「弥尋君、頭が痛いのか？　頭痛薬はパントリーに」

「違います。頭痛というか頭痛が痛いというかだから、薬は飲まなくて大丈夫」

「そうか？　だが……」

はあああぁ……。

弥尋は大きく深呼吸をした。それを三木はおろおろしながら見ている。大丈夫だと言われても心配が勝るのか、腰は半分浮いて今にも薬を取りに行きそうだ。

「本当に大丈夫なのか？　その、薬を飲まなくても」

「大丈夫。ちょっと俺の予想を飛び越えた答えが返って来るとは思わなくて取り乱しました。うん、もう大丈夫」

弥尋は「ふうっ」と息を吐き出すと、三木に向けて笑顔を向けた。

「それならいいんだが」

労るように頭を撫でる三木の手は優しい。

そうなのだ。三木はいつだって弥尋のことを考えて最善を尽くそうとする人なのだ。

（それでも、車を攻撃手段にするために頑丈さを欲しがるなんて誰が想像できるのかって話なんだよなあ）

頑丈なのは事故に遭った時のことを考えて。車体が大きいのも被害を最小限に抑えることを考えて。

弥尋は自分が常識的な人間なのを再認識した。

（でも）

三木がそんな考えに至った理由をわからない弥尋ではない。

車を修理に出している理由がまさにそれで、弥尋を助けるために車をぶつけた結果だからだ。

（あの時は確かに一回じゃなくて何回かぶつけてたはず）

それでようやく停まった車から逃げ出すことに成功したのだった。

「隆嗣さんの希望はわかりました」

「はい」

神妙な三木は正座しようと床に座りかけたものの、弥尋の眼光に委縮したわけではないだろうが、ソファの上でしっかりと背を伸ばし頷いた。

「大人が五人乗っても平気で、頑丈で、車体ががっしりしている。それ以外に譲れない条件はありますか？」

「今のところはそれだけで……」

「今のところ？」

「いや、その条件で十分だ。大きければ必然的に馬力も付随して大きくなるものだから」

「……俺、もう一回、候補を選び直した方がよさそうな気がしてきた」

再びカタログやパンフレットの山を持って来ようと腰を浮かせた弥尋だが、それに待ったをかけたのは三木だった。

「弥尋君、他の車種はもう選ばなくていい」

「なんで？　隆嗣さん目線で選んだらもっと候補が増えるのに」

「先に選んだ車を見てから判断しても遅くはないだろう？」

「それはそうかもしれないし」

「それにもう予約はしてしまっている。その時にディーラーで他の車を見る方法もある。表からは見えなくても多くの展示車や試乗車を抱えているのがディーラーなんだ」

「へえ、そうなんだ」

「だから、候補を見て、他の車も見て、それで好みのものが見つからなければ他のメーカーのディーラーに行けばいい」

三木によると昔は同じメーカーでもディーラーには系列会社があって取り扱っている車種が異なっていたそうだが、最近では同じメーカーのディーラーであれば同じ車種を取り扱っているらしい。

「その分、店舗の統廃合も行われてはいるが相変わらず多くの店があるから、客取り合戦も熾烈だぞ」

「それは値引きやサービス的な面で？」

その通りと頷く三木を見つめる弥尋の頭の中に家電量販店の「どこそこより高ければお安くします」という宣伝文句が浮かんだ。

「じゃあ、その方向でいいです」

よかったと安堵した三木は、弥尋のお怒りが解けたのが何より安心だったのだろう。しかし、弥尋はそう簡単にこのうっかり後出し魔人を許すつもりはない。

「隆嗣さん、俺に何か言うことない？」

ペシペシと叩いて抗議をすると、すぐさま三木は「ごめんなさい」と素直に頭を下げた。

「そうだな。先にそれだけは伝えるべきだった。私の中では当たり前の条件だっただけに、弥尋君に伝えるのを怠ったのは私の責任だ」

「まったくもってその通りです」

やれやれと言いながら、叩き続けていた膝上を撫でた弥尋は、

「でもそう考えると」

と腕を組んだ。

「何も知らないで選んだ俺が、たぶん無意識に大型から選んだ隆嗣さんと四台も同じ車を選べたところはすごく価値がある気がしなくもないような」

「気がするのではなく、価値があるんだよ弥尋君」

弥尋はもう一度ペシッと膝……太股を叩いた。今度はそれなりに力を入れていたので、たぶんそこそこ痛かったはずだが、三木は笑っている。

「私はすべてわかっている、みたいな顔をして隆嗣さんが言うことじゃないんだからね。本当だったら外見要素に限ってももう少し候補を絞れたはずだったんだからね？　報連相は大事だって会社でも言われるでしょう？　必要な情報はちゃんと事前に伝えてください。

お返事は？」

「わかりました、弥尋様」

「よろしい、です」

ふんすと美少年にあるまじき荒々しい鼻息を出した弥尋は、そのままコテンと三木の長い足に凭れた。

三木の手が弥尋のサラサラの黒髪を撫でているのは、ご機嫌斜めな弥尋への謝罪を込めてのことだろう。

「本当に反省してるんですか？」

「してるよ」

「ならもっと撫でて」

「仰せのままに、奥様」

そうしてご機嫌伺いという名の夫婦の触れ合いをひとしきり楽しんだ後で、弥尋は疑問に思ったことを口にした。

「思ったんだけど、車のことなら志津兄ちゃんに聞けばもっと詳しい情報もわかったんじゃないですか？　俺や知らない誰かの感想よりも身近な人の話の方が役に立たない？」

弥尋の長兄志津は車の運転手である。三木の祖父母宅で運転手をしている森脇のように、志津が勤務する会社の社長専属の運転手として働いている。車を動かさない時には元々の部署だった秘書室で事務の仕事をしているそうで、何でもこなせる頼れる兄だ。

「志津君にはもう相談したよ。買い替えのことが頭に浮かんだ時に真っ先に」

「えっ」

「いろいろ話も聞いて相談に乗って貰った」

「何それ、聞いてない！　志津兄ちゃんも何にも言ってこなかったよ。もしかして口止めしてた？」

「いや。それはしていない。ただ、相談は受けるが実際に決めるのは弥尋と相談してからにすべきだと助言は貰った」

さすが長兄、何も知らずに決められたら臍を曲げるだろう末弟のことも、ぐるぐる悩んで自分だけでは決め切れない義弟（三木）のこともよくわかっている。

うんうんと志津への評価を高くして称えていた弥尋は、ふと気がついた。

「もしかして、なんだかコソコソ電話をしていたのはその件？　志津兄ちゃんとはずっと車のことを話していたの？」

「コソコソ……確かにコソコソに見えなくもなかったかもしれないが、そう、新車を選ぶ時に参考になればと思って話を聞いていたんだ」

「なんだ、それならそうと言ってくれればいいのに。別に隠すようなことじゃないでしょ」

「いや私としては隠しているつもりはなくて、ただ決まってから弥尋君を驚かせたかっただけなんだが……」

結局は志津の助言を受けて弥尋と相談して決めることになったわけなのだが。

「もう一緒に暮らしてるんだからそういうところで驚かそうとしなくていいです。サプライズはあってもいいとは思うけど、今回は大きな買い物なんだから。隆嗣さんは、自分で働いたお給料で買うんだから俺に口出しするな、とは言わないでしょう？」

「勿論だ。そんな非道なことをするつもりはない」

「俺がびっくりする顔も見たかったし、喜ばせたかったんだよね」

どうせ三木のことだ。深い意味もなく、本川の両親たちと一緒に出かけられる車を買ったんだぞ、と伝えた時の弥尋の顔を見たかっただけなのだ。

「そういう隆嗣さんの可愛いところはとっても好きだよ」

「ありがとう。私も、私の至らないところを叱ってくれる弥尋君が大好きだ」

「じゃあ今回のことは何も言いません。びっくりしたのはびっくりしたんだからね。あの車を買い替えるなんて思わなかったし」

「ん？　その言い方だと弥尋君は反対なのか？　新車

を買って欲しくない？」

「そういうわけではないんだけど。目的がはっきりしてるから、買い替えたい理由はわかるし」

「では何が気になっているんだ？」

弥尋は逡巡しながら口を開いた。

「あの車、御園さんに誘拐されかけた時に隆嗣さんがベンツにぶつけた車でしょう？　俺を助けてくれた車だから、なんていうか、恩人を他所に追い払っちゃうようで申し訳ないというか……」

売り払う・捨てる・追い払う。言い方はいろいろあるが、どんな表現をしても手放すのは同じだ。それが弥尋にはやるせない。

心情を吐露すると、なぜか三木は優しい微笑を浮かべ、弥尋の頭を撫でた。

「弥尋君はそう思ったんだな？」

「うん。だって恩人でしょう？　助けてくれたのに修理から帰って来たらハイさよなら、なんて薄情に思えてしまって」

三木の笑みが深くなる。

「なに？」

「いや、兄弟なんだなと思って」

何がおかしいのか三木は楽し気に目を細めた。

「志津君も同じことを言っていたんだ」

「兄ちゃんが？」

「そう、弥尋を助けてくれた車を手放して売ってしまうのは心苦しいと」

「兄ちゃん……」

弥尋は感動した。さっき上がったばかりの志津の評価が更に数段階も跳ね上がる。

「でも、そうは言ってもうちに三台も置く余裕はないんだよね？」

「どうだろう。さすがに三台目は難しいとは思うが」

住戸毎に二台分の地下駐車スペースは確保されており、それ以外の屋外駐車場は業者や来客用に空けてあるスペースだ。そこから三木家の追加分として各戸の割り当て以外に駐車枠を希望するのは気が引ける。

車が停まっていないからといって勝手に停めてよいスペースはないのだ。

「じゃあ結局売ることになるんですか？　それとも下取りに出す？」

「最初は下取りに出すことを考えていた」

「最初はってことは、今は違う？」

「志津君がとても残念に思ってくれて、どうせなら自分が買い取りたいと言ってくれてね」

だが本川家の狭い駐車場にはすでに父と兄共有の車が停まっていて余裕はない。ならばと近所の月極駐車場を探したがあいにく空いている場所はなかった。

「それでやはり下取りに出すか、それまでの間、私の実家か祖父母の家に置かせて貰うことも考えたんだ。要は志津君側の事情は駐車場だけの問題だろう？　これがクリアされれば万事解決だ」

そしてそこが一番のネックだった。

「それで兄ちゃんはどうしたの？」

「結論から言うと駐車場に空きが出来て無事に契約することが出来たと昨日、連絡が来た」

契約していた人が転勤で引っ越すことになり、急遽空きが出たということで管理人から電話が掛かってきたらしい。即日契約したのは言うまでもない。

「ということは、あの車は」

弥尋はわくわくしながら続きを待った。

「ああ、無事に本川家に行くことが決まったよ。次のオーナーは志津君だ」

「よかったあぁ」

弥尋は両手を叩いて喜んだ。

「志津君は言ったんだ。廃車にしたり、知らない人に売却されてしまうより自分たちが持っておきたいと。

それを聞いてつくづく私は思った。弥尋君への本川の家族の愛情もだが、あの男への怒りも相当なものがあったんだろうなと」

　あの男——母親の従兄弟である御園頼蔵。現在は塀の中で御勤め中だ。自分の会社の規模を大きくするために弥尋に政略結婚を押しつけ、叶わないと見るや誘拐に殺傷事件まで起こしかけた男なのだ。

　そんな男から弥尋を救ってくれた三木に感謝するのは当然として、そのために傷ついた車のことも恩人だと感謝する。

　本川家の総意がそこにあった。

「じゃあ、じゃあ、今度は兄ちゃんがその車に乗って運転するんだね」

「そういうことになる。志津君に聞いたんだが、今は一台の車をお父さんと志津君で使っていたんだろう？」

「うん。大体は父さんが使ってて、たまに志津兄ちゃんが仕事に行く時に使うみたいな感じだった。普段は俺と一緒で電車とかバスを使ってました」

　だから何気に不便ではあったのだ。

　車が一台増えるとそれだけで楽になる。たまに志津が車で出勤する日は、社長の自宅に立ち寄って拾って出社するからで、そこそこの頻度があったと記憶している。

　いずれ父親が免許を返納する日が来れば、月極を解約して自宅に停めればいいし、もしかすると実則が車を購入する日が来るかもしれず、そうなった場合は引き続き月極を使えばいい。

　弥尋の中で、二人の兄が家を出る確率は限りなく低かったからこその未来予想図だ。

「嬉しいなあ」

「そんなに喜んで貰えれば車も嬉しいだろう」

「うん。車もだし、兄ちゃんもだし、隆嗣さんも俺も、みんなが悲しくないように決まったのが一番嬉しい」

　よかったよかったと脚にじゃれつく弥尋を好きにさせつつ、三木も心の中でホッとしていた。

　車のことについて弥尋と話をすることはあの事件以

降ほとんどなかったので、ここまで気にしていたとは気づかず、うっかり車を売却に出さなくてよかったと心底安堵したのだ。

（弥尋君に悲しい顔をさせずに済んで本当によかった）

譲渡の提案をしてくれた義兄に心からの感謝を捧げる三木だった。


そして迎えた土日。

「おおーっ、高い。視界が広くて高い！　見晴らしがいい！」

試乗車の中で弥尋は大はしゃぎだった。

運転するのはディーラーのスタッフで、弥尋の様子に笑みを浮かべているのが後ろに座っている三木にもしっかり見えていた。試乗コースの折り返し地点までは三木が運転で弥尋は後部シートに座っていたのだが、購入後の弥尋の指定席が助手席になることから、眺めや座り心地などの確認のため、店舗までの帰り道は助手席に弥尋が座り、三木が後ろで同乗のスタッフに運転して貰っているわけだ。

嬉しそうに流れる都会の景色を眺める弥尋を見る三木という図式のまま、無事に試乗を済ませ店舗に戻って来ると、

「ね、隆嗣さん、最近の車って座る場所があんなに高くなってるんだね。パンフレットで車高が高いって書かれていても実感できなかったけど、乗ったらよくわかりました」

「それは何より。やはりカタログだけで選ぶのではなく、試乗するのが一番だというのがよくわかっただろう？」

「うん。直感も大事だけど、実物を確認するのは絶対に必要だよね」

まだほわほわとした足取りの弥尋を促して、三木は

販売員に案内されたテーブルに腰を落ち着けた。

この客は買ってくれる客だ。

販売員がそう認識したのかどうかわからないが、営業スマイルではない笑みを浮かべる彼の前で、初めて試乗車に乗った弥尋もまたご機嫌だった。

(弥尋君の笑顔を前に営業スマイルでいられるはずがないのはわかっているが見過ぎだ)

販売員の前に座っているのは三木なのに、彼の視線が向かっているのは斜向かいの弥尋なのだ。それは値引き交渉を行い、試乗した車二台の見積もりを出し、二人が店舗を出るまで続いた。

「——あの店で買うのは止めよう」

「はい?」

来店記念に貰った菓子の袋を嬉しそうにバッグに入れていた弥尋は首を傾げた。

「もしかしてあの車、気に入らなかった?」

「いや、車自体は気に入ったが、担当者の態度がちょっと」

「悪かった? 随分ぐいぐい来る積極的な人だなとは思ったけど。あとお喋り好きかな。それより、俺は受付の人がずっと視線で隆嗣さんを追ってたのが気に入らなかったよ」

「そうか?」

「うん間違いない。俺、しっかりチェックしてたもん。指輪、ちゃんとしてるのにね」

上に翳した弥尋の薬指にはしっかりとペアリングが嵌められて輝いている。学校がある日はチェーンに通して首から下げているだけなので、今日のように休日は指に嵌めて夫婦気分を堪能するのが好きだった。

「弥尋君も随分気に入られていたぞ」

「お客さんだからじゃない? でも」

弥尋はペロッと舌を小さく出して笑った。

「愛想よくした方が値引きをたくさんしてくれるかなあって、ちょっと計算しちゃいました」

「え!?　や、弥尋君！」

驚いて焦る三木の手から逃れようと弥尋は数歩先まで移動した。慌てて駆け寄って手を摑んだ三木は、逃げられないようにその手をしっかりと握った。

「弥尋君、君は……。値引きなんて考えなくてもいいのに」

「いやそこは考えないと駄目でしょ。金額が大きくなっていて麻痺(まひ)しそうだけど、百円が七十円になるのだって大きいのに、桁が四個になる買い物に無駄は出来ません」

「それでもだよ、弥尋君」

三木は道の真ん中に立ち止まり、弥尋の手をしっかりと握りしめて愛する伴侶を見つめた。

「たとえ愛想笑いだとしても、たかが数十万の値引きのために見せていいようなものじゃない」

数十万は「たかが」と言ってよい額ではない。だが三木にとっての真実でもある。

弥尋の笑顔プライスレス。

引き換えに車一台を無料で進呈してくれてもいい価値はある、むしろ弥尋のために新車を捧げるべきだ――と真剣な三木である。

「大袈裟(おおげさ)だよ、隆嗣さん」

「大袈裟なものか。弥尋君、だから笑顔の安売りはしないで欲しい。私のためにも」

「隆嗣さん……」

心の底からの夫のお願いに、弥尋は仕方ないなと頷いた。三木に言われるまでもなく、安売りする気など弥尋には微塵(みじん)もない。ただ三木に言ったようにほんのちょっと三木の負担の助けになればいいなと思っただけなのだ。だからお願いされれば素直に従うだけの分別はあった。

「うん、わかった」

「よろしくお願いするよ。これから行く店でも出来るだけ笑顔は控え目に」

弥尋はぷっと噴き出した。

「それ、そんな不機嫌なお客さんが来たらお店の人も困ってしまうんじゃないですか？」

「気難しい客なんて山ほどいるから大丈夫だ」

何が大丈夫なのかわからないが、三木の言う通りにすることにした。どちらにしてもよほど相手に腹を立てていない限り始終不機嫌な表情を作るのは弥尋には無理だし、試乗するという楽しみを味わうために来店しているところもあるため、自然に浮かんでしまう笑みは勘弁して貰いたいところだ。

ところで、二人は徒歩でディーラー店舗の間を移動していた。乗って来た三木のアウディは商業施設併設の駐車場だ。これは都会あるあるで、なぜか様々なメーカーの大型店舗が同じ通りに幾つも並んでいるおかげで徒歩での移動もさして苦にならないからだ。

加えて、店舗の間を車で移動するのは手間ではないが、どうせなら一緒に並んで歩きたいという弥尋の希望を三木が優先した結果でもある。

つまり、往来で見つめ合う美少年と美青年という格好の被写体が出来上がったわけで、いつの間にか大勢の人々の目の保養になっていたことに気づいた二人は、足早に目的のディーラーに駆け込むのだった。


そして数時間が経過して、現在二人は森乃屋（もりのや）で菓子を食べながら寛（くつろ）いでいた。これから初夏を迎える季節だからか、春先のピンク多めに比べ、黄色や青、緑が多く使われており、弥尋は「抹茶のプリンアラモード、苺（いちご）とモンブランクリームを添えて」、三木は塩キャラメルでコーティングされたミニケーキを頼んでいる。

「隆嗣さんのも美味（おい）しそうだね」

言えばすんなりとフォークが差し出されるのは夫婦ならでは。テーブル越しにそれをパクリと咥（くわ）えた弥尋は、「んー美味しい」と頬を緩ませた。

「甘さが控え目ってわけじゃないけど、塩加減がちょうどいいから甘さをあんまり感じずに食べられるんですね」

「甘い物が苦手な人とでも一緒に店に入りやすくするため、少しメニューに工夫をしたんだ」

「なるほど」

「塩キャラメルだけじゃなく、塩チョコ風味もあるぞ。それにクラッカーにヨーグルトクリームを乗せた菓子も、一口サイズだからたくさん食べないでいいからなのか、話に付き合うツマミ代わりになると人気だ」

「へえ。それは食べたことなかった。結構新作はチェックしてるつもりなんだけど抜けてたかあ」

「芽衣子(めいこ)の騒動の頃に出た菓子もあるから、たぶん弥尋君が抜けていたのではなく、店に来るタイミングが合わなかったせいだろう」

「そう言って慰めてくれる隆嗣さん好き」

「ありがとう」

二人はしばらく菓子の評価をしながら談笑して外デートを楽しみ、森乃屋を出た後はデパ地下に寄って夜の食事分の総菜やパンなどを買い込み、ついでに不足しそうな日用品も手に入れてマンションに戻った。

冷蔵庫にしまい込みながら弥尋は思い出し笑いをする。

「芽衣子さんが見たら、また出来合いのものを買って来てる！　って眉を吊(つ)り上げて怒られそう」

「そうなのか？」

「うん。隆嗣さんに出来合いのものとかレトルトばっかり食べさせてるんじゃないかってチェックが厳しいのなんの」

あれだね、あれが小姑(こじゅうと)っていうんだね。

そう言って笑う弥尋と反対に、三木は渋面だ。

「芽衣子の奴(やつ)、そんなことを……」

「大丈夫。ちゃんとレトルトのよさや冷凍保存の有用性は力説しておいたから。それに、うちはうち他所は他所、でしょ」

　どうだと胸を張ると三木がこめかみにキスをしてくれた。

「さすが頼りになる」

「でしょー」

　弥尋と三木は笑いながら手分けして冷蔵庫に保存するもの、パントリーに置くものなどを片づけていった。

　そして腰を落ち着けて、今日の戦果の確認のためにテーブルに向かい合って座った。ロータイプのテーブルのため、ものを置く以外の目的でテーブルを利用する時には床座（ゆかざ）が基本の三木家である。

「それで、弥尋君はどれを欲しくなった？」

「欲しくなったのは俺じゃなくて隆嗣さんじゃないの？　熱心に話を聞いていたじゃないですか」

「そりゃあ熱心に聞くさ。大切な弥尋君を乗せる車なんだ。妥協は出来ない」

「隆嗣さんが安心して運転できる車なら俺はどれでもいいんだけど。でもそういうのは困るだろうから」

　そう言って弥尋は一台の車を指さした。

「見た目が好きで、乗り心地がよかったのはこの車。見晴らしがよかったのが推しポイントです」

　基本的に大型のＳＵＶ（エス・ユー・ブイ）――スポーツ・ユーティリティ・ビークル――スポーツ用多目的車と称されることが多い人気の車種なので、ほとんどの車の車高は高かったのだが、実際に座った場合に見える風景や座った時の感触には車種ごとに微妙な差があり、そこが決め手になった。

　なお、弥尋たちが住まう分譲マンション「レストＲ（アール）」の居住者用駐車場は基本的に半地下の屋内に平置きなので、車高制限を気にしないでいい分、購入する車の選択肢には幅がある。

「ああ、この車か」

　弥尋が指さした車を見て、三木はなるほどと頷いた。

「乗り心地だけを見れば他の車にもいいのがあったが、

見晴らしを加味するとこちらになるのか」

「うん。正直、どれも甲乙つけがたくてどれを買うことになっても満足するとは思う。でもどれかを選ばなきゃいけないなら、これがいいかなって」

　それだけでなく、安全性能的な観点から最新技術が詰め込まれた車種にした。

「でも五人乗りと七人乗りで悩んでます」

「なぜ？　ご両親たちと一緒に乗るなら座席数は多い方がいいだろう？」

「そうなんだけどね、どうしても実則（さねのり）兄ちゃんがその中に入ってる風景が思い浮かばなくて」

　実則が聞いたらハンカチを噛（か）みしめて涙を流しそうである。

「それなら弥尋君、五人乗りの場合と七人乗りの場合で選んで、それから考えることにしよう。それなら悩む時間も少なくて済むだろう」

「俺はそれでもいいけど、隆嗣さんは？　隆嗣さんの好みを優先して欲しいんだけど」

「人数だけの関係ならどちらでも私は構わない。どの車を選んでも、運転のしやすさにそこまで劇的な変化は感じなかったんだ。ただ、これは私が素人だからそう考えるのであって、志津君なら別の意見があるとは思う」

「兄ちゃん、職業運転手だもんね。でも乗るのは俺たち素人だから、隆嗣さんの直感を大事にしてくれたらそれでいいです。ということで、これとこれは如何（いかが）でしょう？」

　会話をしながら車を選んでいた弥尋は、ズズイと三木の前にパンフレットを並べた。

「こっちの車は同じので五人乗りと七人乗りがあったから五人乗りの方でカウントしました。七人乗りはこっちね。お値段のことはないものとして純粋に車としてだけで選んでます」

　価格に関しては元より三木も気にしていないので、

弥尋が選んだ車種二台がそれなりの価格差でも問題はない。

「ただ、ちょっと」

「何か気になることが？」

「うんまあそうなんだけどね……。買うお店は違うところの方がいいかなって」

「こっちの車？　見積もりはこれで……ああなるほど。弥尋君の言いたいことはわかった」

見積書の店名を見ただけで三木は店でのやり取りを思い出し、弥尋の言わんとしていることを察した。

店舗を訪れて試乗車に乗るところまではよかったのだ。その後、試乗に付き合ってくれた販売員が他の予約客の対応で外れた後にやって来た新人販売員は、若い二人を見下していたのか冷やかしと判断したのか、説明もおざなりになりがちで、安い車の方をそれとなく勧める……もっと言えば「うちの車は高いから他の安い車の店に行けばどうですか？」という態度だったのだ。

高い方を勧めないのは親切と言えば親切ではあるのだろうが、買う気で来ている客に対してその態度はない。心の中で思うまでは勝手なので百歩譲っても、顔や態度に出してしまえば販売員として失格だ。

どの店舗でもご機嫌だった弥尋が唯一、無口になった店ということで三木の印象にも残っていた。弥尋のことがなかったとしても、その店で買う気にはなれなかったはずだ。

「店を変えるのは問題ない。実車を見るのにあの通りがディーラーが集まっていて便利だから選んだだけだから、この車がいいなら他の店を探すまでだ」

「そう、それならいいんだけど。でも」

「でも？」

弥尋はぐぐっと眉を寄せた。

「でもなんか癪じゃない？　見積もりまで出して貰ったのにそのお店で買わなかったら、やっぱり！　って思われそうで」

やっぱり冷やかしだった、やっぱり金策できなくて買えなかった、などなど都合のいいように解釈されそうで何となくイヤな気分になるというか、鼻を明かしてやりたいと思ってしまったというか。

「そんなことないとは思うけど、どこかで偶然会った時に、あの時の買わなかったお客様、なんて思われたりしないかなって」

「それは気にし過ぎだ」

三木の大きな手が弥尋の頭を包むように撫で回した。

「例えば店で何かをしでかしたり印象に残るようなことでもしない限り、そこまで覚えていないものだ。見積りも貰うだけ貰って買わない人なんて世の中にたくさんいる。むしろそういう人の方が多いくらいだ。私たちのようにいろいろな車種を見て価格込みで吟味して買うのだから、営業の側も理解している。そのための値引きであり、サービスなんだ」

「じゃあ顔とか覚えられないものなの？　仮にも販売員なんだから覚えてなきゃ駄目なような気がするけど。大勢のお客さんが入れ替わりするような店ならともかく、車屋さんでしょう？　一か月は絶対に覚えてると思う」

「そこは個々人の差が大きいだろうな」

「ちなみに隆嗣さんは覚えてる方？」

「名刺を交換した人やつっこんだ話をした人は覚えておくようにはしている。あとは重要そうな人かな」

「重要そうな人」

「言葉は交わさなくてもその場に同席していただけの人、出向いた先で見掛けた地位の高そうな人、それから仕事が出来そうな人は覚えておくに越したことはない」

「仕事が出来そうな人とは」

「電話の取次ぎ時の丁寧な対応なんかは意外と見られているものなんだ。受付の応対はまさに会社の顔だからないがしろには出来ない」

「さすが社会人、参考になります」

「というわけで私たちは覚えていたとしても、この見積もりを作った販売員は私たちのことなんか忘れてしまっている可能性が高い」

他の店舗のように弥尋がにこやかに笑みを浮かべていれば絶対に記憶に残っていただろうが、この店に限っては笑顔なしの無表情顔だったので、そこまで強く印象は残していないはずだ。

笑っていなくても美少年なのは変わらないが、車を買わないお金のない人という先入観の方が強く現れていた性格のようだったので、弥尋が危惧するようなことにはならないと思っている三木だった。

「現金一括で、というのを目の前でやっても面白そうだとは私も思うが、ここは無難に他の店で買うことにしよう」

「確かに。無難が一番だよね。自分から揉め事を起こす必要はないんだし。それより、車、これでいいの？もっと大きいのもあるけど」

「弥尋君が乗っていて楽しいのが一番だ。そりゃあ値段が高い車の方がもっと乗り心地はいいかもしれないが、試乗した上でこっちがいいと思ったのなら、それが正しい」

優しい言葉に弥尋は思わず三木に抱きついた。いつだって三木は弥尋ファーストで、しかもそれをさりげなく自然にやってのけるのだ。

「なんだ？　甘えたいのか？」

こしょこしょと耳の後ろを指で撫でるのも堂に入っている。

(優しさが伝わって来て気持ちいい……。犬ってこんな気分なんだ)

情事の時の肌をくすぐるように官能的に触れられるのとは違い、完全に癒しだ。

「ワン」

「どうした弥尋君」

「んー、何となく犬の気分になっただけ」

べったりと三木に張り付いた弥尋を、三木は呆れることなく弥尋が満足するまで撫で続けるのだった。

ひとしきり夫婦のじゃれ合い——飼い主とワンコのじゃれ合いを堪能した弥尋は、くしゃくしゃになった髪を手櫛で整えながら、

「はぁー……気持ちよかった……」

リラックス全開で体の奥から大きく息を吐き出した。

「そんなによかったのか？」

「すっごく。今度隆嗣さんにもしてあげるね」

「期待してるよ。それで」

「うん、車だよね。俺はこれでいいと思います。でも一番大事なのは隆嗣さんが運転しやすいことだから、そこは絶対に譲らないで欲しいです」

「それならもう一度弥尋君が決めた車に試乗させて貰って、それで問題なければ決定しよう」

「隆嗣さんがいいならそれでいいけど。それでどのお店にするの？　思ったんだけど、修理中の車を買ったお店や隆嗣さんの実家やおじいさんの家で贔屓にしている店にするっていう選択肢もあったでしょう？」

三木は弥尋が選んだ車のパンフレットを指で押さえた。

「意外なことかもしれないが、このブランドの車は実家でも祖父宅でも使ってないんだ。社用車も別メーカーと取引している」

「え、そうなんだ」

弥尋はビックリして目を丸くした。

「そんなに驚くことか？」

「うん。何となく高級車のイメージがあったから」

「社用車に必要なのは誰でも運転できる汎用性と価格なんだ。それこそ機能と価格重視になってしまう」

「あーそれもそうか。何十台も買うのに高いのを買ってたら経費とか維持費が大変だもんね。でも社長車や

役員の人が乗る専用車は違うんでしょう？」

「乗りやすさと頑丈さ込みの安全性能、それに見た目が加わる程度だぞ」

示威行為のために高級車を使う人もいるが、オーソドックスな方が社用車としては求められるらしい。

「言われてみればそうかも。いくら高級車だからってスポーツカーで動き回られても、ちょっと……って変な感じになりそう」

「そういうことだ。趣味に走るのは私用、公用は見た目も無難なのが一番ということだな」

「通勤用に使ってたあの車もそういう理由だったの？」

「そういうこと。ただ今度はアウディの方を通勤用にも使うから、どんな冒険でもしていいぞ」

三木は笑いながら弥尋の顎下をくすぐった。

「派手な色にするもよし、後からいろいろカスタマイズするもよし。何でも出来るぞ」

元々車の前の部分、フロントグリル周辺は頑丈にするために バンパーガードやその他パーツを取り付ける予定だったからどんな要求でもオッケーだと三木は笑う。

「改造？」

「改造というより車検に通る常識の範囲での改造……改良だな」

弥尋はまじまじと三木の顔を見つめた。

「……何か？」

「ん、隆嗣さん、なんか楽しそうだなって」

「そうか？」

「うん。顔が綻んでるっていうか緩んでる」

「緩んで……」

手でさすさすと自分の顔を撫でる三木に弥尋は声を立てて笑った。

「悪い意味じゃないから気にしなくていいよ。隆嗣さんは十分カッコいいから」

「そう言って貰えると有難い。だが緩んでいた？」

「うん」

「参ったな……」

三木は恥ずかしそうにはにかんだ。

「弥尋君はもうわかっていることだが」

「うん」

「私は弥尋君のことが大好きだ」

唐突な愛の告白に面くらいながら弥尋も返す。

「あ、はい。ありがとう。俺も大好きです」

「だから、二人で何かをするということ自体がそもそも楽しいんだ。家を選んだ時もスマートフォンを買った時も家具を買いに行った時も、全部が楽しかった。それで今回の車の買い替えだろう？　一緒に選ぶ楽しさもさることながら、弥尋君を乗せてどこに行きたいかまで考えてしまうと、もう、とことんまで手を入れていい車にしたいと考えが先走ってしまって」

つまり弥尋を好き過ぎるあまり、弥尋にとっての最上を求めるのが三木にとっての至上命題になり、目的達成のためにあれこれすることが楽しくて仕方がなくなってしまっているらしい。

「だから弥尋君は気にしなくていい」

この状態の三木に何を言っても無駄だ。弥尋は悟った。三木の頭の中ではすでに車の完成図が描かれており、そこに向かってまっしぐらなのが声と表情でわかったからだ。

弥尋に言えることはただ一つ。

「楽しみにしてるね」

これしかない。

車にあまり興味がない上、兄や三木と違ってそこまで詳しくないので、お任せするとしか言えないとも言う。

「任せてくれ」

輝く三木の笑顔は、もしかすると弥尋が出会ってから最高かもしれない喜びに溢れていた。

（俺と両想いになった時とか初めてのセックスの時は

喜びもだけど感激とか感動とかの方が強かったしね）
その後は二人でパンフレットを見たり、タブレットで色合わせをしたりして最終的に色やつけたいオプションを選び、すんなりと決まった。
そのスムーズな流れでディーラーに電話で確認すると、明日の日曜に予約の空きがあると言われたのでその場で翌日に契約に赴くことで決定した。

「ということで隆嗣さん」

夜、ベッドに座る弥尋はにっこりと笑った。

「明日もお店に行くから今夜のセックスはなしということで」

「え……」

平日は弥尋の学校があるために夫婦の営みは週末に行う暗黙の了解がある。そのルールに則（のっと）れば、土曜夜は濃厚な情事が交わされる予定なのだが、それを弥尋は却下した。

「しかし弥尋君」

「しかしも何でも駄目です。明日の予約、何時だったか覚えてますか？」

「十時半」

「そう、十時半。早い時間帯です。つまりはギリギリでも十時には家を出なきゃいけないんです。そうすると逆算で身支度や朝ご飯を考えると八時には起きてなきゃいけません」

弥尋は隣でなぜか正座をしている三木の膝前の布団をパフパフ叩いた。

「さてここで質問です。隆嗣さん、俺がその時間に起きられると思いますか？」

ちなみにセックスを重ねた翌朝の弥尋が起きて動けるようになるのは早くて八時半、大体が九時過ぎまで布団の住民だ。気合を入れて起きようと思えば出来るが、全身、特に腰の怠（だる）さで動くのが非常に億劫（おっくう）だ。これは入学式の時にいやと言うほど実感した。

　思い当たる節があり過ぎる三木の表情は絶望に彩られていた。大袈裟なと言われるかもしれないが、三木にとって弥尋と体を重ねることは一週間のご褒美であると同時に、翌週の糧（エネルギー）となる行為でもあるのだ。それ以上に、思う存分弥尋を愛（め）で可愛がりたいという本能的欲望が強いのは言うまでもないことではあるのだが。

　ちなみに昨晩も同じ理由で却下されているため、このままいけば今週末のセックスは全部お預けということになる。三木が食い下がるのも当然だ。

「……善処する。弥尋君の負担にならないように私が頑張（がんば）る」

　しかし弥尋のガードは固かった。ここで受け入れて後悔するのは弥尋だけではなく三木もなのだ。

「隆嗣さんが頑張ったら結果は同じだと思います」

　ぐぅっと三木の喉の奥が鳴る。

「そっと……優しくする」

「出来ます？」

「……善処する」

「もう諦めて寝よう？」

「弥尋君……」

　もそもそとベッドに潜りかけた弥尋は、ふと思いついて尋ねてみた。

「それとも今日はベッドを別にする？　隆嗣さんがきついなら隣のベッドの方で寝るけど」

　一瞬頷きかけた三木だが、瞬時に首を横に振った。

「弥尋君とセックスできないのもいやだが、隣で寝て貰えないのもいやだ」

　触れられないのに隣で寝られるのは苦行ではないかと思ったのだが、三木にとっては違うらしい。

　本人が言うのだから弥尋が隣のベッドで寝るのは本気でいやなのだろう。

「それなら遠慮なく」

　もそもそと布団の中に潜り込んだ弥尋は、苦悩する夫のために空けた隣のスペースをポンポンと叩いて横になるよう促した。

懊悩(おうのう)していた三木だが、弥尋の決意が固いとわかるとしょんぼりしながら隣に潜り込み、弥尋の体に腕を回して抱き寄せた。

「これくらいはいいだろう？」

すんすんと頭の上に鼻を寄せる三木は甘える大型犬のようで、弥尋は慰めるように胸元にすり寄った。

「——弥尋君の言う通りだな」

「……なにが？」

ぬくもりに包まれて夢の中に旅立とうとしていた弥尋が夢心地のまま尋ねると、三木が小さく笑ったのがわかった。

「弥尋君を前に理性を保ち続けるのは無理だから、激しくしない自信はない。だがそうすると情事で艶のある弥尋君を大勢に見せてしまうことになる。それは私が耐えられない。今日以上に視線を集めるのは間違いない」

「……おれ、つやつや？」

「艶々で可愛いぞ」

「ふふ」

「弥尋君は可愛い」

「うん」

「大好きだ。愛してる」

「おれも……あした、かえってきてからならいい……よ……」

抱き締める三木の力が強まった気がした。

そのままストンと眠りに落ちた弥尋は知らない。

「明日だな。そうか、明日早くに用事を済ませて帰宅して、食事を合間に挟んでずっとというのもありなのか。そうすれば弥尋君も月曜に響かないし、回数制限もないだろう。よし、明日はディーラーに行って即決して。即帰宅しよう」

弥尋にすげなく情事を却下されて悲壮な顔をしてい

た男はそこにはいない。いるのは、愛する妻を思う存分抱くために明日は如何に効率的に行動するかを考える、理知的な中に目をぎらつかせた男だけだった。


「弥尋君、行くぞ」

「え？　もう？　早くない？」

「早くはない。今出ればちょうど予約の時間になる。今日は車でそのまま店に乗りつけるからな」

「あ、今日はそうなんだ。あ、洗濯物乾燥機に入れ直さなきゃ」

「それはもう済ませた」

「なんか今日の隆嗣さん、すごくエネルギッシュに動いてるね」

「そうか？」

「うん」


新車を買うのをそんなに楽しみにしているのかと、三木の中の少年の部分に触れたようでおかしい弥尋だが、無論、三木の中にあるのは如何に効率的に以下同文——。

実際、

「これでお願いします」

挨拶もそこそこに希望の車種と色やオプションなどを告げる三木のてきぱきとした中に迫力のある指示に、販売員の方が、

「え？」

と慌てて弥尋に救いを求める姿も何度かあった。

「一括で」

と言われた時には疑わし気だったが、様子を見ていた他の販売員の耳打ちにより、担当していた販売員が声を裏返しながら、

「お買い上げありがとうございます」

と口にした時には、

（この人、コンビニとかお店でアルバイトしてたことあるんだろうな）

と漠然と思いもした。おそらく反射的に以前の動きがそのまま出てしまったのだろう。

唯一時間がかかったのは、以前の販売店で作成された見積書がローン型の返済計画込みだったので一括支払いに変更した見積もりを作って貰った時くらいだ。結果的にかなり安くなったので、店を変えて正解だったと思った弥尋である。

なお、成約記念として申し訳なさそうにお菓子や食器を貰ったが、なぜ申し訳なさそうだったのか未だに弥尋には疑問である。三木にはわかっていたらしいが、実用的なものを貰えるのは歓迎なので気にしないことにした。

そして現在時刻午後二十一時。

「隆嗣さん、ちょっと休憩。お水飲みたい」

「持って来るから弥尋君は寝たままで」

帰宅してから間に休憩や食事などを挟みつつ、かれこれ九時間近く、弥尋はベッドの住民になっていた。

勿論、衣類は何も身に着けず全裸である。

三木が冷蔵庫までペットボトルを取りに行っている今は、束の間（つかのま）の休息だ。

「隆嗣さんの本気を侮ってた……」

行儀悪いと思いつつ、大の字に手足を広げて伸びをする。体位を変えつつ挑まれていたので、全身を伸ばすのが随分と久しぶりに感じられた。

救いは、弥尋の負担を考えて三木が優しく丁寧に扱ってくれていることだろう。続けて弥尋の中で射精をすることはなく、合間に休息を必ず挟んでくれるし、無茶な要求はしない。

だが、逆にこれが焦（じ）れったくもあった。

射精寸前で止められるのを何度も繰り返せば、もう愛撫の真っ最中の弥尋は三木の言うなりだ。

「負担にならないようにゆっくりしないといけないな」

と、内部をゆるゆると大きなペニスで突く三木を何度罵りたいと思っただろう。

いっそ激しく動いて短時間で果ててくれと、願ってしまった弥尋はきっと悪くない。世の中の奥様方も心から賛同してくれるはずだ。

三木はまだ戻って来ない。おそらく水だけでなく、フルーツやヨーグルト、プリンなどを器に盛って用意しているのだろう。本当に甲斐甲斐しく、まめな夫である。

結果、弥尋の機嫌を損ねることなく自分の欲求も通してしまう。

「さすがやり手エリートリーマン」

こういうところで本気を出さなくてもいいのにと思ってしまうが、愛されている証拠だと考えれば弥尋もまんざらではなく、そこが困ってしまうのだが。

ベッドの上で唯一汚れもなく無事な枕に顔を埋め、弥尋は思った。

「戻って来たら十一時には寝るって言わなきゃ」

それでもまだ二時間はある。

弥尋も若い男の子。セックスそのものがいやなわけではない。ただ限度というものがあると思う。その弥尋の体力を微妙に見つつ、動きを制御する三木は実際にはまだ理性的な方なのだろう。

「俺のことを考えてくれてるんだとは思うけど」

それならいっそ激しい一戦を行って、それで最後にして欲しいと思ってしまう。

「うん、隆嗣さんが戻って来たら言おう。今度で最後にしてねって。それでお風呂にも入れて貰って、シーツとか全部洗濯機に入れて貰って、それで俺を寝かせてくださいって」

戻って来た三木は案の定、プリンアラモードもどき

を持っていた。帰りにホイップクリームを買ったのは
そのためだったかと理解する。
これまた新婚夫婦の嗜みとしてスプーンで「あー
ん」をして貰った後、弥尋は上目遣いでお願いした。
「隆嗣さんの好きなようにしていいから、今晩はこれ
で最後にしてくれない？」
と。
ついでにクリームの甘さが残った唇で、三木の唇に
触れれば陥落させたも同然だ。
「私の好きにしていいと？」
「うん。明日に響かないようにならね。隆嗣さん、セー
ブしてたでしょう？」
だからね？
そう呟いた後以降の弥尋の記憶は曖昧だ。
風呂に入れて貰っている覚えはあるが、次に起きた
時にはもう清潔なシーツの上だった。
「おはよう弥尋君」
横になったまま隣で頬杖をつく三木の顔に疲労は微
塵もなく、むしろ艶々だ。
「……艶々なのは俺じゃなくて隆嗣さんだよ」
こうして弥尋の週末は車と三木に翻弄されつつ終わ
った。
後日、長兄に新車を買った話をすると、
「ああ、買った車のカスタムの相談もされている」
と何てことのないように告げられた。
報連相大事！　と再度三木を叱ったのは言うまでも
ない。

俺の弟が可愛すぎる件

—本川実則の考察——

俺、本川実則（ほんかわさねのり）は三兄弟の真ん中だ。二歳上の兄、俺、六歳下の弟という順番だ。弟と年は離れているが、このくらいの年齢差の兄弟は俺の友人知人親戚にはありふれた範囲なので問題はない。

男ばかりの三兄弟なので、

「むさ苦しそう」

「食事の時には壮絶な争いがあるんじゃない？」

「兄弟喧嘩（げんか）したら家、壊れるんじゃない？」

などと言われることはあるが、それは俺たち兄弟を知らないから出て来る言葉だ。

事実、兄と弟を見たことのある学生時代の友人たちは、そんな話を隣で聞くたびに苦笑を浮かべたものである。

就職した今、周囲とはさほど深い付き合いではないため、家族構成は知っていても見たことがない連中がほとんどだから、余計に「男三兄弟」という言葉が持つ「暑苦しい・むさい・仲が悪そう・疎遠」が先入観として刷り込まれているようだ。

中には、

「本川君の家族だから絶対美形に決まってる！」

「美形三兄弟最高！」

と、会ってもいないのに確信を持って断言する奴（やつ）らもいなくはないが、肯定すれば返って来るのは、

「紹介して！」

「写真見せて！」

こういうパターンになるのがわかっているので、あえて濁すことにしている。美形じゃないと言うのは簡単だが、兄弟を否定するのは俺の主義でも性分でもないからだ。

そう、俺たち兄弟は顔がいい。俺含めて非常に顔がいい。自意識過剰とか自惚（うぬぼ）れとかではなく、主観的に

も客観的にも自信を持って言える。

両親は目を見張るほどの美形ではないし、父方の祖父母も顔立ちは悪くないがせいぜい中の上といったところで、従兄弟姉妹連中も似たようなものだから、先祖にとてつもない美形がいたなどという世代を超えた隔世遺伝が発現していない限り、父系の遺伝でないことは確かだ。

じゃあ残るのは母系からの遺伝だとは思うのだが、中年のおばちゃんらしい体型の母を見る限り美形要素はなく（こっぴどく叱られるから母の前では言わないが）、祖父に至っては俺が生まれる前には病没しており、もう亡くなった祖母に会ったのも俺が小さい頃だったので、顔立ちがどうだったかはあまり覚えていない。

ただ、母親の昔の写真を見る限り、美人ではあるので美形因子は母方からのもののようだ。

遠方に住む父方と違い、母方の親戚とは顔を合わせる機会がそれなりにあるため、絶世の美男美女がいないことの確認は取れている。顔の良さで言えば、上の下というところか。

そんなちょっとだけ美形寄りの母方の親戚だが、中には例外もいる。俺は直接に見てはいないが、弟の弥尋曰く、以前にうちに絡んで来た母の従兄弟なる人物は、時代劇やドラマに出て来そうな「金満家の太った狸親父」だったらしいので、必ずしも全員が全員美形因子を発現させるわけではないようだ。

それなのに俺たち三人は揃って顔がいいものだから、本川家の七不思議とも奇跡とも言われている。昔は「三人だけカッコよくてずるい」とやっかみも受けたが、親戚連中も慣れたもので、今では恒例行事のようなやり取りに落ち着いた。拝まれることも増えたのには笑うしかない。

とにかくだ。話の大前提として、性格的な違いから他人に与える印象こそ違えど俺たち三人は顔がいい。

これだけは押さえておいて欲しい。

その上で、今回俺が話をするのは兄ではなく弟についてだ。兄は頭もよけりゃ性格もいい万能型人間だし、逸話には事欠かないものの、そつのない性格なので問題らしい問題を起こすことはない実に長男らしい男なので語ることは割愛する。

対して弟なのだが……これがまあなんというか。

兄弟の中で一番勉強が出来るのは弟で、賢く素直でとてもよい子なのは確かだ。末っ子らしく甘え上手なところはあるが、ワガママなところなど見せたことがない良い子なのだ。……クソッ、どこかの我儘アイドルに爪の垢でも煎じて飲ませたいくらいだ。

その弟の弥尋から、

「俺、結婚するから」

と告げられた時にはビックリを通り越して心臓が止まるかと思っちまったわ。ジムのインストラクターとして日々レッスンとハードトレーニングに明け暮れる俺の強心臓を止めるほどの衝撃は、まさにビッグバン。

しかも、「結婚したい」という相談ではなく「結婚する」という決定事項として告げられた事実。

弥尋、兄ちゃん、泣いていいか……？

苦悶していたのは俺だけで、両親も兄も乗り気だったのは解せなかったが、俺一人が反対してもどうなるものではない雰囲気に負けた。いや、厄介な親戚対策として有効なのは俺も理解出来たし、何より弟自身が乗り気だったから反対できなかったというのはある。

何なんだ、あの積極性はどこから来た？

俺一人が喚き散らし、俺以外の家族がのほほんと飯を食っている状況は完全なアウェーだった。

俺の家族、順応し過ぎだろ？

何より「三木さん」に対する好感度が高過ぎた。両親はわかる。直接会っているからな。それに菓子。弥尋が半年買い続けていた森乃屋の菓子の関係者なのも一因だろう。美味い菓子に胃袋をがっつり摑まれている母親はご機嫌だし、父親は三木さんが土産に持って来た皿の虜（とりこ）だ。あれはもう駄目だ。完全に三木さん（皿）に懐柔されてしまっている。森乃屋でつくポイントで弥尋がしょっちゅう皿や器に交換していたのも大きいだろう。ましてや父親が好きな陶芸作家の作品なら尚更（なおさら）だ。

何々焼きという名称こそそれなりに知っていても、陶芸作家の名前など知らない人の方が圧倒的に多いのだから、弥尋を通じて父親の特殊な趣味をしっかりリサーチしていた三木さんの手腕恐るべしと言ったところか。

エリートサラリーマンだと弥尋が強調していたのを半信半疑に聞いていたが、認識を改める必要がありそうだ——そう思っていた俺だが、何の因果か、三木さんに会ったのは弥尋が結婚して随分後になってのことだった。

引っ越しも立ち会えなかった。高級料亭の鰻（うなぎ）のせいろ蒸しも食えなかった。クソッ。俺のいないところで美味い飯を食いやがって……！　確かにその時は家にいなかったさ！　出張してたさ！　そんでもってタイミングが悪いのは俺のせいじゃない。

全部我儘クソアイドルのせいだ。

「……もうあいつどうにかしてくれねえかな、ホント」

「お疲れ様」

人気アイドルの個別指導を終えてスタッフルームに戻って来るなり、肩を落として椅子に座り込み、愚痴を零（こぼ）す俺の姿は哀れを誘うもののはずだが、その場にいる他のスタッフにとっては見慣れた光景で今更感が強い。

俺が人気アイドルに指名を受けた当初こそ、

「イケメン独占反対」

「うらやまけしからんあたしに代われ」

「筋肉質な男より柔らかい女との触れ合いの方が絶対にレッスンにも身が入ると思うの」

だの、

「ここは講師歴十五年のベテランである俺が手取り足取り腰取り丁寧に教えるべきだと思う」

「美青年独占反対」

「アイドルと知り合いになったら最近冷たい彼女に自慢できるから代わってくれ！」

「俺が担当したい。だがしかし第三者として遠くから観察する権利も捨てがたい」

などと担当希望者が後を絶たなかったものだが、それはもはや過去のこと。

肝心の人気アイドル様の御指名が「本川実則」なのだから、名乗りを上げたところで採用されるはずもなく、現在も引き続き「ほぼ専属トレーナー」のお役目を拝領している次第だ。

俺に言わせりゃ、

「代われるものなら代わって欲しいぜ」

なのだが、当事者の心、第三者知らず——である。

国内国外問わずの急な出張当たり前、イベントごとには電話一本で駆り出され、拘束時間も長くなりがちで不規則勤務そのもの。

個別レッスンだから普段の給与に手当はつくし、特別スタッフ扱いだから無料で旅行できるようなものだし、待遇はいいのだ。

だからこその「代打には俺を！」「本川君、ちょっと腹痛でトイレに籠ってくれてもいいのよ？」などの外野なのだが、あいにくと言うべきかさすが我儘クソアイドルと言うべきか、

「本川さん、休みなの？　じゃあ今日は帰るよ。あ、レッスンの振替も予約していくから、本川さんのスケジュール教えて？　そうそう、彼の空き時間はちゃん

と確保しておいてね。俺のために。なんちゃって」

「腹痛でトイレ？　なら出て来るまで待ってるからお構いなく。うん？　退屈じゃないよ。その間に台本読んで覚えるから」

と悉くあしらう手腕には恐れ入る。

　つまり、俺がアイドルから逃げ出せる隙はないのだ。俺の都合なんてお構いなしに、アイドルの都合が優先されるのでさえなければ、確かに好待遇好手当で文句はないのだが。

「俺さ、今日久しぶりに弟に会ったんだぜ？　なのにゆっくり話も出来なかったのはなんでだ？」

「それはね本川君、君に御指名が入っていたからだよ」

　シューズの手入れをしながら答える同僚——蜂須賀竜司の声は「何を今更」という副音声付きだ。

　こういう時に欲しいのは、気の毒だとか可哀想だとかの同情の声なのだが、ジムの中でも親しい方に入るこの同僚の口から期待する言葉が出たためしがない。しかも言っている内容は間違っていないのだから、余計にダメージが増える結果となる。

「あーあ、こんな偶然滅多にないってのになあ」

　今日のこの時間というタイミングもよくなかった。弥尋の職場訪問と担当アイドルのレッスンの時間が絶妙な噛み合わせで前後してしまったのだ。

　本来なら空いているはずの時間に急遽入れられた個別レッスン。それが始まる僅か四十分前にやって来た弥尋と三木さん。

　三木さんとの対面も果たし、ある程度の人物像は把握できたものの、正味三十分くらいしか話せなかったのが残念でたまらない。

　個別レッスンの後に弥尋たちが来たのなら、まだ時間に余裕があったのに（個別レッスン後の俺の精神的疲労が明らかなので、同情からか長めの休憩が確保されているのだ）。

「弥尋も弥尋だ。来る前に連絡すればいいものを」

「急に思い立ったんじゃないの？　それか本川がいるってわかってて来たとか。あとは、来た時にいなくても別に構わないと思っていたとか」

「確かに何曜日ならいるってのは前に話したけどな、行き当たりばったり過ぎるだろ」

「ま、何はともあれ弟君に会えてよかったたって思っとくべきだな」

「それはわかってる。だから尚更なんだよ」

弥尋が実家に住んでいた時には俺の勤務形態が不規則でも、家に帰れば必ず弥尋がいた。だが今はそれがない。

長兄によれば実家と弥尋の現住所は言うほど遠く離れているわけではないらしいし、実家に顔を出すことも多々あるという。

「なのに俺だけ……」

「それはお前の運が悪いだけだと思うぞ」

「やっぱり？　いや俺もさ、常々そうじゃないかとは思ってたんだよ。家族の中で俺だけ弥尋との縁が遠いって言うかずらされているって言うか」

「そんなに気になるなら、いっぺん厄落としでもして来たらどうだ？　神社かどっかでお祓いして貰えば？」

それは俺も考えたことだった。これまでは実行に移さずにいたが、ここまですれ違いが続けば真剣に厄払いだか厄落としだかをして貰った方がいいのかもしれない。

第一、俺以外の家族に不幸やすれ違いが起きていないことを考えると、家系的に呪われているのではなく、俺個人に厄がついているのだろう。

（男の厄年って何歳だっけ？）

神社仏閣と一緒に厄年も調べておくべきだと心のメモ帳に書き込んでいると、

「でも本川、この前だったたか、弟君の卵焼き？　料理を食べたとか浮かれてなかったっけ？」

手入れが済んだシューズを履いて靴紐をキュッと結

び終えた同僚は、以前に俺が浮かれていたことを思い出したようだ。

「食った食った。卵焼きっていうか炒り卵っていうか、うん、まあ卵焼きだった。砂糖とか塩とか出汁巻き風とかいろいろ」

　ちょっと巻くのを失敗して型崩れしてはいたが、卵焼きには違いない。可愛い弟の名誉のためにも卵焼きと明言だけはしておくのが兄というものだ。

「最初は結構型崩れしてたんだけどさ、味はよかったんだよ。元から母親の手伝いはしてた子だから、基本は出来るんだ。それで苦手だった卵焼きが徐々にきれいに巻けるようになってくのを見てると、弟も頑張ってんだなって」

　その頑張りも、三木さんのためだと思うと悔しさはあるが。

　先述のように弥尋の手料理を食べるのは初めてではない。昔から兄弟で留守番する時には兄の志津や弟の弥尋が率先して料理にチャレンジしていた。

　要領がよく真面目な二人なので、独自の創作料理を作って「見た目はいいのに激マズ」なんてアニメやラノベにしか出て来ないお約束がなかったのは試食係の俺にとって幸いだった。

「そういや卵焼きの話をした頃に間食用に弁当を持って来てたことがなかったか？　一口くれって言ってもくれなかったやつ。あれってもしかして弟君の？」

「弟の手作りだ。やるわけねえ」

　正確に言えば弥尋の手作り（失敗作）を母親が弁当にアレンジしてくれたものだが、俺の感覚的には弥尋の手作り（一部）で間違いない。

　あの時は卵焼きに加え、醤油ダレにつけた唐揚げも試作品として実家に持ち込まれた。同僚が食べたがっていたのが母親作成の他のものだったなら分けてやったが、卵焼きと唐揚げは譲れない。

　鼻息荒くフンスと胸を張る俺は、自分が同僚に可哀想なものを見る目で見られていることに気づいていなかった。

「究極のブラコンだな」

「ブラコンなのは認める。究極なのかどうかは知らねえ」

「自覚はあるんだな……」

「何とでも言え」

ブラコン大いに結構ではないか。それに俺はブラコンだがべったりではない。些細(ささい)な喧嘩もするし、小さな頃は取っ組み合いもした。口喧嘩や文句の言い合いはよくあることだ。……うん、よくあることだ……。

「お母さん！　お母さん！　兄ちゃんのジャージ、すっごく汗臭かった！　絶対に俺の服と一緒に洗わないでね！　兄ちゃんの靴下とか絶対にヤダからね！」

と、中学生だった頃の弥尋に冷たい目で告げられた時には泣きそうになったが。

「お父さんのパンツと一緒に洗濯しないで」と娘に言われてショックを受ける父親たちの気持ちが実によくわかる体験だった。

「あれは人生で二番目に辛(つら)かった……」

「？」

つい声に出してしまい訝(いぶか)しがられ、「聞いてくれるな」と緩く首を横に振る。それだけで察してくれる同僚――蜂須賀は付き合いやすい男だ。

なお現在の俺の仕事着――ジャージやランニングパンツなどのトレーニングウェア一式は、風呂場で水洗いした後に洗濯機に入れる手間をかけることで家族の洗濯物からハブられることを免れている。世知辛いが、家事を担う母親の圧力には屈せざるを得ない。

「まあ、弟君を可愛がるのもわからなくはないかな。俺も今日初めて弟君を見たけどさ、可愛いっていうかキレイ系？　本川の弟だから顔がいいとは思っていたけど、想像の上をいった。あれは愛(め)でる存在だわ。前に見たって言ってた連中が騒いでたのがよくわかった」

弥尋を褒められた俺の鼻がフフンと自慢げに膨らむ。ハンサムだ美形だと言われ慣れていても、身内を褒められるのはやはり誇らしく嬉(うれ)しいものなのだ。

「本川家の奇跡って言われてたぞ？」

「何だそりゃ」

「だって本川、お前を見慣れてる俺たちにしたらお前の兄弟も同類だと思うだろ？」

　つまり筋肉か。

「華奢(きゃしゃ)って言うのか？　あんな細っこいとは思わないって」

「そりゃ俺たちに比べたら細いに決まってる」

「スタイルがいいんだよ。バランスも取れてるってさ」

「それこそここに通ってる芸能人にも似たようなのが何人もいるから見慣れてるだろ」

「擦れてないのがいいんだよ。見るからに清純派だろ、弟君」

　スタイルがいいのはわかる。俺たち三人が顔だけ美形兄弟じゃないのもバランスがいいスタイルをしているからだ。しかし、偶(たま)に思うんだ。

　俺は運動しているからいいとして、志津兄や弥尋はどうやってあのプロポーションを維持しているのだろうかと。

　あれか？　ダイエットをしなくても維持できる体型なんだろうかね？　風呂上がりの兄貴や弥尋を見る母親の目からハイライトが消えている時があるんだが。あれだけお菓子を食っても太らない謎遺伝子でもあるのかね？

「清純派には同意だな。弥尋は顔だけじゃなくて性格もいいのは俺が保証する。素直だし頭もいいし。喋(しゃべ)れば普通の男子高校生と同じだけどな。なんかそれで前に文化祭か何かで来てた他校の生徒に、イメージが崩れるとかいろいろ文句言われてぷりぷり怒ってた」

「ぷりぷり！」

「そうぷりぷりだ」

「何だよそれ、むちゃくちゃ可愛いやつじゃん」

「おう。全面的に同意する」

唇を尖らせ、頬を丸くなるまでぷっくりと膨らませて、

「ちょっと聞いてよ兄ちゃん！　俺、今日知らない人から謂れのないクレームを受けたんだよ！　もっとお上品にすべきとか、笑う時は声を出すべきじゃないとか、もう何様かと」

うんうんと同意しながらも、その時の俺は、怒っている弥尋は子犬がキャンキャン鳴いているようで可愛いなあと思っていたため、ついニヤリとしてしまい、

「もう！　俺は真剣に怒ってるんだからね！　志津兄ちゃーん、実則兄ちゃんにバカにされた！」

「待て弥尋！　別にバカにしたんじゃねえっ！」

「実則、ちょっと俺とお話をしようか？」

という三兄弟のやり取りが行われたのもよい思い出だ。


「つまりはイメージ先行による弊害だな。俺はそうでもないけど、弥尋はほら俺とはタイプが違うだろ？　だから想像と違うってよく言われるらしい」

同僚は俺を指さした。

「お前は脳筋兵士、弟君は守ってあげたい美人なお姫さん」

「……俺が貶められている気がしないでもないが、おおむね蜂須賀の言う通りだ。だからキャーキャー騒ぎながら自分の理想を押しつけようとするわけよ。弥尋の学校は男子校だからまだマシだけど、これで共学だったらどんなに騒がれていたかと思うと、身の毛がよだつぜ」

実際には通っている杏林館高校（男子校）でも弥尋は女神様的崇拝対象になっているのだが、脳筋ではない騎士枠の友人に守られているので安全と言えばこの上なく安全でもあるだろう。

なお、弥尋がトイレに行く時に目を逸らすものも複

数名いる模様。我も我もとついて来られるよりマシだと放置されていることを、三兄弟も三木も知らない。

「ふうん。美少年、苦労してるんだな。アイドルはトイレに行かないって思い込みたいのと同じか」

「そんなところ。弥尋だってアイドルだってトイレに行くし、汗だってかくし、腹だって減るっての」

「生理現象は我慢できないってのになあ」

「まったくだ」

二人は同時にココ——皇(すめらぎ)スポーツクラブに通うアイドルやモデルたちの顔を思い浮かべた。画面の中にいない生身の彼らは、綺麗(きれい)な顔を歪(ゆが)めて柔軟体操に苦労したり、カナヅチ克服のために水泳に挑んだり、跳んだり走ったり、とても人間らしく生きている。

「美人も不細工もトイレは等しく平等だ」

「その通り」

「ま、俺のヨメはトイレなんて行かないけどさ」

「……それお前のヨメじゃねえし。二次元だし」


気心の知れた気さくで察しのよい同僚の趣味はゲーム・アニメに漫画・ラノベである。その過程でとある漫画に嵌(は)まり、ヒロイン……ではなくヒロインが思いを寄せる主人公（男）の幼馴染(おさななじみ)の男の娘(こ)キャラに一目惚(ぼ)れをした結果、「俺のヨメ」と言って憚(はばか)らないのだ。

確かに可愛らしくはあった。元気で明るいふわふわピンク髪のドジっ子ヒロインと違い、控え目だが芯のしっかりしたショート黒髪の男の娘は、煩(うるさ)い系ヒロインが苦手な男たちの心をくすぐるに十分な魅力があった。

俺もどちらかと言うと同僚と同じく男の娘キャラの方が好ましいと思ったクチである。

だがこの漫画には、友人枠・ヤンデレ枠・ライバル枠・ツンデレ枠・のじゃ娘枠・「ん」枠・参謀枠・ハイライトの消えた目枠・親友枠など、ヒロイン以外にも男女合わせて様々なクセのあるキャラが出てくるため、多くの男女が自分のヨメを見つけているらしい。

業が深いと言うか何と言うか、趣味は人それぞれだなとつくづく思い知らされる。

「いつかトイレに行く場面が描かれたらどうすんだよ」

ちょっと意地の悪い質問を投げると、同僚は真顔で断言した。

「そんな日は地球滅亡の日まで来ない」

「漫画だって、ちょっとお手洗いに……なんてシーンは普通に出て来るだろ？　風呂に入るシーンだってあるんだし。こないだの新刊、温泉旅行だったってはしゃいでたのはお前だぞ。だからトイレだって普通に」

「そんなシーンは世界が終わっても来ません。絶対にトイレになんて行きません」

「……その時が来たらハンカチくらいは貸してやるよ。だから涙目で睨むなって」

　容姿で職員を選んでいるんじゃないかと言われるくらい美人や美形揃いの皇スポーツクラブなので、同僚も漏れなくハンサムだ。しかし、元アメフト選手のがっしりした体で涙ぐまれても、まったく心に響くことはない。

　いくらでもモテそうなのに二次元ヨメの方がリアル女性より好きだという蜂須賀が誰かと結婚する未来がまったく思い浮かばない。

　ま、俺自身も「あのブラコンがブラコンを卒業する日が来るとは思えない」と周囲から言われているのだが。別にいいじゃねえか、俺は害のないブラコンだ。

　蜂須賀はぐぐっと俺を睨みつけた。

「弟君が誰かとセッ……」

「俺が悪かったです本気でいやなんでそれ以上声に出して言わないでください考えたくないこと第一位なんで勘弁してください蜂須賀様」

　咄嗟に俺は椅子から下りて膝をついて土下座した。男のプライド？　そんなもの重石をつけて火口に投げ捨ててやる。

　弟の結婚相手に会って精神的にダメージを受けてい

るというのに、直後が我儘クソアイドルとの個人レッスンで精神的疲労が極致に来ている俺にこれ以上のダメージを与えないで欲しい。

そりゃ結婚したからには夫婦の営みと言うか初夜と言うかセックスするのは当たり前だとわかっていても、俺の頭はそれを考えることを拒否するのだ。

俺も男だからいろいろエッチなことは考えるが、さすがに弟のそういうシーンは想像もしたくない。

ペコペコと頭を下げる俺を同じ室内にいる他のスタッフたちは「またやってるぜ、あいつら」という表情で笑いながら眺めている。和気藹々(あいあい)とした自由な雰囲気なのは、上下関係に厳しい体育会系出身者の中でも脳筋者が集まったからだ——と経営陣が言っていたとかいないとか。

何度か頭を下げて床に額を擦(こす)り付け懇願し、やっと蜂須賀大明神の溜飲(りゅういん)が下がったようだ。

「もう絶対に俺のヨメを汚すようなことを言うなよ。もし言ったらその時にはお前の耳元で……」

「わかった！　わかったから弟をネタに俺に仕返しするのは止(や)めてくれ」

降参の印に俺は両手を上げた。

そんな俺たち二人を見ていた他の同僚たちの間から取りなす声も聞こえて来る。

「蜂須賀さん、もう許してあげたら？　本川さんも本気で反省してるようだし」

「そうですぅ。本川君みたいなイケメンが土下座してるのを見るのは楽しいですけどぉ。いいぞもっとやれって思うけどぉ」

「やり過ぎると本川が暴れるからな。蜂須賀対本川の対決は見たいが、やるならフットボクシングのレッスンルームに行ってやってくれ。あそこなら床がマットだし、壊れるものもないからな」

「営業終了してからやれ。本川はともかく重量級の蜂須賀が暴れると危ない」

やいのやいのと好き勝手に騒ぐのも気心が知れているせいだ。こういう気楽に過ごせる職場は、堅苦しいのが苦手な俺には有難い。長兄のように毎朝カッチリスーツを着て出勤するなど、考えただけで息が詰まりそうだ。

（そういや）

立ち上がって蜂須賀と仲直りの拳（こぶし）を突き合わせながら、俺は弥尋の結婚相手を思い出していた。

（三木さんもしっかりスーツだったな）

高校の制服のままの弥尋だけでなく、三木さんまでもがしっかりと注目されていたのはハンサムが理由ではなく、どちらかというとスポーツクラブでは見慣れないスーツ姿だったからだろう。

見た感じは長兄と同じように真面目でストイック、エリートサラリーマンだと弥尋が連呼していたのも頷（うなず）ける。

そんなことを考えていたからか、さっきまでの蜂須賀とのやり取りを笑って眺めていただけの連中も会話に混じって来た。

「今日来た可愛い子、本川君の弟だって本当？」

「私も見ましたぁ。もうすっごい美少年だったから驚いてコンタクトレンズが飛び出しちゃったんですよぉ。まじ、目の保養～」

女たちはキャイキャイと自分が目撃したものを報告し、

「ふふん、俺は前にも会ったことがあるんだぜ。その時に本川に伝言を頼まれたのは何を隠そうこの俺だ」

「甘いな、ウォーキングマシンの使い方をレクチャーして差し上げたのは私だ」

「ハイハイ！　前に来た時にバランスボールで落ちそうになったのを助けたのは僕です！」

男たちは弥尋の役に立ったとアピールする。

「なにおう、俺の方が優しく話し掛けたんだからな」

「僕には、ありがとうって微笑（ほほえ）み掛けてくれましたよ」

「ぐぬぬ……」

「私にも丁寧に頭を下げて礼を言ってくれたぞ。彼は声もまたいいんだよ。浄化される悪霊の気持ちを味わった」

「ああ」

「そりゃあ……」

同僚二人が声を揃えて言う。

「先輩、腹黒いから」

プッと噴き出す音は誰が出したものなのか。

「言えてますぅ、これで眼鏡かけてたら理想の腹黒メガネだって常日頃から思ってました〜」

「よかったですね、先輩。次の健康診断も安心じゃないですか」

「そうそう。いつも通りだと今月末か来月の頭だから、検診の前にもう一度本川の弟に来て貰うのがいいかもしれないな」

「それいいな。見れなかった連中も見たがってたし。なあ本川、弟を呼ばね？」

「それより入会して貰った方がよくないか？　なあ本川、帰りに記入済みの入会届の用紙渡すからさ、弟にサイン貰って来てくれないか？」

本川君本川さん本川。彼らの要望は皆同じ。

——本川弟をもう一度見てみたい！

半分は冗談や揶揄（からか）いだとしても、半分は本気に聞こえるところが怖い。暴走しないことを祈るばかりだ。

俺は深く深く溜息（ためいき）をついた。

「なあ本川君やい。弟君、人気者だな」

蜂須賀が俺の脇腹をつつきながらにやける。このバカ力め、加減しろ！　地味に痛いんだよ！

「……弥尋だからな」

盛り上がる同僚たちを横目に、蜂須賀の指から逃れながら俺はやれやれと再び溜息をついた。

弥尋本人を目の前にしたら借りて来た猫のようにおとなしく、紳士のように振る舞う人間が多いのはよく知っている。

　その分、本人がいないところでこうしてああだこうだと盛り上がってしまうのだ。幸いなのはこの場にいる同僚たちがそれなりにマナーを弁(わきま)えていて、兄である俺の前で下ネタに走らないところだろうか。

　仮に、仮にだ。弥尋を下ネタの材料にした話題に発展した場合、辞職も辞さない構えで戦闘に突入する所存である。

「ところで前の時に来ていた美女はもう来ないのか？　俺、あの人みたいなきつめの美人がタイプなんだけど」

「おあいにく様ね。赤ちゃんがいたのを見たでしょう？　あの方は既婚者よ、マダムなの。あなたみたいなお子様じゃお話にならないわ」

　なぜか誇らしげな古参の受付嬢。古参でも嬢とはこれ如何(いか)に……おっと危ない。これ以上は危険だ。

　何でも結婚する前の三木さんの妹、芽衣子(めいこ)さんの登録受付をしたのが彼女だったらしく、今でも毎年のお得意様メールやＤＭ(ダイレクトメール)を欠かさず送っているらしい。アメリカ在住の今でも、帰国した時には必ずと言っていいほどジムに顔を出し、会員更新を欠かさない上、ある意味、芸能人連中が束になっても適(かな)わないＶＩＰ(ビップ)会員でもあるとのこと。

（つまり三木さん自身がエリートなのは当然として、三木さんの家自体も裕福ってことか）

　超一流企業に勤務しているのはわかったが、結婚するからと言っていきなりマンションを購入したり、さっさと縁組をした手際のよさといい、三木さんの実家の力が働いたのは間違いないと思っていたが、予想以上のようだ。高級料亭「悠翠(ゆうすい)」に伝手(つて)があるのが何よりの証拠だ。鰻(うなぎ)のせいろ蒸しの恨みは忘れない男、それが俺、本川実則である。

（あいつ、わかってて結婚したのかね？）

　三木さんと並んで幸せそうな弥尋の顔を思い出し、

（あれはわかってねえな……）

だがそれが弥尋だと苦笑する。三木さんが裕福だろうがそうじゃなかろうが関係なく、三木さんに惹かれ、遅かれ早かれ入籍しただろう。あの二人は心底信頼し、愛し合っていた。

だから義理の兄として、これからも遠慮なく口を出させて貰うつもりだ。

大事で可愛い弟を泣かせたら筋肉と持久力に任せて弥尋をかっ攫い、実家に匿うつもりだ。

取りあえず今は可愛い弟に群がる駄虫共を追い払う要因が増えたことを喜ぶべきなのだろう。

イケメンな三木さん自身がトラブルの種にならないとも限らないが、俺よりも年上の大人だから、その辺は信用したい。

もう一度、今度は時間を取って三木さんとゆっくり話もしてみたい。いきなり対面させられた今日は俺も緊張していたが、三木さんも同じように緊張していたようだし、時間をかけて互いの為人を知っていくのがいいだろう。

（おっと忘れちゃいけねえ。弥尋の家にも行かなくちゃな）

弥尋が撮影した「お宅拝見ビデオ」で知ってはいるが、映像と実際に見るのとではかなり違うはずだからな。その時にせいろ蒸しを要求するのは有りか無しか。

「その前に厄払いが先だな」

本川弟をいかに会員に引き込むか、一緒にいたイケメンは何者なのか。

盛り上がる周囲を他所に俺はスマホを取り出して厄払いが出来る神社、厄除けのお札に定評のある神社仏閣の検索に励んだ。蜂須賀もスマホを取り出してヨメ画像に夢中になっている。

休憩時間に水分糖分萌えを補給するのは当たり前、それが俺たちの活力になる。

賑やかな部屋のドアが開いてオーナーがにこやかに俺に笑い掛けた。

この顔は……。

「お、いたいた本川君。君、来週の木曜から北海道だから。一応四日らしいからよろしくね」

出たよ、いきなり出張宣告。

言うだけ言ってさっと顔を引っ込めたオーナーは俺が断るなんて少しも考えていないんだろう。

しかしついさっきまで個人レッスンで顔を合わせていたんだから直接俺に言えばいいのに、なんでオーナーを通すんだろうな。

そんな独り言が聞こえたのか、自分のスマホから顔も上げずに蜂須賀が言う。

「それはね本川君。人気アイドルだからこその葛藤があるんだよ。うーん、少し違うか。アイドルにだって怖いものもあるし、ココロだってあるってことさ」

「つまり俺を怖がってるってことか？　俺が暴れるとでも思ってんのかね、あいつ」

俺を見る蜂須賀の目はやはり残念そうだった。そしてなぜかいつの間にか静かになっていた他の同僚の目も生ぬるかった。

「はぁ……本川さんですからねえ」

「本川だからなあ」

「気の毒に」

何やら俺を責める空気が漂っている気がして居心地が悪いんだが？

じろりと見回せば「ニコーッ」と擬音がつきそうな愛想笑いを浮かべる同僚たち。どっと疲れが出て来てしまった。あと十五分で今日の最終レッスンだというのに気力を削いでどうする。

（こういう時は弥尋がいいんだよなあ）

邪気のないあの顔に何度癒されたことか。

スマホの保存フォルダーを開き、「お宅拝見動画」を表示する。

ソファにダイブする弥尋が弥尋らしく可愛くて、何度見ても癒される。弥尋が家を出てから癒し成分の補給に難儀している俺にとって、この動画は心の糧なのだ。

「本川、ニヤニヤして気持ち悪い顔してるぞ」

「ほっとけ」

もう一度堪能して動画を終了し、スマホをロッカーにしまった。この動画はスマホ以外にもパソコンとタブレット、クラウド上に鍵をかけて保存しているのでいつでもどこでも見ることが出来る。

「時間だな」

誰かの声を合図にスタッフルームにいた同僚たちが準備のために立ち上がった。俺も蜂須賀も同じで、次のレッスンが控えている。

扉を出ると「じゃあな」とだけ言って、それぞれが自分の担当エリアに散って行く。受付だったり、ジムだったりプールだったり、フロアだったりいろいろだ。

「よし」

俺のレッスンは、気楽なストレッチ初心者コース。今日はこれで終了なので早く帰宅できるのが嬉しい。

営業時間間際にねじ込まれることが多い我儘クソアイドルのレッスンも今日は夕方の早い時間だったのが幸いだった。

「よし、きっちりレッスンを終わらせたらさっさと家に帰ろう。それから志津兄に三木さんと会ったことを話して、三木さんのことをいろいろ聞こう」

俺の弟は可愛い。

これまでに交際した女たちは皆口を揃えて言ったんだ。

「私と弟、どっちが大事なの!?」

それに対する俺の答えはいつも同じだ。

「弟に決まってる」

弟の写真を見せながらこう言えば、ほとんどの奴らは何も言い返すことなく去って行く。

俺の弟は可愛い。

姿形だけでなく、性格も何もかも全部ひっくるめてそんな弟が誇れる兄であるように俺はなりたい。

可愛すぎるほど可愛い。

「だからさ弥尋、もうちょっと俺に優しくしてもいいと思わねえ？　お前が持って来た肉巻き？　俺、食べそこなったんだけど？」

「えー？　だって兄ちゃん、その時いなかっただろ。そんなに日持ちしないから残されるより食べて貰った方が俺は嬉しいよ？」

「俺も食べてえんだよ……わかれよ……」

「もう、泣くなよ実則兄ちゃん……。そんなに食べたいなら今度何か作った時に持ってくから」

「是非頼む！　ついでに冷凍で何日も保存できる料理だったら尚よし！」

「我儘だなあ。善処サセテイタダキマス」

「絶対だぞ？　約束だからな？」

あとがき

こんにちは。朝霞月子です。春先のこの季節は花粉症なのか風邪なのか判りにくいクシャミや喉の痛みでコロナに関わらずマスクが手放せません。ですが、日が暮れるのも遅くなったし、朝も早くから明るくなったりで、季節の変化を一番感じる頃でもありますね。

そんな春の前の冬の終わりに、年一度の恒例となりました「旦那様」シリーズ三作目の発刊です。お手に取っていただきありがとうございます。

今回は弥尋が三木さんの家族に会うというお話で、弥尋たち本川三兄弟に劣るどころか勝る勢いの個性的な方々が登場します。まずは父方の祖父母に兄、それに妹と弥尋にとっての甥になる赤ちゃん。残念ながら、可愛い次男嫁の弥尋に会いたい会いたいとずーっと騒いでいる三木父は今回も声だけの登場で本人登場はお預けです。弥尋君の次兄の実則と同じで、巡り合わせ運が悪いというか何というか。三木両親の登場も楽しみにしていてくださいね。キュートな赤ちゃんの千早ちゃんとはまた違ったマスコット的愛らしさを誇る幼児も出て来ますので（↑推しキャラ）。

千早ちゃんと言えば挿絵の愛らしさはもう言葉に出来ないほどで、ラフを頂いた段階でもうこのままでいいよとなりました。お目目クリクリで可愛らしいですよねえ。感謝感謝です。

今作でやっと三木さんとの顔合わせが出来た次兄ですが（小姑との顔合わせが突発的の

にはは驚いたことでしょう）、短時間だったので本人的には物足りなさが勝っているようで、いつか腹を割って話をする機会がないものかと虎視眈々と狙っています。が、そういう次兄の画策やら思惑を絶妙なタイミングで潰しに来る通称「我儘クソアイドル」なお方がいますので、リアルでの対面は諦めてネットでの画面越しが無難なような気がしなくもない今日この頃。このアイドルとの話はいずれどこかで書きたいとは思っています。ネタとして小出しにしつつ全貌が明らかになる日は近い？

　本川家の中で唯一、鰻のせいろ蒸しを食べそこなった男、いつか絶対に食べてやる！と野望を抱いている次兄実則でした。実則じゃありませんが私も鰻は大好きなので、自分へのご褒美で偶に買って食べます。食にはあんまり関心がない私ですが、好きなものはやっぱり何度でも食べたくなるものなのです。最近は鰻屋さんも出来たて熱々をデリバリーしてくれたりするので嬉しいことです。

　和菓子屋の若旦那の兄、生真面目リーマンな三木、四人の子持ちの芽衣子（めいこ）、職人な弟。三木四兄弟妹。真面目な長兄、脳筋次兄、正統派少年の弥尋。どちらの兄弟妹も美形揃いなので全員集合したらすごい見栄えのある写真が撮れそうです。たぶんきっと三木父なら弥尋を真ん中に添えて、「弥尋君に合ってるならいいか」で弥尋以外がピンボケになる写真を激写しそうな気がします。そして息子たちに呆れられるまでがデフォですね。中々に愉快な三木父なので本格登場までしばしお待ちください。

　半導体不足で納期が遅れること山のごとし――の今の自動車業界ですが、お話の中では普通の納期で設定しているので弥尋たちが新車ドライブをするのもそう先のことではありません。その辺りのお話もどこかでお披露目出来ればと思っています。

次はいよいよ三木家全員と対面、そしてまさかの弥尋の社交界デビュー？　なお話に学校もちゃんと行ってるよ！　編になります。

どうぞよろしくお願いいたします。

【弥尋の日記】

最近隆嗣さんがアヤシイ。なんか、俺に隠れてコソコソ志津兄ちゃんと連絡を取り合ってるみたいで、何の話をしているのか訊いても教えてくれない。電話だってわざわざ自分の部屋に閉じ籠ってしてるし。ドア閉められちゃったら本当に何にも聞こえないんだから、こういう時は防御力……じゃなかった防音性がいいのも考えものだよね！　べ、べつに盗み聞きしようなんて思ってないんだからね！

　この間なんか、ソファで仲良ししてた時に電話が掛かって来て、その途端、膝の上に乗ってた俺はポイッですよ？　ソファの上にポイっとされたんですよ？　それでそのまま俺のことはほっぽっちゃって、私室にゴー。信じられる？　結構長い間、ポカンと間抜けな顔を晒していた俺です。

でね、俺は悟ったわけです。隆嗣さんがダメなら兄ちゃんに訊けばいいじゃないかって。電話相手の志津兄ちゃんなら教えてくれると思うんだよね……と思っていた三十分前の俺に、甘過ぎるって言葉を送りたいと思います。

　そう、さっき電話して聞いたんだよ。でも教えてくれなかった。「三木さんがお前に内緒にしているのに俺が喋るのは駄目に決まってる」だって。俺、撃沈。おとなしく隆嗣さんが教えてくれるのを待っていなさいってお小言貰ってしまいました。兄ちゃん、俺に甘いからいけると思ったんだけどなあ。けど、よくよく考えたら、俺に一番甘いのは隆嗣さんで、その隆嗣さんが教えてくれないのに志津兄ちゃんが教えてくれるわけがない。

　でも一個だけ言わせて。兄ちゃんと長話ばっかりしてたら俺、拗ねちゃうからね！

【三木の日記】

最近弥尋君が御機嫌斜めだ。ぷくうっと頬を膨らませ唇を尖らせて、瞳で私に抗議するのだ。だが待ってくれ弥尋君、その顔は反則だ。「拗ね顔コンテスト世界大会」が開催されたら優勝間違いなしのその顔を見たいがために、何度でも拗ねて貰いたい危うい欲求に駆られてしまうのだ。

理由もわかってはいる。私が志津君と連絡を取り合っていることに対する不満だ。

実は、弥尋君に内緒で車を購入しようと思い立った時に、真っ先に浮かんだのが車の運転手をしている弥尋君の長兄、本川志津君だった。車好きで、車種にも詳しく、新しい情報の収集も怠らないと聞いていたので、今まで購入候補になかった車種の相談をするにはぴったりだと思ったのだ。

買い替えにするか、追加にするか考えて、マンションの駐車場スペースの関係から、今現在修繕に出している車が戻り次第、下取りに出して新車を購入することにしたのである。

下取りに出すと志津君に話した時、本川の家に余分な駐車スペースがあれば買い取りたいところだと残念そうに言われた。近所の月極駐車場に空きがないそうで、マイカーを欲しくても車庫証明が取れなくて断念していると話していた。

買い替えたい理由を正直に伝えたところ「弥尋は幸せですね」としみじみ言われた。ただ、同時に忠告も貰った。「弥尋が運転することを前提にした購入は無意味なので止めた方がいいです」と。

運動音痴の弥尋君が普通自動車の運転免許証を取得する未来図が描けないと志津君は言う。長く一緒に過ごした兄が言うのだから間違いはないのだろうが、弥尋君、君の運動音痴はそこまでなのか。

【弥尋の日記】

今日、学校から帰ったら宅配ロッカーに荷物が届いてた。送り主はアメリカの芽衣子さんで、結構大きめの箱だったけど思ったよりも軽かったから俺でも（！）軽々と運ぶことが出来ました。嘘、ちょっとだけ嘘。大きいから腕を回すのが大変で、エレベーターのボタンを押すのも苦労しました。箱の上に乗せた学校の鞄が落ちないか気が気じゃなかったです。こんなに大きいってわかってたら、一度家に入ってから台車を持って来ればよかったと後悔。

で、問題の荷物なんです。そう、問題なんです。

宛名は隆嗣さんじゃなくて「三木弥尋」つまり俺になってたから、念のため隆嗣さんにメールして返事を貰ってから開封したんだよ。そしたら！　何て言うかエッチな服が入っててびっくりした。露出が多いんだよ。肩とかずり落ちてるし、おへそが見えそうな丈だったし。サイズが小さいのかなと思ったけどメンズのSサイズだったから俺にはちょっと大きいくらい。外国の人用のサイズだからなのか、Sでも俺には十分大きかったです。ズボンは普通のジーンズっぽく見えたけど、芽衣子さんがわざわざ送って来るくらいだからお高いんだろうな。でもシャツとジーンズはいいんだよ。恥ずかしいけどオシャレに着こなす技を身につければよさそうだし。本当の問題は下着。

赤い紐のとか、出っ張ってる部分を筒状の袋に入れるのとか、男性用ガードル？　とかが入ってて。

「どういう顔してこんなのも送って来たんですか芽衣子さん！」

俺は思わず叫んだね。隆嗣さんに見つからないように袋に入れて隠したのは内緒です。

【三木の日記】

家に帰ったら弥尋君が可愛らしい格好をしていた。夕方にボストン在住の芽衣子から届いた荷物を開封してもよいかというメールが来ていたから、送られてきた服なのだろう。

私も弥尋君もどちらかというとオーソドックスな服装をしていることが多い。カジュアル風の場合でも派手な色遣いや模様の服は着ずに、シンプルにシャツやセーターとズボンの組み合わせでいることが多かった。

だから絶対に弥尋君が自分では買わない服を選んだのだろうが、なかなかによいセンスをしていると珍しく妹を心の中で褒めた。彼女は意外と私を理解しているのだ。

下がった肩や襟口から覗く鎖骨や細い肩、恥ずかしそうにシャツの下を引っ張っているが白いお腹と可愛い臍が見えている。舐めたら怒るだろうか？　元は七分なのだろうが外国サイズのためか袖は弥尋君には少し長いようで、指先だけが出ている状態だ。部下が言っていた「萌え袖」とはこれだろう。確かに萌える。ジーンズは芽衣子も苦労して選んだとは思うが、やはり裾が少し長いので今度カットに出した方がいいだろう。スリムなので弥尋君のしなやかな足の形が露わになってしまっているが、それよりも後ろ姿が問題だ。背中から腰にかけてのラインがとてつもなくエロティックな線を作り出し、恥ずかしそうにしている弥尋君が外を歩けばそのまま誘拐されるのは間違いない。中にタンクトップを着せて改善すれば大丈夫だろうか。

それよりも弥尋君、クローゼットの中にあったこの見慣れない袋は何だ？　え？　秘密!?

拝啓、僕の旦那様 －溺愛夫と幼妻の交際日記－

朝霞月子　ILLUST. 蓮川 愛

年の差 × 結婚 ——甘い恋の物語♥

和風喫茶「森乃屋」に通い詰める高校生・本川弥尋と、その店を企画から手掛けた会社員・三木隆嗣。二人は偶然出会い、毎週のように新作スイーツを試食する仲に。クールでやり手な大人の三木だが、どこか放っておけないところがあり、弥尋はいつだって彼に対してドキドキしていた。実は三木も弥尋のことが大好き過ぎて冷静でいられないことも！　そんな両片想いの美形＆年の差カップル（？）な二人だが、なんと、告白より前に「婚約者」になることに……!?

幻冬舎コミックス

初出
拝啓、僕の旦那様　―溺愛夫と幼妻の小さな出逢い日記―
（商業未発表作品「Hello! Darling! 3」（2008年）を加筆修正）

三木さん、車を買う
（書き下ろし）

俺の弟が可愛すぎる件　―本川実則の考察―
（書き下ろし）

拝啓、僕の旦那様 ―溺愛夫と幼妻の小さな出逢い日記―

2023年2月28日　第1刷発行

著　者　朝霞月子（あさかつきこ）
イラスト　蓮川 愛（はすかわあい）

発行人　石原正康
発行元　株式会社 幻冬舎コミックス
〒151-0051　東京都渋谷区千駄ヶ谷 4-9-7
電話 03(5411)6431（編集）

発売元　株式会社 幻冬舎
〒151-0051　東京都渋谷区千駄ヶ谷 4-9-7
電話 03(5411)6222（営業）
振替　00120-8-767643

デザイン　小菅ひとみ（CoCo.Design）

印刷・製本所　株式会社光邦

検印廃止

万一、落丁乱丁のある場合は送料当社負担でお取替え致します。幻冬舎宛にお送り下さい。
本書の一部あるいは全部を無断で複写複製（デジタルデータ化も含みます）、
放送、データ配信等をすることは、法律で認められた場合を除き、著作権の侵害となります。
定価はカバーに表示してあります。

©ASAKA TSUKIKO, GENTOSHA COMICS 2023／ISBN978-4-344-85192-4 C0093／Printed in Japan
幻冬舎コミックスホームページ　https://www.gentosha-comics.net

本作品はフィクションです。実在の人物・団体・事件などには関係ありません。